CONTOS DE SHAKESPEARE

Charles e Mary Lamb

CONTOS DE SHAKESPEARE

Charles e Mary Lamb

Tradução
Mario Quintana

G⁄OBOLIVROS

Copyright © 1996 Editora Globo S.A.
Copyright das ilustrações © 2013 Weberson Santiago

Todos os direitos reservados. Nenhuma parte desta obra pode ser apropriada e estocada em sistema de banco de dados ou processo similar, em qualquer forma ou meio, seja eletrônico, de fotocópia, gravação etc., sem a permissão dos detentores dos *copyrights*.

Título original: *Tales from Shakespeare*

Editor responsável **Luciane Ortiz de Castro**
Editor assistente **Lucas de Sena Lima**
Editora de arte **Adriana Bertolla Silveira**
Diagramação **Diego de Souza Lima e Gisele Baptista de Oliveira**
Capa **Gisele Baptista de Oliveira**
Preparação **Lilian – 2 Estúdio Gráfico**
Revisão **Andressa Bezerra Corrêa e Erika Nakahata**
Revisão técnica **Marilise Rezende Bertin**
Projeto gráfico original do miolo **Laboratório Secreto**
Ilustrações **Weberson Santiago**

Texto fixado conforme as regras do Acordo Ortográfico da Língua Portuguesa (Decreto Legislativo nº 54, de 1995).

Dados Internacionais de Catalogação na Publicação (CIP)
(Câmara Brasileira do Livro, SP, Brasil)

Lamb, Charles, 1775-1834.
    Contos de Shakespeare / Charles e Mary Lamb;
tradução de Mario Quintana. – 8. ed. – São Paulo: Globo, 2013.

    Título original: Tales from Shakespeare.
    ISBN 978-85-250-5269-8

    1. Literatura infantojuvenil I. Lamb, Mary. II. Título.

12-10879   CDD-028.5

Índices para catálogo sistemático:
1. Literatura juvenil 028.5
2. Literatura infantojuvenil 028.5

1ª edição, 1943
8ª edição, 2013 – 4ª reimpressão, 2021

Direitos de edição em língua portuguesa,
para o Brasil, adquiridos por Editora Globo S.A.
Rua Marquês de Pombal, 25 — 20230-240 — Rio de Janeiro — RJ
www.globolivros.com.br

SUMÁRIO

Prefácio 7

A tempestade 13

Sonho de uma noite de verão 29

Conto de inverno 45

Muito barulho por nada 59

Como lhes aprouver 77

Os dois cavalheiros de Verona 97

O mercador de Veneza 113

Cimbelino 131

O rei Lear 147

Macbeth 165

Tudo está bem quando acaba bem 179

A megera domada 195

A comédia dos erros 211

Olho por olho 229

Noite de reis 249

Timão de Atenas 267

Romeu e Julieta 283

Hamlet, o príncipe da Dinamarca 305

Otelo 323

Péricles, príncipe de Tiro 339

PREFÁCIO

É com imenso prazer que apresento *Contos de Shakespeare* — em inglês, *Tales from Shakespeare* (1807) —, escritos pelos irmãos ingleses Charles Lamb (1775-1834) e Mary Ann Lamb (1764-1847). Esta obra reescreve, em formato de conto, vinte peças de William Shakespeare (1564-1616), reconhecido como o maior escritor de língua inglesa e o mais influente dramaturgo do mundo.

Tarefa como essa não é para muitos. É preciso ter completo domínio da obra de Shakespeare para poder adaptá-la em um outro formato, com a qualidade que faz jus às peças do bardo inglês. Os irmãos Charles e Mary Lamb se encaixam nesse perfil. Advindos de classe média baixa, nascidos em Londres, passaram por muitos infortúnios, desde problemas financeiros até doenças graves, haja vista que os dois irmãos sofriam de problemas psiquiátricos, numa época em que a psiquiatria ainda era pouco desenvolvida.

Mary, quando jovem, em uma crise de loucura, matou a própria mãe, porém não foi condenada, uma vez que o diagnóstico indicava que ela sofria de graves problemas mentais. Charles, seu irmão mais novo e muito amigo de Mary, se comprometeu a cuidar dela e assim o fez, durante toda sua vida, na qual Mary passou por várias internações em hospícios, sempre que as crises vinham fortes.

Tantos problemas não impediram os Lamb de buscar a felicidade. Leitores ávidos, eram encantados pela obra de Shakespeare. Fizeram parte do momento histórico denominado Romantismo. Foram amigos de poetas ingleses que se tornaram famosos: Samuel Taylor Coleridge, William Wordsworth, bem como do crítico William Hazlitt e de William Godwin, autor de romances e tratados socialistas. Os românticos, dentre outras coisas, se caracterizaram por devotar uma grande admiração pela obra de Shakespeare e foram os primeiros a desenvolver um trabalho de crítica sobre a produção do bardo.

Charles era escritor (notabilizou-se como ensaísta) e partilhava dos ideais do movimento romântico. Ele acreditava que a leitura deveria ter a função de levar o jovem a sonhar. Tais impressões caminhavam com um cenário de grande crescimento de edições de livros infantojuvenis na Inglaterra. Na percepção de Charles, os textos infantojuvenis escritos nessa época enfatizavam a importância das boas maneiras e de uma moral ilibada, o cultivo de princípios elevados, assim como a abordagem dos fatos da ciência. Porém, segundo a visão dos Lamb, não promoviam um estímulo para desenvolver a imaginação, um recurso contra o tédio da existência diária, mantenedor de um prazer duradouro.

Embora os Lamb estivessem ostensivamente preocupados com crianças, eles não queriam dizer *crianças apenas*: quando

Coleridge invocava a imaginação de uma criança (bem ao estilo do ideal romântico), ele ansiava tal poder para ele mesmo. De acordo com a ode de Wordsworth, "Intimations of Immortality", a criança poderia ser "o pai do homem". Essa paternidade seria ideal se fosse interna, presente e ativa. Os românticos foram os primeiros a conceber o conceito da *inner child* (a "criança interna") e desejar que a criança dentro do homem perdurasse e dominasse o adulto.

Os contos foram escritos a partir dessa visão. Charles adaptou seis tragédias — "O rei Lear", "Macbeth", "Hamlet, o príncipe da Dinamarca", "Otelo", "Romeu e Julieta" e "Timão de Atenas" — e sua irmã, Mary, ficou com a responsabilidade de adaptar os catorze contos restantes, que derivam de comédias shakespearianas. Quando a publicação saiu, o nome dela não apareceu na capa, apenas o do irmão, apesar de todos os seus amigos saberem que Mary fizera a maior parte do trabalho. Na introdução, assinada pelos Lamb, os contos foram endereçados a crianças muito pequenas ou jovens senhoras, uma vez que naquela época os escritos de Shakespeare não eram recomendados às mulheres ou crianças por causa da dificuldade da língua ou das partes eróticas.

William Godwin, homem prático e amigo dos Lamb, foi o editor audacioso que vislumbrou a possibilidade de obter grandes lucros ao publicar adaptações do cânone da língua inglesa para o mercado infantojuvenil. Godwin acertou, porque os contos foram um imenso sucesso. Muitas crianças foram introduzidas ao bardo inglês por meio da versão dos Lamb. O ideal romântico estava certo, pois a obra foi bem-aceita por adultos também: pais e avós leram os contos e gostaram. Dessa forma, o público leitor foi ampliado, apesar de os contos serem direcionados principalmente a crianças até os dias de hoje. Podemos afirmar com segurança que os contos dos Lamb são um clássico da literatura infantojuvenil, ao mesmo tempo que cumprem a função de introduzir a grande obra do dramaturgo inglês a um público adulto mais geral, que queira ter um primeiro contato com as peças de Shakespeare.

A coletânea *Tales from Shakespeare* atravessou os mares e aportou em muitos países, nos quatro cantos do mundo. Logo, foi difundida tanto na língua inglesa, como por meio de traduções e adaptações, e é publicada até hoje.

No Brasil, essa realidade não é muito diferente. A primeira tradução de que se tem notícia em língua portuguesa foi elaborada pelo escritor português Januário Leite e impressa no Brasil por volta de 1920. Logo após essa época, outras traduções foram feitas e publicadas por diversas editoras, com reedições até meados dos anos 60. A Editora Globo publicou a tradução de Mario Quintana em 1943. De lá para cá, essa primorosa tradução nunca deixou de ser reeditada.

Atualmente, há no mercado livreiro outras traduções e/ou adaptações dos contos, reunidas em um único livro, porém com um número reduzido de contos. Podem também ser encontradas publicações com um só conto. Todavia, a única publicação que sobrevive e traz os vinte contos dos Lamb reunidos no mesmo volume é a tradução de Mario Quintana. São quase setenta anos de difusão da obra dos Lamb. Esta edição se mantém fiel à primeira tradução de Quintana, tendo sofrido apenas atualizações ortográficas.

Falar de Mario de Miranda Quintana (1906-1994) é um privilégio. O "poeta das coisas simples", com um estilo marcado pela ironia e profundidade, de uma perfeição técnica irrepreensível, escreveu quase quarenta livros, tanto em prosa como em verso, e traduziu mais de 130 obras da literatura universal do inglês, francês e italiano, trabalhando muitos anos para a Editora Globo. Em um de seus escritos, *Caderno H* (1973), menciona Shakespeare inúmeras vezes, assim como os famosos contos dos irmãos Lamb, prova de que tais leituras faziam parte de sua vida.

Excelente escritor, exímio tradutor, profundo conhecedor de Shakespeare e dos Lamb: uma composição perfeita. Esta tradução merece ser lida e apreciada por todos. Boa leitura!

Marilise Rezende Bertin
Mestre em Literatura Inglesa e doutoranda em
Estudos da Tradução pela USP

A tempestade

Havia no mar certa ilha, cujos únicos habitantes eram um velho chamado Próspero e sua linda filha Miranda, a qual chegara ali tão pequenina que não se lembrava de ter visto outro rosto humano a não ser o de seu pai.

Moravam em uma caverna aberta na rocha, dividida em vários compartimentos, a um dos quais Próspero chamava de seu "gabinete". Ali, guardava seus livros, que tratavam principalmente de magia, arte muito em voga entre os eruditos da época. E tais conhecimentos lhe tinham sido de grande utilidade: ao arribar, por um estranho acaso, àquela ilha que fora encantada pela feiticeira Sycorax, morta pouco antes de sua chegada, Próspero logo libertara, graças às suas artes mágicas, uma legião de bons espíritos que a velha bruxa aprisionara no tronco de grandes árvores, por terem se recusado a executar suas perversas ordens. Esses amáveis espíritos ficaram desde então a serviço de Próspero. E Ariel era seu chefe.

Muito vivaz, Ariel não era de índole maldosa, mas se aprazia em atormentar um feio monstro chamado Calibã, a quem odiava por ser filho de sua inimiga Sycorax. Essa estranha e disforme criatura, com aspecto menos humano do que um macaco, fora encontrada no mato pelo velho Próspero. E este, que o levou para casa e lhe ensinou o uso da palavra, foi sempre muito bondoso para com seu protegido, mas a má natureza que Calibã herdara da mãe o impedia de aprender qualquer coisa boa ou útil. Aproveitavam-no, pois, como escravo, para carregar lenha e fazer os trabalhos mais pesados; e a Ariel cabia obrigá-lo a desempenhar seus deveres.

Quando Calibã se mostrava preguiçoso e negligenciava o trabalho, Ariel (que só era visível aos olhos de Próspero) aproximava-se pé ante pé e beliscava-o, ou o fazia cair de borco em algum banhado. Ou então, tomando a forma de um macaco, punha-se a lhe fazer caretas; depois, mudando subitamente, virava ouriço-cacheiro e metia-se no caminho de Calibã, que ficava a tremer, com medo de que os espinhos do animal lhe picassem os pés descalços. Com essas e outras picardias, Ariel martirizava Calibã toda vez que ele descurava das tarefas de que Próspero o incumbira.

Com tantos espíritos poderosos sujeitos à sua vontade, Próspero podia governar os ventos e as águas. Assim, por ordem sua, eles desencadearam uma tempestade violentíssima. Próspero então mostrou à filha um belo e grande navio, a lutar com as furiosas ondas que ameaçavam tragá-lo, e disse-lhe que estava cheio de seres vivos como eles.

— Ó meu querido pai, se, com tua arte, desencadeaste esta horrível tormenta, tem piedade daquelas pobres criaturas. Olha, o navio já vai fazer-se em pedaços. Coitados! Todos morrerão. Eu, se pudesse, faria a terra sorver o mar, antes que aquele belo navio se despedace, com todas as preciosas vidas que leva a bordo.

— Não te aflijas, Miranda. Eu ordenei que nenhuma pessoa sofresse o mínimo dano. O que eu fiz foi em teu benefício, minha querida filha. Tu ignoras quem sejas e de onde vieste. De mim, só sabes que sou teu pai e que vivo nesta pobre caverna. Acaso não te lembras de alguma coisa anterior de tua vida? Creio que não, pois ainda não tinhas três anos quando vieste para cá.

— Creio que me lembro, pai — replicou Miranda.

— Mas como? Só se for por intermédio de outra pessoa, em algum outro lugar...

— Bem me lembro... É como se fosse a recordação de um sonho. Não tive eu, uma vez, quatro ou cinco mulheres ao meu serviço?

— Tinhas até mais — respondeu Próspero. — Como isso te ficou na memória? E não te lembras de como vieste para cá?

— Não, pai. De nada mais me lembro.

— Há doze anos, Miranda — continuou Próspero —, eu era duque de Milão, e tu eras uma princesa e minha única herdeira. Eu tinha um irmão mais jovem, chamado Antônio, a quem confiava tudo. Como eu só gostasse do isolamento e do estudo, costumava deixar os negócios de Estado para teu tio, meu falso irmão (que na verdade provou que o era). Desprezando as coisas do mundo, enterrado entre os livros, eu dedicava meu tempo ao aperfeiçoamento do espírito. Meu irmão Antônio, vendo-se assim investido de meu poder, começou a considerar-se o próprio duque. O ensejo que eu lhe dava de se popularizar entre meus súditos despertou, em sua má índole, a orgulhosa ambição de despojar-me de meu ducado; o que ele não tardou a fazer, com a ajuda do rei de Nápoles, um poderoso príncipe inimigo meu.

— Mas por que eles não nos mataram então?

— Não se atreveram a tanto, minha filha, tal era o amor que o povo me dedicava. Antônio nos colocou a bordo de um navio e, quando nos achávamos algumas léguas ao largo, fez-nos tomar um pequeno bote, sem vela nem mastro. Ali nos abandonou, pensava ele, para morrermos. Mas um bom fidalgo de minha corte, de nome Gonzalo, que muito me estimava, colocara no bote, às ocultas, água, provisões, aparelhagem e alguns dos livros que eu apreciava acima do meu ducado.

— Oh, meu pai! Quanto trabalho não devo te haver causado, então!

— Não, minha querida. Tu eras um pequenino anjo protetor. Teus inocentes sorrisos me davam forças para lutar contra os infortúnios. Nosso alimento durou até que abordamos nesta ilha deserta. Desde então, meu maior prazer tem sido educar-te, Miranda, e bem vejo que aproveitaste minhas lições.

— Que Deus te recompense, meu querido pai. Dize-me agora por que provocaste esta tempestade.

— Fica sabendo que esta tormenta há de trazer para cá meus inimigos, o rei de Nápoles e meu cruel irmão.

Dito isso, tocou delicadamente a filha com sua varinha mágica e ela tombou adormecida; Ariel acabava de se apresentar ante seu senhor, para descrever a tempestade e contar o que fora feito dos passageiros. Como os espíritos eram invisíveis para Miranda, não queria Próspero que ela o surpreendesse a conversar com o ar.

— E então, meu gentil espírito — disse Próspero a Ariel —, como desempenhaste tua tarefa?

Ariel fez-lhe uma viva descrição da tempestade e do terror reinante a bordo. O filho do rei, Ferdinando, fora o primeiro a se jogar ao mar; e seu pai julgara-o tragado pelas ondas, para todo o sempre.

— Mas ele está salvo — informou Ariel —, num recanto da ilha, sentado com os braços pendentes, a chorar a perda do rei, seu pai, a quem julga afogado. Nem um fio dos seus cabelos sofreu o mínimo que fosse, e suas vestes principescas, embora encharcadas d'água, parecem mais lindas do que antes.

— Reconheço nisto meu delicado Ariel — disse Próspero. — Traze-o para cá. Minha filha precisa ver esse jovem príncipe. Mas onde estão o rei e meu irmão?

— Deixei-os em busca de Ferdinando, o qual têm poucas esperanças de encontrar, pois supõem tê-lo visto sumir-se nas águas. Quanto à tripulação, nenhum homem se perdeu, embora cada um deles se julgue o único sobrevivente; o navio, invisível para todos, acha-se em segurança no porto.

— Ariel, executaste fielmente teu trabalho, mas ainda há mais o que fazer.

— Ainda mais trabalho? — estranhou Ariel. — Permita que vos lembre, senhor, que vós me prometestes a liberdade. Considerai que vos tenho servido dignamente, sem jamais resmungar, e que nunca vos enganei nem cometi enganos.

— Como?! Já não te lembras de que torturas te livrei? Já esqueceste a horrenda bruxa Sycorax, quase dobrada pelo meio, ao peso dos anos e da maldade? Onde nasceu ela? Fala, dize-me.

— Em Argel, senhor.

— Ah, lembraste, então? Creio que devo também recordar o que te aconteceu, pois me pareces muito esquecido. Essa feiticeira, com seus maléficos bruxedos, demasiado terríveis para a compreensão humana, foi expulsa de Argel e aqui abandonada pelos marinheiros; como tu eras um espírito muito delicado para executar suas ordens, ela te encerrou no tronco de uma árvore, onde te encontrei a soltar gemidos. Desse tormento, fui eu quem te livrou.

— Perdão, caro senhor — disse Ariel, envergonhado de parecer ingrato. — Eu obedecerei às vossas ordens.

— Obedece e serás livre.

Deu-lhe então as ordens necessárias. Ariel dirigiu-se primeiro ao lugar onde deixara Ferdinando e achou-o ainda sentado na relva, na mesma melancólica postura.

— Ó meu jovem cavalheiro — disse Ariel, ao avistá-lo —, não tardarei a levar-vos daqui. Tendes de ir à presença da menina Miranda, para que ela lance um olhar à vossa linda pessoa. Vamos, senhor, acompanhai-me.

E Ariel pôs-se a cantar:

Lá está teu pai dormindo
No mais profundo dos leitos:
Seus ossos feitos coral,
Seus olhos pérolas feitos.
E do seu corpo mortal
Nada, nada se fanou,

Que em lindas e estranhas coisas
Logo o mar o transformou.
Nas tíbias dele, as sereias
Agora estão a tocar.
Escuta os límpidos sons
Que vêm do fundo do mar.

Essas estranhas novas do pai desaparecido despertaram o príncipe do torpor em que tombara. Seguiu, atônito, a voz de Ariel, e assim chegou à presença de Próspero e Miranda, que estavam sentados à sombra de uma grande árvore. Ora, Miranda nunca vira homem algum além de seu pai.

— Minha filha, dize-me o que estás a olhar.

— Oh, pai — disse Miranda, numa estranha surpresa —, decerto é um espírito. Como ele olha em volta! Que linda criatura, meu pai. Não é um espírito?

— Não, filha. Ele come, dorme e tem sentidos como nós. Esse jovem que vês se achava no navio. Está um tanto desfigurado pela dor, senão poderias chamá-lo de uma bela pessoa. Perdeu seus companheiros e anda à procura deles.

Miranda, que imaginava todos os homens com semblante grave e barba grisalha como o pai, ficou encantada com a aparência do jovem príncipe. E Ferdinando, vendo tão encantadora moça naquele local deserto e não esperando mais que maravilhas depois das estranhas vozes que ouvira, pensou que estava numa ilha encantada, da qual Miranda fosse a deusa, e como tal lhe falou.

Ela timidamente respondeu que não era deusa, mas uma simples moça; ia dar outras informações acerca de si mesma, quando Próspero a interrompeu. Estava satisfeito de que os jovens se admirassem mutuamente, pois logo percebeu que se tratava de um caso de amor à primeira vista. Mas, para experimentar a constância de Ferdinando, resolveu opor-lhe alguns obstáculos. Avançou para o príncipe com ar severo, acusando-o de haver chegado à ilha como espião, para dela se apossar.

— Segue-me. Vou amarrar-te o pescoço aos pés. Beberás água do mar e terás por alimento mariscos, raízes secas e bolotas de carvalho.

— Não. Resistirei a tal tratamento até encontrar inimigo mais forte. — Ferdinando puxou da espada, mas Próspero, agitando a varinha mágica, fixou-o no lugar onde ele estava, impossibilitando-o de se mover.

Miranda agarrou-se ao pai, dizendo-lhe:

— Por que és tão cruel? Tem piedade, pai; eu garanto por ele. Este é o segundo homem que vejo, e a mim parece digno de confiança.

— Silêncio! Nenhuma palavra mais, menina! Com que então, advogada de um impostor! Pensas que não há homens mais bonitos, pois só viste a este e a Calibã. Pois eu te digo que a maioria dos homens é tão superior a este, quanto este é melhor que Calibã.

— Minhas ambições são mais humildes. Não desejo conhecer nenhum homem mais bonito.

— Vamos — disse Próspero ao príncipe. — Não tens poder para me desobedecer.

— De fato não o tenho — respondeu Ferdinando. Sem saber que era por magia que se achava privado de todo poder de resistência, sentia-se atônito de se ver tão estranhamente compelido a seguir Próspero. Voltou-se para olhar Miranda enquanto podia avistá-la. E dizia consigo, ao penetrar depois de Próspero na caverna:

— Minhas forças estão amarradas, como num pesadelo. Mas leves me seriam as ameaças desse homem e a fraqueza que sinto, se, de minha prisão, eu pudesse, uma vez por dia, contemplar aquela linda moça.

Próspero não deteve Ferdinando por muito tempo na caverna. Logo o levou para fora e encarregou-o de um árduo serviço, tendo o cuidado de informar a Miranda o pesado trabalho que impusera ao príncipe. Depois, fingindo ir para o gabinete, ficou secretamente a espreitá-los.

Próspero mandara Ferdinando empilhar algumas pesadas achas de lenha. Como filhos de reis não são muito afeitos a tais misteres, Miranda logo foi achar seu enamorado quase morto de fadiga.

— Ai! Não trabalhe tanto. Meu pai está entretido com seus estudos e não aparecerá antes de três horas. Por que não descansa um pouco?

—Ah, senhora, não me atrevo. Preciso terminar meu trabalho antes de repousar.

— Senta-te, que eu carregarei as achas.

Mas Ferdinando consentiu. E, em vez de ajudá-lo, Miranda acabou estorvando-o, pois iniciaram uma longa conversa, de modo que o trabalho ia muito devagar.

Próspero, que encarregara Ferdinando daquele trabalho apenas para testar seu amor, não estava com os livros, como supunha a filha, mas achava-se invisível perto deles, ouvindo o que diziam.

Ferdinando perguntou o nome dela. Miranda disse, acrescentando que o fazia contra ordens expressas do pai.

Próspero limitou-se a sorrir a essa primeira desobediência da filha. Tendo feito, com suas artes mágicas, que ela se apaixonasse tão subitamente, não se zangava por esta revelar seu amor à custa da obediência. E escutou de boa sombra uma longa tirada de Ferdinando, em que este dizia amá-la acima de todas as damas que conhecera.

Em resposta aos louvores à sua beleza, que ele dizia exceder à de todas as mulheres do mundo, ela replicou:

— Não me lembro do rosto de nenhuma mulher, nem nunca vi outros homens além do senhor, meu bom amigo, e do meu querido pai. Como são os outros, por este mundo afora, eu não o sei. Mas, acredite-me, não desejo nenhum companheiro no mundo que não seja o senhor, nem pode minha imaginação conceber outras feições diversas das suas, de que eu pudesse gostar. Mas temo estar a lhe falar muito livremente, esquecendo os preceitos de meu pai.

A isso, Próspero sorriu e sacudiu a cabeça, como se dissesse: "Vai tudo exatamente como eu desejava; minha filha será rainha de Nápoles".

Depois Ferdinando, em outro lindo e comprido discurso (pois os jovens príncipes apreciam belas frases), disse à inocente Miranda que era herdeiro da coroa de Nápoles e que ela seria sua rainha.

— Ah, senhor! Tola sou eu em chorar pelo que me faz feliz. Eu lhe responderei com toda a pureza de alma: serei sua esposa, se comigo quiser casar-se.

Próspero, então, apareceu visível diante deles.

— Nada temas, minha filha. Ouvi e aprovo tudo o que disseste. Quanto a ti, Ferdinando, se te tratei com excessivo rigor, quero oferecer-te generosa compensação, cedendo-te a mão de minha filha. Todos os vexames por que passaste eram apenas para experimentar teu amor, e tudo suportaste nobremente. Como merecido prêmio a teu verdadeiro amor, toma pois minha filha e não sorrias por eu me vangloriar de ela estar acima de qualquer elogio.

Depois, alegando haver coisas que reclamavam sua presença, Próspero lhes disse que sentassem e conversassem até seu regresso. Quanto a essa ordem, Miranda não parecia nada disposta a desobedecer.

Após deixá-los, Próspero chamou Ariel, que logo apareceu, ansioso por contar o que fizera com o irmão de seu senhor e com o rei de Nápoles. Disse que os deixara quase doidos de terror, pelas coisas que lhes fizera ver e ouvir. Quando já estavam os dois cansados de vaguear e loucos de fome, ele fizera surgir à sua frente um delicioso banquete.

Depois, quando já se preparavam para comer, aparecera-lhes sob a forma de uma harpia, voraz monstro alado, e o festim sumira. Para aterrá-los ainda mais, a harpia lhes falou, recordando a crueldade do banimento de Próspero do ducado e da desumanidade de deixar que ele e a filha perecessem no mar; e afiançou que, por isso, sofriam eles agora tantos horrores.

O rei de Nápoles e o dissimulado Antônio arrependeram-se da injustiça que tinham feito a Próspero. E Ariel garantiu ao amo que estava certo da sinceridade de ambos e que, embora fosse um espírito, não podia deixar de lastimá-los.

— Então, traze-os cá, Ariel. Se tu, que és apenas um espírito, sentes as suas desditas, como não vou eu, que sou um ser humano como eles, compadecer-me de tanto sofrimento? Traze-os depressa, meu gentil Ariel.

Ariel não tardou em voltar com o rei, Antônio e o velho Gonzalo, que os tinha seguido, maravilhados com a música selvagem que ele tocava nos ares para os arrastar à presença do amo. Esse Gonzalo era o mesmo que tão bondosamente fornecera mantimentos e livros a Próspero, quando o perverso irmão o abandonara em alto-mar, entregue à morte.

De tal modo a mágoa e o terror lhes haviam embotado os sentidos, que eles não reconheceram Próspero. Este primeiro se deu a conhecer ao bom Gonzalo, chamando-o de seu salvador; só assim, seu irmão e o rei souberam de quem se tratava.

Antônio, com lágrimas e tristes palavras de pesar e verdadeiro arrependimento, implorou o perdão de Próspero, e o rei expressou seu sincero remorso por ter auxiliado Antônio a depor o irmão. Próspero perdoou-lhes. E, tendo ambos se comprometido a lhe restituir o ducado, disse ele ao rei de Nápoles:

— Tenho uma surpresa para vós.

Abrindo uma porta, mostrou-lhe Ferdinando a jogar xadrez com Miranda.

Nada podia exceder a alegria do pai e do filho ante esse encontro inesperado, pois cada um julgava o outro afogado.

— Oh, maravilha! — disse Miranda. — Que nobres criaturas! Que mundo admirável deve ser o que contém pessoas como essas.

O rei de Nápoles ficou tão espantado ante a beleza e a graça de Miranda quanto ficara anteriormente seu filho.

— Quem é? — perguntou ele. — Deve ser a deusa que nos separou e, de novo, nos juntou.

— Não, senhor — respondeu Ferdinando, sorrindo ao constatar que o pai incorrera no mesmo engano que ele, ao ver Miranda. — Ela é uma mortal. E, pela imortal Providência, é minha. Escolhi-a quando não podia pedir teu consentimento, pois não te supunha vivo. Ela é filha de Próspero, o famoso duque de Milão, de que tanto ouvi falar, mas nunca tinha visto. Dele recebi nova vida: tornou-se para mim um novo pai, ao conceder-me esta linda moça.

— Então, serei pai dela — disse o rei. — Mas que coisa estranha ter de pedir perdão à minha filha!

— Basta — disse Próspero. — Não relembremos os males passados, já que tiveram tão venturoso fim.

E Próspero abraçou o irmão, assegurando-lhe novamente que o perdoava; disse que uma sábia Providência fizera com que ele fosse banido de seu pobre ducado de Milão, para que a filha herdasse a coroa de Nápoles, pois acontecera de o filho do rei ter-se enamorado de Miranda naquela ilha deserta.

Essas bondosas palavras, ditas na intenção de consolar Antônio, encheram-no de tal vergonha e remorso que ele rompeu em pranto, incapaz de dizer qualquer coisa. O velho

Gonzalo chorava ao ver a feliz reconciliação e pedia a bênção de Deus para o jovem par.

Próspero comunicou então que o navio estava a salvo no porto, com os marinheiros a bordo, e que ele e a filha partiriam com todos na manhã seguinte.

— Enquanto isso — acrescentou ele —, venham receber a guarida que minha pobre caverna pode oferecer, e passarei o serão a distraí-los com a história da minha vida, desde que cheguei a esta ilha deserta.

Chamou então Calibã, para preparar algum alimento e pôr a caverna em ordem. E todos se espantaram com a forma extravagante e selvagem daquele feio monstro, que, segundo Próspero, era o único criado a seu serviço.

Antes de deixar a ilha, Próspero libertou Ariel, para grande alegria do travesso e pequenino gênio, que, embora fosse um fiel servidor do seu amo, estava sempre a suspirar pela liberdade, a fim de poder vagar pelos ares, como um pássaro selvagem, sob as árvores verdes, entre as belas frutas e as cheirosas flores.

— Meu querido Ariel — disse Próspero ao libertá-lo —, sentirei tua falta. Contudo, terás a prometida liberdade.

— Obrigado, meu amo. Mas deixai-me acompanhar vosso navio ao porto, para garantir ventos favoráveis. Depois, meu senhor, quando eu for livre, que alegre vida hei de levar!

E então Ariel cantou esta linda canção:

As flores que a abelha suga
Essas flores sugo eu.
E numa carola durmo
O sono que Deus me deu.
Ai! quando pia a coruja

É ali que busco sossego,
A menos que voando fuja
Sobre as costas de um morcego.
Alegria! Oh, Alegria!
Adeus, adeus, dissabores!
Irei viver todo o dia
Por entre os ramos e as flores.

Próspero abriu uma profunda cova e nela enterrou seus livros de magia e a vara de condão, pois resolvera nunca mais utilizar as artes mágicas. Tendo vencido seus inimigos e feito as pazes com o irmão e o rei de Nápoles, nada agora faltava para completar sua felicidade, senão rever a terra natal e assistir às núpcias da filha com o príncipe Ferdinando, que seriam celebradas com a maior pompa, logo que chegassem ao seu destino. E, após uma agradável viagem, graças à proteção de Ariel, não tardaram todos a aportar em Nápoles.

SONHO DE UMA NOITE DE VERÃO

Vigorava em Atenas uma lei que concedia aos cidadãos o direito de casar as filhas com quem eles julgassem conveniente. Se alguma se opusesse aos desígnios do pai, este podia fazer com que a condenassem à morte. Mas como os pais em geral não desejam a morte das filhas, nem mesmo quando elas se mostram um tanto teimosas, sucedia que nunca (ou quase nunca) fora executada a referida lei, embora não poucas vezes os pais com ela ameaçassem as raparigas da cidade.

Houve, porém, um velho, de nome Egeu, que foi realmente queixar-se a Teseu (então o governante de Atenas), de que sua filha Hérmia, a quem ele ordenara desposar Demétrio, de uma nobre família ateniense, recusava-se a obedecer-lhe, porque amava a outro jovem, chamado Lisandro. Egeu pedia justiça a Teseu e desejava que a cruel lei fosse aplicada em sua filha. Hérmia alegava, como desculpa para sua desobediência, que Demétrio anteriormente declarara amor a Helena, com quem ela mantinha amizade, e que Helena o amava loucamente. Nem essa considerável razão demovia o severo Egeu.

Teseu, embora fosse um grande e generoso governante, não tinha poder para alterar as leis de seu país. Por isso, apenas concedeu a Hérmia quatro dias para refletir sobre o assunto; no fim desse prazo, se ela ainda se recusasse a desposar Demétrio, seria condenada à morte.

Depois da entrevista com o governante, Hérmia foi procurar seu enamorado Lisandro, dizendo-lhe o perigo em que se achava: ou o abandonava e casava com Demétrio, ou perderia a vida dali a quatro dias.

Lisandro ficou muito aflito com o que ouvira; mas, lembrando de uma tia que morava a alguma distância de Atenas, num local em que a rigorosa lei não atingiria Hérmia (pois não vigorava além dos limites da cidade), propôs que fugissem naquela noite para a casa dessa tia, onde ambos se casariam.

— Irei encontrar-te — disse Lisandro — no bosque, a poucas milhas da cidade, naquele delicioso bosque em que tantas vezes passeamos em companhia de Helena, no aprazível mês de maio.

Hérmia concordou alegremente com a proposta e a ninguém contou a planejada fuga, a não ser à amiga Helena. Helena (pois as mulheres cometem verdadeiras loucuras por amor) resolveu contar o caso a Demétrio, embora nenhum proveito esperasse de tal traição, a não ser o triste prazer de surpreender seu infiel amado no bosque, pois bem sabia que Demétrio lá iria ao encalço de Hérmia.

O bosque em que Lisandro e Hérmia combinaram de se encontrar era o sítio predileto dessas pequeninas criaturas conhecidas pelo nome de duendes.

Oberon, o rei, e Titânia, a rainha dos duendes, com todo seu minúsculo séquito, celebravam naquele bosque suas festas da meia-noite.

Entre esse reizinho e a rainha dos espíritos ocorria naquele tempo um sério desentendimento. Sempre que se encontravam ao luar nas macias alamedas do delicioso bosque, punham-se a discutir, até que todos os gnomos se escondessem de medo nas pinhas dos carvalhos.

A causa dessa desagradável desavença era que Titânia não queria dar a Oberon um menininho, de cuja mãe ela fora amiga. Após a morte desta, a rainha das fadas roubara a criança de sua ama, levando-a para ser criada nos bosques.

Na noite em que os namorados iam encontrar-se naquele bosque, Titânia passeava com algumas das suas damas de honra e encontrou Oberon, acompanhado de seu séquito de pequenos cortesãos.

— Mau encontro ao luar, orgulhosa Titânia — disse o rei dos duendes.

— Como! És tu, ciumento Oberon? Fadas, retiremo-nos! Não quero a companhia dele.

— Devagar! Não sou eu teu senhor? Por que, Titânia, se opõe ao seu Oberon? Dá-me o menino para meu pajem.

— Acalma o teu coração. Nem com todo o teu reino me comprarás o pequeno.

E foi-se embora, deixando Oberon cheio de raiva.

— Bem, vai-te! — disse ele. — Antes do amanhecer, hei de vingar tal afronta.

Oberon então mandou chamar Puck, seu ministro favorito e conselheiro privado.

Puck (ou Camarada Robin, como era, às vezes, chamado) era um brejeiro e astuto diabrete, que costumava pregar engraçadas peças nas aldeias vizinhas. Às vezes, introduzia-se nos currais e azedava o leite. Outras vezes, mergulhava seu leve e aéreo corpo na batedeira e, enquanto dançava lá dentro, impedia as mulheres de transformar a nata em manteiga. Também os aldeões eram malsucedidos, quando Puck resolvia fazer das suas no vaso de cobre em que se fabricava a cerveja, que, decerto, ficaria estragada. Quando alguns vizinhos se reuniam para beber juntos, Puck, transformado em caranguejo, pulava para dentro da caneca — se alguma velha ia beber, grudava-se nos lábios dela, derramando-lhe a cerveja pelo queixo murcho. Logo depois, quando a mesma velhota estava gravemente sentada, a contar aos vizinhos uma triste e melancólica história, Puck puxava o banquinho em que ela se achava e derrubava a pobre de pernas para o ar. Então, os presentes apertavam a barriga, rindo perdidamente e confessando nunca terem passado hora mais divertida.

— Vem cá, Puck — disse Oberon ao brincalhão notívago. — Traz-me a flor que as moças chamam de amor-perfeito. O sumo dela, derramado sobre os olhos de quem dorme, fará com que, ao despertar, a pessoa apaixone-se pela primeira criatura que aviste. Quero verter um pouco do tal sumo entre as pálpebras de Titânia, enquanto ela estiver adormecida. E a primeira coisa que ela enxergar ao abrir os olhos a deixará enamorada, ainda que seja um leão, um urso ou um macaco. E, antes que eu tire o encantamento de sua vista, o que poderei fazer com outro feitiço que conheço, hei de obrigá-la a dar-me aquele menino para pajem.

Puck, que adorava pregar peças, muito se divertiu com a ideia do amo e correu em busca da flor. Oberon, enquanto esperava a volta de Puck, viu Demétrio e Helena entrarem no bosque. Ouviu Demétrio censurar Helena por havê-lo seguido. E depois das ásperas palavras de Demétrio e das gentis queixas de Helena, relembrando-lhe o antigo amor e os juramentos passados, ele abandonou-a (como disse) à mercê dos animais ferozes, mas ela correu no seu encalço o mais depressa que pôde.

O rei dos espíritos, que sempre fora amigo dos amantes sinceros, sentiu grande compaixão por Helena. E, como Lisandro dizia que costumavam passear ao luar naquele bosque, é bem possível que ele já tivesse visto Helena nos felizes tempos em que Demétrio a amava. Fosse como fosse, quando Puck voltou com a referida flor, ordenou Oberon ao seu favorito:

— Fica com um pouco desta flor. Há aqui uma encantadora ateniense que se acha enamorada de um desdenhoso jovem. Se o encontrares a dormir, pinga algumas gotas do sumo em seus olhos, mas trata de fazê-lo quando ela estiver perto, para que a dama desprezada seja a primeira criatura que ele veja ao acordar. Reconhecerás o homem pelos seus trajes atenienses.

Puck prometeu cumprir fielmente essas ordens. Oberon dirigiu-se em seguida, sem que Titânia o notasse, ao caramanchão em que ela se preparava para dormir e que era uma espécie de vale em miniatura, no qual cresciam tomilhos, primaveras e delicadas violetas, sob um dossel de rosas silvestres e eglantinas. Era ali que Titânia sempre dormia uma parte da noite; seu cobertor era uma pele de cobra que, embora pequena, era bastante ampla para cobrir uma fada.

Encontrou Titânia a dar ordens às fadas sobre o que elas deviam fazer durante seu sono:

— Algumas dentre vós têm de matar os bichos dos botões de rosa. Outra precisa caçar morcegos, para lhes tirar as asas, que servirão de capa aos meus pequenos duendes. As demais devem fazer com que a coruja, que pia de noite, não se aproxime de mim. Mas, primeiro, cantem para me adormecer.

E então elas começaram a cantar:

Para longe daqui, espinhentos ouriços!
Para longe, ó morosas serpentes rajadas!
Lagartixas e vermes, incômodos bichos,
Afastai-vos da linda Rainha das Fadas.

Rouxinol, vem tu agora,
Com a doçura de teu canto...
Vem ajudar, noite afora,
Nosso doce acalanto.

Nina, nana, nina, nana
Nada aflige, nada empana,
Nada quebra o teu soninho.
Nina, nana, nana, nina
Boa noite, bem baixinho,
Boa noite nós te damos.
Nina... nana... nina... nana...

Quando as fadas viram que a canção adormecera a rainha, deixaram-na para ir fazer os importantes serviços de que ela as encarregara. Então, Oberon se aproximou cautelosamente de Titânia e lhe instilou o sumo de amor entre as pálpebras, dizendo:

O que tu enxergares primeiro
Há de ser teu amor verdadeiro.

Mas voltemos a Hérmia, que fugira da casa paterna naquela noite, a fim de evitar a morte a que estava destinada, por se haver recusado a casar-se com Demétrio. Quando entrou no bosque, encontrou seu querido Lisandro a esperar por ela, para a conduzir à casa da tia. Mas antes de atravessarem metade do bosque, Hérmia sentiu-se muito fatigada. E Lisandro, cuidadoso ao extremo com sua querida, que lhe provara afeto arriscando a própria vida, convenceu-a de que deveria descansar até o amanhecer num macio relvado. Ele próprio deitou-se no chão a alguma distância dela e dali a pouco estavam ambos adormecidos.

Ali foram encontrados por Puck que, vendo um belo jovem a dormir, vestido à moda ateniense, e uma linda moça adormecida perto dele, concluiu que deviam ser a moça ateniense e seu desdenhoso amado que Oberon o encarregara de procurar. E, como se achavam sozinhos um ao lado do outro, Puck naturalmente conjecturou que ela seria a primeira criatura que o jovem avistaria ao despertar. E assim, sem mais delongas, pingou algumas gotas do sumo nos olhos de Lisandro. Mas aconteceu que Helena passou por ali e, em vez de Hérmia, foi ela a primeira pessoa que ele viu. E, por mais estranho que pareça, tão forte era aquele filtro amoroso, que todo o seu amor por Hérmia desapareceu e Lisandro se enamorou de Helena.

Se primeiro tivesse visto Hérmia ao despertar, o equívoco de Puck não teria consequências, pois Lisandro já a queria bastante. Mas foi na verdade um triste acaso ele ser forçado, por um encantamento, a esquecer sua amorosa Hérmia e correr atrás de outra, deixando Hérmia adormecida num bosque à meia-noite, inteiramente só.

Foi assim que tal desgraça aconteceu: Helena, como já ficou dito, tentou correr no encalço de Demétrio, quando este tão acintosamente lhe fugira, mas não pôde prosseguir nessa desigual carreira, visto que os homens são melhores corredores do que as mulheres. Helena logo o perdeu de vista e, andando errante por ali, abandonada e triste, chegou ao lugar onde dormia Lisandro.

— Oh! — exclamou ela. — Eis Lisandro ali deitado no chão. Estará morto ou dormindo? — Tocou-o então de mansinho e disse: — Lisandro, se estás vivo, acorda.

A isto, Lisandro abriu os olhos e (começando o feitiço a agir) imediatamente se dirigiu a ela, em termos de delirante amor e admiração. Disse que ela tanto ultrapassava a Hérmia em beleza quanto uma pomba a um corvo e que, por sua causa, seria capaz de atravessar as chamas. E muitas outras coisas do mesmo gênero. Helena, sabendo que Lisandro era namorado da amiga e se comprometera solenemente a desposá-la, encolerizou-se ao ouvi-lo falar daquela maneira, pois pensava que ele estivesse a troçar dela.

— Por que nasci para servir de escárnio a todos? Já não basta eu nunca obter um olhar doce ou uma palavra amável de Demétrio, para que tu, Lisandro, ainda venhas cortejar-me de maneira tão desdenhosa? Eu pensava, Lisandro, que fosses um cavalheiro mais gentil...

Após dizer essas palavras, vibrando de cólera, a pobre fugiu. E Lisandro saiu correndo atrás dela, completamente esquecido de Hérmia, que continuava dormindo.

Quando despertou, Hérmia sentiu medo de se ver sozinha. Pôs-se a vaguear pelo mato, sem saber o que era feito de Lisandro, nem que caminho seguir para procurá-lo. Nesse meio-tempo, Demétrio, incapaz de encontrar Hérmia e seu rival Lisandro e já exausto da infrutífera busca, foi surpreendido por Oberon num sono profundo. Sabia o rei dos duendes, pelas perguntas que fizera a Puck, do engano em que este incorrera e, encontrando a pessoa que procurava, verteu nos olhos do adormecido Demétrio o sumo milagroso. Demétrio logo acordou e a primeira pessoa que viu foi Helena e, como antes fizera Lisandro, começou a dirigir-lhe palavras de amor. Justamente nesse instante apareceu Lisandro, seguido por Hérmia (pois, devido ao infeliz equívoco de Puck, agora era Hérmia quem corria atrás do namorado). Então Lisandro e Demétrio, ambos a falar ao mesmo tempo, puseram-se a fazer declarações de amor a Helena, cada um deles sob a influência do mesmo encantamento poderoso.

Pasma, Helena pensava que Demétrio, Lisandro e sua outrora querida amiga Hérmia estavam todos combinados para zombarem dela.

Tão surpresa quanto Helena, Hérmia não sabia como Lisandro e Demétrio, que outrora a amavam, achavam-se agora enamorados de Helena. Para ela, aquilo não parecia brincadeira.

— Hérmia cruel — dizia Helena —, foste tu quem mandou Lisandro ofender-me com elogios zombeteiros. E teu outro namorado Demétrio, que antes quase me repelia com o pé, acaso não o mandaste chamar-me de deusa e ninfa, de rara, preciosa e celestial? Ele não falaria desse modo a mim, a quem odeia, se tu não o tivesses instigado a fazer troça de mim. Cruel, Hérmia, juntares-te a estes homens, para escarnecer de tua pobre amiga! Já esqueceste nossa amizade dos tempos de escola? Quantas vezes, Hérmia, nós duas, sentadas na mesma almofada, cantando a mesma canção, com as nossas agulhas bordando a mesma flor, fizemos ambas o mesmo trabalho, crescendo juntas como uma dupla cereja, que mal parece bipartida? Hérmia, não é próprio de amiga, não é próprio de moça, tu te aliares a homens para amesquinhar tua pobre companheira.

— Muito me espantam tuas exaltadas palavras — disse Hérmia. — Eu não zombo de ti; tu é que pareces zombar de mim.

— Ai, continua... Finge seriedade e faze caretas quando eu virar as costas; depois, pisquem os olhos uns para os outros e continuem à vontade vosso divertimento. Se tivesses comiseração, simpatia ou boas maneiras, não procederias assim comigo.

Enquanto Helena e Hérmia trocavam essas coléricas palavras, Demétrio e Lisandro as deixavam, para irem bater-se no bosque pelo amor de Helena.

Quando deram pela falta dos dois, elas se puseram uma vez mais a vagar pelos bosques, em busca deles.

Assim que todos se retiraram, o rei dos espíritos, que estivera com o pequeno Puck a escutar aquelas desavenças, disse ao último:

— Tudo isso foi por negligência tua, Puck, ou fizeste-o de propósito?

— Acreditai-me, rei das sombras — respondeu Puck —, foi um engano. Não me dissestes que eu reconheceria o homem por seus trajes atenienses? Contudo, não me aborreço que isso tenha acontecido, pois acho divertidíssimas as suas complicações.

— Ouviste que Demétrio e Lisandro foram procurar um local conveniente para se baterem. Ordeno-te que cubras a noite com um denso nevoeiro e faça esses dois belicosos namorados se perderem no escuro, de modo que não possam encontrar um ao outro. Imita a voz de cada um deles e, com pesadas zombarias, provoca-os a te seguirem, na impressão de que estão ouvindo os desafios do rival. Continua assim, até que eles fiquem tão cansados que não possam ir mais longe. Quando vires que eles estão adormecidos, instila o sumo desta outra flor nos olhos de Lisandro e, quando ele despertar, terá esquecido seu novo amor por Helena e voltará à antiga paixão por Hérmia. Então, cada uma das duas lindas moças poderá ser feliz com o homem a quem ama, e todos pensarão que tudo não passou de um sonho mau. Anda, apressa-te, Puck. Vou ver com que doce amor a minha Titânia topou.

Titânia continuava dormindo, e Oberon viu perto dela um rude camponês que se perdera no bosque e que se achava igualmente adormecido.

— Esse nosso amigo — disse ele — será o verdadeiro amor da minha Titânia.

Dito isso, enfiou no rústico uma cabeça de burro, a qual lhe assentava tão bem como se com ela tivesse nascido. Embora Oberon lhe fixasse a cabeça com o máximo cuidado, o homem despertou e, inconsciente do que lhe haviam feito, ergueu-se e dirigiu-se para o caramanchão onde dormia a rainha das fadas.

— Oh, que anjo vejo eu? — exclamou Titânia, abrindo os olhos, enquanto o sumo da florzinha mágica produzia seu efeito. — És acaso tão sábio quanto formoso?

— Bem, senhora — disse o parvo —, se eu tiver sabedoria suficiente para me safar deste bosque, já tenho o que me basta.

— Não queiras sair do bosque — pediu a enamorada rainha. — Não sou um espírito vulgar. Eu te amo. Fica comigo e te darei fadas para te servirem.

Chamou então quatro das suas fadas: seus nomes eram Flor de Ervilha, Teia de Aranha, Mariposa e Grão de Mostarda.

— Atendei — disse a rainha — a este belo cavalheiro. Saltai no seu caminho, fartai-o de uvas e damascos, roubai para ele os sacos de mel das abelhas. Vem sentar-te comigo — falou ao campônio — e deixa-me brincar com as tuas bonitas faces peludas, meu lindo burrico! Beijar-te as belas e grandes orelhas, ó alegria de minh'alma!

— Onde está Flor de Ervilha? — perguntou o Cabeça de Burro, sem ligar muito aos galanteios da rainha, mas cheio de orgulho pela gente que tinha a seu serviço.

— Pronto, senhor — respondeu Flor de Ervilha.

— Coce-me a cabeça — disse o campônio. — Onde está Teia de Aranha?

— Pronto, senhor — respondeu Teia de Aranha.

— Dona Teia de Aranha — pediu o tolo —, mate-me aquela abelha que está pousada ali naquele cardo. E traga-me a bolsa de mel. Mas não se arrisque muito, dona Teia, e tenha o cuidado de não furar o saco. Onde está Grão de Mostarda?

— Pronto, senhor — respondeu Grão de Mostarda. Que deseja?

— Nada, senhor Grão de Mostarda, é apenas para ajudar dona Flor a coçar-me. Eu preciso é ir a um barbeiro, senhor Grão de Mostarda, pois me parece que estou com uma incrível barba.

— Meu doce amor — disse a rainha —, que desejas comer? Vou mandar uma fada minha buscar-te algumas nozes na despensa do esquilo.

— Eu preferia uma porção de ervilhas secas — disse o campônio, a quem a cabeça de burro dera um apetite asinino. — Mas, por favor, não deixe ninguém de sua gente perturbar-me, pois tenciono dormir um bocado.

— Dorme, então, e eu te embalarei em meus braços. Oh, como te amo! Como estou louca por ti!

Quando Oberon viu o campônio adormecido nos braços da rainha, aproximou-se e censurou-a por desperdiçar seus carinhos com um burro.

Ela não podia negá-lo, pois tinha o campônio a dormir-lhe nos braços, com a sua cabeça de burro, que ela coroara de flores.

Depois de a ter molestado por algum tempo, Oberon lhe pediu de novo o menino. E ela, envergonhada por ter sido descoberta pelo seu senhor com o novo favorito, não se atreveu a recusá-lo.

Oberon, tendo assim obtido o menino que por tanto tempo desejara para pajem, condoeu-se da desgraçada situação a que, por obra sua, arrastara Titânia, e pingou um pouco do sumo da outra flor nos olhos dela. Logo, a rainha das fadas recuperou a razão e espantou-se de sua passada loucura, confessando o quanto lhe repugnava agora a vista daquele estranho monstro.

Oberon tirou do campônio a cabeça de burro e deixou-o terminar a soneca com a cabeça que Deus lhe dera.

Estando agora de pazes feitas, Oberon contou a Titânia a história dos namorados e suas querelas noturnas. E ela concordou em ir ver, na companhia dele, como acabariam aquelas aventuras.

O rei e a rainha encontraram os quatro namorados a dormir sobre a grama, a pequena distância uns dos outros; pois o travesso Puck, a fim de reparar seu equívoco, conseguira habilmente trazê-los a todos para o mesmo local, sem que nenhum desse pela presença dos outros. E, com o antídoto que lhe dera o rei, removera cuidadosamente o feitiço dos olhos de Lisandro.

Hérmia acordou primeiro e, vendo o seu perdido Lisandro a dormir tão perto dela, ficou a olhá-lo espantada com sua estranha inconstância. Lisandro então abriu os olhos e, vendo sua querida Hérmia, recuperou a razão que o feitiço lhe havia nublado e, juntamente com a razão, seu amor por Hérmia. E começaram a falar das aventuras da noite, duvidando se aquelas coisas teriam realmente acontecido ou se haviam estado ambos a sonhar o mesmo extravagante sonho.

A esse tempo, já Demétrio e Helena estavam despertos. E, tendo um suave sono acalmado o confuso e raivoso espírito de Helena, esta ouviu dele todas as confissões de amor que Demétrio ainda lhe fazia e que, tanto para sua surpresa quanto para seu prazer, ela começava a considerar sincero.

Aquelas lindas moças notívagas, agora não mais rivais, se tornaram de novo amigas verdadeiras. Esqueceram as más palavras trocadas, e todos serenamente conferenciaram sobre o melhor a fazer naquela situação. Logo ficou acertado que Demétrio, visto que desistira das suas pretensões acerca de Hérmia, interviria com o pai desta no sentido de ser revogada a cruel sentença de morte contra ela lavrada. Preparava-se Demétrio para voltar a Atenas com esse propósito, quando foram surpreendidos com a chegada de Egeu, pai de Hérmia, que viera ao bosque em busca da filha.

Quando Egeu compreendeu que Demétrio já não queria casar com Hérmia, não mais se opôs ao casamento da filha com Lisandro e deu consentimento para que a cerimônia se realizasse dali a quatro dias, isto é, no mesmo dia em que Hérmia devia ser executada. Nesse mesmo dia, Helena prazerosamente consentiu em casar com seu querido e agora fiel Demétrio.

O rei e a rainha dos duendes, espectadores invisíveis dessa reconciliação, ao presenciarem o feliz desenlace daquela história de namorados, que tão bem terminara graças aos bons ofícios de Oberon, encheram-se de alegria, resolvendo comemorar as próximas núpcias, por todo o reino encantado, com jogos e festins.

Agora, se alguém se escandalizou com essa história de espírito e de suas proezas, julgando-a incrível e estranha, é só levar em conta que todos os seus personagens estiveram dormindo e sonhando e que todas essas aventuras foram visões ocorridas durante o sono: e espero que nenhum dos meus leitores seja tão desarrazoado para estranhar um lindo e inofensivo sonho de uma noite de solstício de verão.

CONTO DE INVERNO

Leontes, rei da Sicília, e sua esposa, a bela e virtuosa Hermíone, viviam outrora na maior harmonia. Tão feliz era Leontes com o amor dessa excelente dama que não tinha nenhum sonho irrealizado, exceto que, às vezes, desejava rever e apresentar à rainha seu antigo companheiro e camarada de escola Polixenes, rei da Boêmia. Leontes e Polixenes haviam sido criados juntos na infância, mas tendo sido, por morte dos seus pais, chamados a governar os respectivos reinos, fazia muitos anos que não se avistavam, embora frequentemente trocassem presentes, cartas e amistosas embaixadas.

Afinal, após repetidos convites, veio Polixenes da Boêmia à corte da Sicília para fazer uma visita ao amigo Leontes.

A princípio, tal visita só deu prazer a Leontes. Recomendou seu companheiro de juventude à atenção particular da rainha e parecia, em presença do velho camarada e amigo, achar-se no auge da felicidade. Falavam dos velhos tempos; recordavam os dias de escola e as extravagâncias de rapazes, e tudo contavam a Hermíone, que, animada, tomava parte em tais conversações.

Quando, após uma longa estada, preparava-se Polixenes para partir, Hermíone, a desejo do marido, juntou seus rogos aos deste, para que Polixenes prolongasse a visita.

Aí, começaram os desgostos da boa rainha: tendo Polixenes recusado demorar-se a pedido de Leontes, acedeu ele, ante as gentis e persuasivas palavras de Hermíone, em adiar a partida por algumas semanas. Diante disso, embora conhecesse há muito a integridade e os honrados princípios do amigo, bem como o caráter da virtuosa rainha, foi Leontes acometido de um ciúme indomável. Cada atenção de Hermíone para com Polixenes, apesar de devido ao particular desejo do marido, agravava o ciúme do desventurado rei. E ele, que até então fora um amigo dedicado e fiel e o melhor e mais extremoso dos maridos, tornou-se de súbito um monstro selvagem e desumano. Mandando chamar Camilo, um dos senhores da corte, e confiando-lhe as suspeitas que alimentava, ordenou-lhe que envenenasse Polixenes.

Camilo era um bom homem e, bem sabendo que o ciúme de Leontes não tinha o menor fundamento, em vez de envenenar Polixenes, informou-o das ordens do rei e combinou com ele escaparem ambos da Sicília. Assim Polixenes, com a assistência de Camilo, chegou são e salvo ao seu reino na Boêmia. Desde então, ficou Camilo a viver na corte de Polixenes, de quem se tornou o principal amigo e favorito.

A fuga de Polixenes enfureceu ainda mais o ciumento Leontes. Dirigiu-se aos aposentos da rainha, quando seu pequenino filho Mamilus acabava de contar uma das suas melhores histórias para diverti-la, e, carregando o pequeno consigo, mandou Hermíone para a prisão.

Mamilus, embora muito criança, amava estremecidamente a mãe. Ao vê-la assim desonrada e afastada dele para ser metida numa prisão, sentiu profundo abalo e começou a definhar aos poucos, perdendo o apetite e o sono, de modo que todos pensavam que seu pesar acabaria por matá-lo.

O rei, ao mandar a rainha para a prisão, encarregou Cleômenes e Dion, dois senhores sicilianos, de irem a Delfos, consultar o oráculo do templo de Apolo, sobre se a esposa lhe tinha sido infiel ou não.

Pouco depois de entrar para a prisão, Hermíone deu à luz uma menina. E a infeliz senhora consolava-se com a presença da linda filha, dizendo-lhe:

— Minha pobre prisioneirazinha, sou tão inocente quanto tu.

Hermíone tinha uma excelente amiga na nobre Paulina, esposa de Antígonus, um senhor da Sicília. E quando soube que sua real senhora estava guardando o leito, Paulina dirigiu-se à prisão onde se achava Hermíone e disse a Emília, dama de companhia de Hermíone:

— Peço-te que perguntes à boa rainha, Emília, se Sua Majestade se animará a confiar-me a criança, para eu levá-la à presença do rei, seu pai. Quem sabe o que ele sentirá ao ver a sua inocente filhinha?

— Digna senhora — replicou Emília —, comunicarei à rainha seu nobre oferecimento. Ainda hoje ela suspirava por uma pessoa amiga que se aventurasse a apresentar a criança ao rei.

— E dize-lhe — acrescentou Paulina — que falarei calorosamente a Leontes, em defesa dela.

— Que Deus a abençoe por sua bondade para com nossa graciosa rainha!

E Emília foi ter com Hermíone, que alegremente confiou a filhinha aos cuidados de Paulina, pois temia que ninguém se atrevesse a apresentar a criança ao pai.

Paulina pegou a recém-nascida e conseguiu comparecer perante o rei, isto contra os conselhos do marido, que, temendo a cólera real, tentava dissuadi-la. Ela depôs a criança aos pés do pai e fez um nobre discurso em defesa de Hermíone. Censurou severamente a desumanidade do rei, implorando-lhe que tivesse piedade de sua inocente esposa e da filhinha. Mas as exaltadas palavras de Paulina apenas agravaram a má vontade do rei, que ordenou a Antígonus que retirasse a esposa de sua presença.

Ao sair, Paulina deixou a criancinha aos pés do pai, imaginando que, ao ficar a sós com ela, decerto ele haveria de olhá-la e se compadeceria de sua desamparada inocência.

A boa Paulina se enganava. Logo que ela se retirou, o impiedoso rei ordenou a Antígonus que pegasse a criança e a levasse para o mar, abandonando-a então à morte em alguma costa deserta.

Antígonus, ao contrário do bom Camilo, apressou-se em obedecer às ordens de Leontes. Imediatamente levou a criança para bordo de um navio e fez-se ao mar, pretendendo abandoná-la na primeira costa deserta que encontrasse.

Tão firmemente estava o rei persuadido da culpa de Hermíone que não esperou pela volta de Cleômenes e Dion, a quem mandara consultar o oráculo de Apolo em Delfos. E, antes que a rainha deixasse o leito e se refizesse do abalo que lhe causara a perda da filhinha, mandou submetê-la a julgamento público, perante todos os senhores e nobres da corte. Quando os grão-senhores, os juízes e toda a nobreza da terra estavam reunidos para julgar Hermíone, achando-se a infeliz rainha como prisioneira perante seus súditos, para receber o julgamento, eis que Cleômenes e Dion penetraram no recinto e apresentaram ao rei a resposta do oráculo, devidamente lacrada. E Leontes ordenou que se quebrasse o selo e fossem lidas em voz alta as palavras do oráculo. E assim rezavam elas:

"Hermíone é inocente, Polixenes sem culpa, Camilo um

leal vassalo, Leontes um tirano ciumento, e o rei ficará sem herdeiro, se o perdido não for encontrado."

O rei não quis dar crédito às palavras do oráculo. Disse que era uma falsidade inventada pelos partidários da rainha e determinou que o juiz prosseguisse o julgamento. Mas, enquanto Leontes estava falando, entrou um homem para lhe comunicar que o príncipe Mamilus, trespassado de dor e vergonha com o que sucedia à mãe, tinha subitamente falecido.

Hermíone, ao saber da morte do querido filho, que perdera a vida por causa dela, tombou sem sentidos. Profundamente abalado com os acontecimentos, Leontes começou a se compadecer da infeliz rainha e ordenou a Paulina e às demais damas que a acompanhavam que a retirassem do recinto e procurassem fazê-la voltar a si. Pouco depois, voltou Paulina, dizendo ao rei que Hermíone havia morrido.

Ao ouvir que a rainha morrera, Leontes arrependeu-se de sua crueldade. Considerando que tinham sido seus maus-tratos a causa de tudo, começou a acreditar na inocência de Hermíone bem como na verdade das palavras do oráculo, pois, se o perdido não fosse achado, isto é, se sua filhinha não fosse achada, ele ficaria sem herdeiro, por causa da morte do príncipe Mamilus. Agora, daria seu próprio reino para encontrar a princesinha perdida. Cheio de remorsos, Leontes passou muitos anos imerso em dolorosos e tristes pensamentos.

O navio em que Antígonus levava a princesinha fora arrastado por uma tempestade às costas da Boêmia, onde reinava o bom Polixenes. Antígonus desembarcara e ali deixara a pequena.

Antígonus nunca regressou à Sicília para contar a Leontes o que fizera de sua filha, pois, quando voltava para o navio, saiu das matas um urso que o fez em pedaços — justo castigo por sua obediência às perversas ordens de Leontes.

A criança estava ricamente vestida e adornada de preciosas joias, pois Hermíone a fizera muito linda quando a mandara a Leontes. E Antígonus lhe pregara na capa um papel, onde escrevera o nome "Perdita" e algumas palavras com vagas referências ao seu alto nascimento e desgraçado destino.

A pobre enjeitadinha foi encontrada por um pastor. Era um homem de bom coração e, assim, levou-a para casa à sua mulher, que a criou carinhosamente. Mas a pobreza tentou o pastor a ocultar seu valioso achado. Deixou, pois, aquela região, para que ninguém soubesse onde adquirira suas riquezas, comprou rebanhos e tornou-se um opulento criador. Criou Perdita como sua própria filha, e esta não suspeitava de ser algo além de uma filha de pastor.

Pouco a pouco, a pequena Perdita tornou-se uma linda moça. E, embora só tivesse recebido uma educação de filha de pastor, tanto lhe afloravam no espírito inculto as graças naturais que herdara da mãe que ninguém, por suas maneiras, suspeitaria que ela não fora educada na corte de seu pai.

Polixenes, o rei da Boêmia, tinha um único filho, chamado Florizel. Um dia, andava o jovem príncipe a caçar nas proximidades da casa do pastor, quando avistou a suposta filha deste último. A beleza, o recato e o porte majestoso de Perdita deixaram-no instantaneamente enamorado.

Dentro em pouco, sob o nome de Dóricles e disfarçado de simples aldeão, começou o príncipe a frequentar a casa de Perdita. As contínuas ausências de Florizel alarmaram Polixenes, que, mandando vigiar o filho, descobriu sua paixão pela formosa filha do pastor.

Polixenes então chamou Camilo, o fiel Camilo que o salvara da fúria de Leontes, e pediu-lhe que o acompanhasse à casa do suposto pai de Perdita.

Polixenes e Camilo chegaram à casa do velho pastor quando ali se celebrava a festa da tosquia. Como em tais festas todos são bem-vindos, embora fossem desconhecidos, eles logo foram convidados a entrar e tomar parte no regozijo geral.

Ali só reinava o prazer e a alegria. Mesas estavam postas e grandes preparativos se faziam para o rústico festim. Alguns rapazes e moças dançavam na relva diante da casa, enquanto outros jovens compravam fitas, luvas e outras bugigangas de um mascate parado à porta.

Enquanto essas alegres cenas se desenrolavam, estavam Florizel e Perdita placidamente sentados num afastado recanto, parecendo mais contentes com a conversa um do outro do que desejosos de participar dos ingênuos folguedos.

O rei estava tão bem disfarçado que era impossível que o filho o reconhecesse. Assim, pôde aproximar-se o suficiente para ouvir a conversa dos namorados. A simples embora elegante maneira como Perdita conversava com seu filho constituiu grande surpresa para Polixenes. Ele disse a Camilo:

— Essa é a mais encantadora moça de baixa condição que já vi. Tudo o que faz ou diz parece superior a ela própria e demasiado nobre para este local.

Camilo replicou:

— Com efeito, ela é a verdadeira rainha do queijo e da manteiga.

— Dize-me cá, meu bom amigo — perguntou o rei ao velho pastor —, que moço é aquele que está falando com tua filha?

— Chama-se Dóricles — replicou o pastor. — Diz ele que ama a minha filha e, a falar verdade, não sei qual dos dois quer mais ao outro. Se o jovem Dóricles a conseguir, ela lhe trará uma sorte com que ele nem sonha.

Referia-se o pastor às joias de Perdita, com parte das quais ele comprara gado, guardando zelosamente o restante para o dote de sua filha adotiva.

Polixenes, então, dirigiu-se ao filho:

— E então, meu rapaz! O teu coração parece cheio de alguma coisa que te afasta dos folguedos gerais. Quando eu era jovem, costumava acumular de presentes a minha amada. Mas tu deixaste o mascate ir-se embora e nenhuma prenda compraste para tua companheira.

O jovem príncipe, que nem por sombras pensava estar falando com o rei, seu pai, replicou:

— Meu velho senhor, ela despreza tais ninharias. Os presentes que Perdita espera de mim estão encerrados em meu coração. — Depois, voltando-se para Perdita: — Escuta-me, Perdita, em presença desse velho senhor, que também parece ter amado outrora. Que ele ouça o que vou declarar.

Florizel então chamou o ancião para testemunhar a solene promessa de casamento que fez a Perdita e falou a Polixenes:

— Peço-lhe, senhor, que seja testemunha do nosso contrato.

— Do vosso divórcio, jovem — corrigiu o rei, revelando sua identidade.

Polixenes então censurou o filho por haver ousado se comprometer com aquela moça de baixo nascimento, chamando Perdita de "cria de pastor, vara de rebanho" e outros tratamentos desprezíveis. Ameaçou, ainda, caso ela consentisse que o príncipe tornasse a vê-la, que a condenaria, juntamente com o velho pastor, a uma morte terrível.

E o rei se retirou cheio de cólera, ordenando a Camilo que o seguisse com o príncipe Florizel.

Depois que o rei partiu, Perdita, cujo sangue real se rebelara ante as ofensas de Polixenes, falou:

— Embora estivéssemos todos em terrível situação, não senti muito medo. Uma ou duas vezes abri a boca para dizer-lhe redondamente que o mesmo sol que brilha sobre seu palácio não esconde sua face de nossa choupana, mas olha igualmente para ambos. — Depois tristemente acrescentou: — Mas agora que despertei desse sonho, não mais pensarei nele. Deixe-me, senhor. Vou ordenhar minhas ovelhas e chorar.

O bondoso Camilo ficou encantado com o espírito e a compostura de Perdita. Compreendendo que o jovem príncipe estava apaixonado demais para sacrificar sua amada à vontade paterna, pensou num meio de proteger os namorados e, ao mesmo tempo, executar um plano que tinha em mente.

Camilo sabia há muito que Leontes, o rei da Sicília, se tornara um verdadeiro penitente. Embora fosse agora o favorito de Polixenes, ele tinha grandes desejos de tornar a ver seu antigo rei e a terra natal. Assim, propôs a Florizel e a Perdita que o acompanhassem à corte da Sicília, onde ele induziria Leontes a protegê-los, até que, por mediação deste último, obtivessem o perdão de Polixenes e a permissão para o casamento.

Com isto concordaram alegremente os namorados; e Camilo, que tratava dos preparativos para a fuga, consentiu em que o velho pastor os acompanhasse.

O pastor levou consigo o resto das joias de Perdita, seus vestidinhos de criança e o papel que encontrara pregado à sua capa.

Após uma feliz viagem, Florizel e Perdita, Camilo e o velho pastor chegaram a salvo à corte de Leontes. Este, que ainda chorava Hermíone e a filha desaparecida, recebeu bondosamente Camilo e deu cordial acolhida ao príncipe Florizel. Mas Perdita, que Florizel apresentara como sua noiva, parecia monopolizar toda a atenção de Leontes. Notando a semelhança entre ela e sua falecida Hermíone, o rei sentiu recrudescer a mágoa e disse que sua filha seria tal qual aquela encantadora criatura, se ele tão cruelmente não a tivesse feito morrer.

— Além disso — declarou ele a Florizel —, perdi a companhia e a amizade de teu excelente pai, a quem agora daria a própria vida para tornar a ver.

Quando o velho pastor ouviu o que o rei dizia de Perdita e da filha que fora enjeitada, considerou a época e as circunstâncias em que encontrara Perdita, as joias e outros sinais de seu alto nascimento. Não pôde deixar de concluir que Perdita e a desaparecida princesinha eram a mesma e única pessoa.

Florizel e Perdita, Camilo e a fiel Paulina estavam presentes quando o velho pastor relatou ao rei a maneira como achara a criança e as circunstâncias da morte de Antígonus, a quem ele vira o urso atacar. Ele apresentou a suntuosa capa em que Paulina vira Hermíone envolver a criança; mostrou o colar que ela se lembrava de ter Hermíone atado ao pescoço de Perdita, bem como o papel que a mesma Paulina sabia ter sido escrito por seu marido. Não podia pois haver dúvidas de que Perdita fosse a própria filha de Leontes. Mas que nobres lutas no coração de Paulina, entre o pesar pela morte do esposo e a alegria pelo cumprimento do oráculo. Quando Leontes ouviu que Perdita era sua filha, tamanha mágoa sentiu de que Hermíone não estivesse viva para vê-la que por muito tempo nada pôde dizer senão estas palavras:

— Oh, a tua mãe! A tua mãe!

Paulina interrompeu a comovedora cena, dizendo a Leontes que possuía em casa uma estátua, terminada há pouco pelo grande mestre italiano Júlio Romano, a qual tinha tanta semelhança com a rainha que, se Sua Majestade se dignasse ir vê-la, chegaria a pensar que se tratava da própria

Hermíone. Logo todos foram vê-la: o rei ansioso por verificar a decantada semelhança com sua Hermíone; e Perdita, por conhecer as feições da mãe.

Quando Paulina afastou a cortina que ocultava a famosa estátua, tão perfeitamente se assemelhava esta a Hermíone que a mágoa do rei se renovou, e ele ficou por muito tempo sem poder falar nem mover-se.

— Apraz-me vosso silêncio, Majestade — disse Paulina. — É o maior sinal do vosso pasmo. Não é tal estátua idêntica à vossa rainha?

Finalmente disse o rei:

— Oh! É o mesmo porte, a mesma majestade, de quando primeiro a cortejei. Entretanto, Paulina, Hermíone não tinha a mesma idade que esta estátua aparenta.

— É mais um sinal da excelência do escultor — replicou Paulina —, que fez a estátua como Hermíone seria se ainda vivesse. Mas deixai-me fechar a cortina, Majestade, que acabaríeis pensando que a estátua se move.

— Não, não cerres a cortina — interrompeu o rei. — Quem me dera morrer! Olha, Camilo, não achas que ela respira? Seus olhos não parecem mover-se?

— Devo fechar a cortina, senhor — disse Paulina. — Estais de tal maneira arrebatado que vos persuadireis de que a estátua vive.

— Ó querida Paulina — pediu Leontes —, faze-me pensar assim por vinte anos a fio! Seu hálito parece que ainda paira no ar... Que maravilhoso cinzel poderia reproduzir a respiração? Ninguém zombe de mim, mas eu quero, eu vou beijá-la.

— Por Deus, Majestade! — protestou Paulina. — O vermelho dos lábios dela ainda está úmido; ficaríeis com os vossos enodoados de tinta. Posso fechar a cortina?

— Não, por estes vinte anos.

Perdita, que permanecera ajoelhada, a admirar silenciosamente a estátua, disse então:

— E por todo esse tempo eu ficaria aqui, a contemplar minha querida mãe.

— Dominai esses transportes — aconselhou Paulina a Leontes — e deixai-me correr a cortina, ou preparai-vos para maior espanto. Eu posso fazer com que a estátua verdadeiramente se mova, desça do pedestal e vos tome a mão. Mas então pensaríeis, e eu protesto que não, que sou auxiliada por poderes infernais.

— Se podes fazê-la mover-se — disse, espantado, o rei —, eu me alegrarei de vê-la. Se podes fazê-la falar, eu me alegrarei de ouvi-la; pois é tão fácil fazê-la falar quanto mover-se.

Paulina então mandou tocar uma lenta e solene música, que preparara para a circunstância. Para espanto de todos, a estátua, descendo do pedestal, lançou os braços em torno do pescoço de Leontes. Depois, começou a falar, pedindo as bênçãos de Deus para o marido e a filha, sua recém-achada Perdita.

Nada de espantar que a estátua se abraçasse ao pescoço de Leontes e abençoasse o marido e a filha. Pois a estátua era na verdade a própria Hermíone — real e viva.

Paulina falsamente informara ao rei da morte de Hermíone, julgando ser este o único meio de salvar a vida de sua real senhora. Desde então, Hermíone vivera em companhia da boa Paulina, sem jamais querer que o rei soubesse da sua existência, até o dia em que Perdita foi encontrada, pois, embora houvesse perdoado há muito as ofensas que Leontes lhe fizera, não podia perdoar a cruel morte da filha.

Ressuscitada a rainha, encontrada a filha, mal podia Leontes, que tanto sofrera, suportar o peso da própria felicidade.

Somente congratulações e afetuosas palavras eram ouvidas a todo instante. Os venturosos pais agradeciam a Florizel por ter amado sua filha quando esta aparentava humilde condição e abençoavam o velho pastor por haver recolhido a enjeitada. Camilo e Paulina regozijavam-se de ter vivido até aquele dia, para ver a tão feliz consequência dos seus fiéis serviços.

E, como se nada devesse faltar para completar aquela estranha e inesperada alegria, entrou de súbito no palácio o rei Polixenes.

Quando Polixenes dera por falta do filho e de Camilo, sabendo que este último desejava há muito regressar à Sicília, conjecturou que lá encontraria os fugitivos. Seguindo-os a toda pressa, chegou justamente naquele momento, o mais feliz da vida de Leontes.

Polixenes participou da alegria geral e perdoou a Leontes o injusto ciúme que contra ele alimentara. Renovaram ambos sua mútua amizade, com o mesmo calor dos velhos tempos. E não era de temer que Polixenes se opusesse ao casamento do filho com Perdita. Esta, agora, já não era "cria de pastor", mas herdeira da coroa da Sicília.

Vimos assim recompensadas as pacientes virtudes da resignada Hermíone. Essa excelente dama viveu por muitos anos com Leontes e Perdita, como a mais feliz das mães e das rainhas.

MUITO BARULHO POR NADA

No palácio de Messina residiam naquele tempo duas damas, chamadas Hero e Beatriz. A primeira era filha de Leonato, governador da cidade; e a segunda, sobrinha do mesmo senhor.

Beatriz era de temperamento alegre e gostava de divertir, com suas espirituosas saídas, a prima Hero, que possuía gênio mais recatado. O que quer que acontecesse servia de pretexto para a jovialidade de Beatriz.

No tempo em que começa a história das duas damas, tinham vindo visitar Leonato alguns jovens de alto posto no exército, que aproveitavam uma ocasional passagem por Messina. Regressavam de uma guerra recém-terminada, em que se haviam distinguido por grande bravura. Entre eles, encontravam-se dom Pedro, príncipe de Aragão, e seu amigo Cláudio, senhor de Florença. Também os acompanhava um senhor de Pádua, o bravo e divertido Benedick.

Esses estrangeiros já haviam estado anteriormente em Messina, e o hospitaleiro governador levou-os à presença da filha e da sobrinha como velhos amigos.

Benedick, logo de chegada, travou animada palestra com Leonato e o príncipe. Beatriz, que não gostava de ficar de fora, interrompeu Benedick, dizendo-lhe:

— Espanta-me que ainda esteja a falar, signior Benedick. Ninguém lhe presta atenção.

Apesar de tão estouvado quanto Beatriz, Benedick não gostou da liberdade com que esta o saudara; achou que não ficava bem a uma dama ser tão solta de língua e lembrou que, da última vez em que estivera em Messina, Beatriz costumava escolhê-lo para alvo das suas troças. Não há ninguém que goste menos de ser alvo de piadas do que aqueles que costumam ridicularizar os outros. Assim acontecia com Benedick e Beatriz. Nunca se encontravam os dois sem que estourasse entre ambos uma verdadeira guerra de motejos e sempre se separavam mutuamente desgostosos. Por conseguinte, quando Beatriz o interrompeu, Benedick fingiu que ainda não notara sua presença:

— Com que, então, ainda está viva, minha cara senhorita Desprezo?

E romperam de novo as hostilidades, seguindo-se uma azeda querela, durante a qual Beatriz, embora ciente do valor dele na última guerra, declarou-se capaz de comer tudo o que Benedick matara até então. Depois, observando que o príncipe apreciava as tiradas de Benedick, chamou-o de "bobo do príncipe". Tal sarcasmo calou mais profundamente no espírito de Benedick do que tudo o que Beatriz lhe dissera antes. Quando ela o acusara de covarde, confessando-se capaz de comer tudo o que ele havia matado, Benedick não dera importância, pois tinha consciência de ser um bravo. Mas não há nada que cause mais temor aos grandes talentos do que a imputação de bufonaria, pois às vezes a acusação não está longe da verdade. Assim, Benedick passou a odiar Beatriz quando ela o chamou de "bobo do príncipe".

A modesta Hero mantinha-se em silêncio ante os nobres hóspedes. E, enquanto Cláudio observava como o tempo lhe realçara a beleza e contemplava o encanto de suas feições (pois era uma admirável moça), divertia-se o príncipe com o apimentado diálogo entre Benedick e Beatriz.

— Que jovem espirituosa! — segredou a Leonato. — Daria uma excelente esposa para Benedick.

— Ó meu senhor — replicou Leonato —, se eles se casassem, antes de uma semana acabariam loucos.

Embora Leonato não acreditasse que eles pudessem constituir um casal-modelo, o príncipe não desistiu da ideia de casá-los.

Quando o príncipe se retirou com Cláudio, descobriu que o casamento que projetara não fora o único planejado naquela noite, pois de tal modo falou Cláudio a respeito de Hero que logo ele suspeitou de sua paixão. Regozijou-se com isso e perguntou a Cláudio:

— Gostas de Hero?

— Ó meu senhor, da última vez que estive em Messina, vi-a com olhos de soldado, que dela se agradava, mas não tinha tempo para amores. Agora, porém, nestes felizes tempos de paz, os pensamentos de guerra deixaram seus lugares vagos em meu espírito; vieram substituí-los suaves e delicados pensamentos, todos a segredar-me o quanto Hero é linda e a relembrar-me de que eu já a amava antes de partir para a guerra.

Tanto impressionou ao príncipe essa confissão que este foi logo solicitar a Leonato que consentisse em receber Cláudio como genro. Leonato acedeu, e o príncipe não teve grande dificuldade para persuadir a própria Hero a atender ao pedido do nobre Cláudio, um cavalheiro de raras qualidades. Assistido pelo bondoso príncipe, Cláudio não tardou em conseguir de Leonato a fixação de um breve prazo para a realização do casamento.

Poucos dias tinha Cláudio de esperar para se tornar esposo de sua querida. Mesmo assim, achava o intervalo demasiado insuportável, tão certo é que os jovens, na maioria, não têm paciência alguma quando é preciso esperar pelo desenlace de qualquer coisa que lhes toque o coração. Então o príncipe, para que a espera parecesse mais curta, sugeriu, como um alegre passatempo, fazerem com que Benedick e Beatriz se enamorassem um do outro. Cláudio anuiu prazerosamente a tal fantasia do príncipe, Leonato prometeu auxiliá-los, e a própria Hero declarou que oferecia os seus modestos préstimos para conseguir um bom marido para a prima.

Era este o plano imaginado pelo príncipe: os homens fariam crer a Benedick que Beatriz o amava, e Hero convenceria Beatriz de que Benedick estava apaixonado por ela.

O príncipe, Leonato e Cláudio começaram primeiro suas manobras. Aproveitando uma ocasião em que Benedick, tranquilamente sentado, lia num caramanchão, o príncipe e seus cúmplices instalaram-se entre as árvores, escondidos mas suficientemente próximos para que Benedick ouvisse o que diziam. Depois de uma despreocupada conversa, iniciou o príncipe:

— Escuta, Leonato, não me disseste outro dia que tua sobrinha Beatriz estava apaixonada pelo signior Benedick? Nunca pensei que essa moça viesse a gostar de algum homem.

— Nem eu tampouco, meu senhor — respondeu Leonato.

— E o que mais espanta é que ela se apaixonasse exatamente por Benedick, a quem sempre pareceu externar desagrado.

Cláudio confirmou, acrescentando que Hero lhe contara que Beatriz amava tanto a Benedick que sem dúvida morreria de pesar se não fosse correspondida por ele. Leonato e Cláudio pareciam assentir em que isso era impossível, por ele estar sempre a troçar de todas as belas, e particularmente de Beatriz.

O príncipe fingia ouvir tudo com grande pena de Beatriz e ponderou:

— Seria bom informarmos a Benedick.

— Para quê? — aparteou Cláudio. — Para ele rir e martirizar ainda mais a pobre moça?

— Se ele o fizesse — declarou o príncipe —, seria uma boa razão para enforcá-lo, pois Beatriz é uma excelente menina e muito ajuizada em tudo, exceto nesse amor por Benedick.

Depois, o príncipe fez sinal aos companheiros para continuarem o passeio, deixando Benedick a meditar sobre o que ouvira.

Benedick escutara sofregamente a conversa e dissera consigo mesmo, ao ouvir que Beatriz o amava:

— Será possível? Será que o vento sopra daquelas bandas?

Depois que os outros se retiraram, começou ele a raciocinar com os seus botões:

— Não pode ser brincadeira! Eles falavam sério. Souberam de tudo por intermédio de Hero e pareciam com pena da moça. Com que então ela me ama? Devo pagar na mesma moeda! E eu que nunca pensei em me casar! Quando afirmava que morreria solteiro, nem imaginava que iria viver para ser marido. Dizem eles que a moça é virtuosa e bonita. E de fato é. É ajuizada em tudo, exceto em me amar. Qual?! Isso não é prova de insensatez. Mas aí vem Beatriz. De hoje em diante, ela será encantadora! Noto nela alguns sinais de amor.

Beatriz aproximou-se e disse-lhe com o costumeiro sarcasmo:

— Contra a minha vontade, mandam-me convidá-lo para o jantar.

Benedick, que nunca antes se sentira inclinado a lhe falar polidamente, replicou:

— Encantadora Beatriz, agradeço-lhe o incômodo.

Quando, após duas ou três frases rudes, Beatriz o deixou, Benedick julgou distinguir uma oculta ternura sob as descorteses palavras que ela proferira. Então, disse em voz alta:

— Se eu não tiver piedade dela, serei um vilão. Se não a amar, serei um judeu. Vou ver se consigo um retrato dela.

Apanhado assim Benedick na rede que lhe haviam armado, agora era a vez de Hero desempenhar seu papel com Beatriz. Mandou ela chamar a Úrsula e a Margarida, duas damas de companhia da prima, e disse à última:

— Boa Margarida, corre à sala de visitas. Lá, encontrarás Beatriz a conversar com o príncipe e Cláudio. Segreda-lhe que Úrsula e eu estamos passeando no pomar e que ela é o assunto da nossa conversa. Aconselha-a que venha esconder-se no aprazível caramanchão onde as madressilvas, desabrochadas pelo sol, impedem, como ingratas favoritas, o próprio sol de entrar.

Aquele era o mesmo caramanchão onde Benedick, pouco antes, ouvira a conversa que tanto o interessara.

— Garanto que a farei vir imediatamente — afiançou Margarida.

Hero, então, levou Úrsula para o pomar, recomendando-lhe:

— Quando Beatriz chegar, Úrsula, começaremos a passear de um lado para o outro nesta alameda. Falaremos de Benedick e, quando eu o citar, tu o elogiarás como nenhum homem jamais o mereceu. Devo contar-te que Benedick se acha enamorado de Beatriz. Bem, comecemos... Olha, Beatriz corre como uma pernalta para ouvir nossa conversa.

— Hero então declarou, como em resposta a alguma coisa que Úrsula lhe dissera: — Não, Úrsula. Ela é demasiado desdenhosa. E arisca como um pássaro dos rochedos.

— Mas tens certeza — replicou Úrsula — de que Benedick ama Beatriz tão apaixonadamente?

— Assim garante o príncipe — replicou Hero — e o meu senhor Cláudio. Eles até me pediram que o comunicasse à minha prima. Mas eu os persuadi de que, se estimassem Benedick, nunca deixassem Beatriz suspeitar de nada.

— Certamente, é bom que Beatriz nunca saiba do amor de Benedick, senão troçaria dele impiedosamente.

— A falar a verdade, nunca vi homem, por mais experiente, nobre, jovem ou bonito que fosse, que não desagradasse a Beatriz.

— Também, com uma boca daquelas...

— Eu é que não me atreveria a falar-lhe no assunto; ela me arrasaria...

— Ora, essa tua prima! — exclamou Úrsula. — Ela não pode ser tão desprovida de senso para recusar um cavalheiro tão distinto como o signior Benedick.

— Ele tem um nome excelente. E é, sem dúvida, o primeiro homem da Itália, com exceção, está visto, do meu querido Cláudio.

Hero fez um sinal à companheira de que era hora de mudarem de assunto, e Úrsula perguntou:

— E quando será teu casamento?

Hero disse-lhe que seria no dia seguinte e convidou-a para irem examinar o enxoval de bodas, pois desejava consultá-la a respeito.

Beatriz, que ouvira, quase sem respiração, toda a conversa, exclamou, depois que as duas se retiraram:

— Que fogo me queima o ouvido! Será verdade? Adeus, má vontade e desprezo! Adeus, orgulho feminino! Amemos, Benedick! Hei de te corresponder, subjugando ao teu amor meu bravio coração!

Seria muito divertido ver aqueles velhos inimigos transformados em amorosos amiguinhos e presenciar seu primeiro encontro, depois de arrastados a mútuo amor pelas artimanhas do príncipe. Mas temos de falar agora de um triste revés sucedido a Hero. O dia que devia ser o do seu casamento só trouxe mágoa ao coração de Hero e de Leonato.

Tinha o príncipe dom Pedro um meio-irmão, que viera com ele a Messina. Esse irmão, por nome dom João, era um homem taciturno e descontente, cujo espírito parecia sempre absorto em mesquinhezas. Odiava ao príncipe seu irmão e odiava a Cláudio, por ser amigo do príncipe. Resolveu, assim, impedir o casamento de Cláudio e Hero, tão somente pelo perverso prazer de tornar Cláudio e o príncipe infelizes, pois sabia que este último fazia gosto no casamento quase tanto quanto o próprio noivo.

Para levar a efeito seus perversos desígnios, utilizou os serviços de um tal Borachio, homem ruim como ele, a quem acenou com uma grande recompensa. Borachio fazia a corte a Margarida, a aia de Hero. Sabedor disso, dom João conseguiu com que ele fizesse Margarida prometer-lhe que lhe viria falar naquela noite, da janela do quarto de Hero e vestida com as roupas de sua ama, quando esta se achasse adormecida, para que Cláudio acreditasse que se tratava da própria noiva. Tal era o objetivo da sua malvada intriga.

Dom João foi ter com o príncipe e com Cláudio e disse-lhes que Hero era uma imprudente rapariga, que, à meia-noite, costumava falar com homens à janela de seu próprio quarto. Passava-se isto na véspera do casamento, e ele se ofereceu para conduzi-los naquela noite a um lugar de onde poderiam ouvir Hero falar com um homem à janela dos seus aposentos. Ambos acederam, e Cláudio declarou:

— Se eu presenciar alguma coisa que me impeça de casar com ela amanhã, quando estivermos reunidos para o casamento, hei de desmascará-la na presença de todos.

E o príncipe acrescentou:

— E eu, se te ajudei a obtê-la, me juntarei contigo para repudiá-la.

Quando dom João os levou naquela noite para as proximidades do quarto de Hero, eles viram Borachio postado sob a janela e Margarida debruçada ao balcão, falando com Borachio. E, como Margarida usasse as mesmas vestes com as quais eles tinham visto Hero, o príncipe e Cláudio julgaram que se tratava da própria Hero.

Nada podia comparar-se à cólera de Cláudio diante dessa pretensa descoberta. Todo seu amor pela inocente Hero converteu-se subitamente em ódio, e ele resolveu revelar tudo em plena igreja, no dia seguinte, como prometera. O príncipe concordou com isso, achando que não havia castigo demasiado severo para uma pérfida que falava com um homem, de sua janela, à noite, na véspera do próprio casamento com o nobre Cláudio.

No dia seguinte, estando todos reunidos para a celebração do casamento e achando-se Cláudio e Hero ante o sacerdote, ia este proceder à cerimônia, quando o noivo, na mais arrebatada linguagem, proclamou a culpa da imaculada

Hero, que, pasma com as estranhas palavras que ouvia, murmurou mansamente:

— Está o meu senhor se sentindo bem, para falar dessa maneira?

Leonato, no cúmulo do horror, abordou o príncipe:

— Senhor, por que não diz nada?

— Que posso eu dizer? Sinto-me desonrado por ter pretendido casar meu querido amigo com uma mulher indigna. Sob minha palavra de honra, Leonato, afirmo-lhe que eu, meu irmão e este infeliz Cláudio vimos e ouvimos Hero falar ontem à meia-noite com um homem, da janela de seu quarto.

Benedick, espantado com o que ouvia, exclamou:

— E isto é um casamento!

— Oh, meu Deus! Que casamento... — murmurou a desolada Hero, caindo ao chão, como que sem vida.

O príncipe e Cláudio deixaram a igreja, sem atender ao desmaio de Hero nem ao desespero a que haviam arrastado Leonato, de tal maneira o ódio lhes empedernira o coração. Benedick ali permaneceu e procurava fazer com que Hero recuperasse os sentidos, murmurando:

— Como estará ela?

— Morta, penso eu — replicou Beatriz, agoniada, pois queria muito bem à prima e, sabendo a firmeza das suas virtudes, não acreditava em nada do que haviam dito contra ela. O contrário acontecia com o velho pai: este, sim, acreditava na vergonha da filha. E dava pena ouvi-lo se lamentar sobre o corpo de Hero, que jazia à sua frente como um cadáver, desejando que a filha nunca mais abrisse os olhos.

Mas o velho padre, que era um homem avisado e conhecia a fundo a natureza humana, tinha observado atentamente a fisionomia da moça, enquanto esta ouvia as acusações. Vira assomarem-lhe às faces mil rubores, e depois uma palidez de anjo cobrir o sangue da vergonha. Vira também nos seus olhos um fogo que desmentia todas as acusações do príncipe contra sua honra. E disse, então, ao desventurado pai:

— Chamai-me de louco, não confieis nos meus estudos nem em minha experiência, nem em minha idade, nem na minha reputação, se essa pobre menina que aqui jaz não estiver sendo vítima de algum terrível equívoco.

Quando Hero recuperou os sentidos, o padre lhe perguntou:

— Senhora, por causa de que os homens vos acusam?

— Aqueles que me acusam é que devem sabê-lo — replicou Hero. — Eu, por mim, nada sei. Ó meu pai, se puderes provar que alguma vez um homem conversou comigo em horas indevidas, ou que ontem à noite eu troquei palavras com qualquer criatura, então repudia-me, odeia-me, tortura-me até a morte.

— Há — disse o padre — algum estranho equívoco da parte do príncipe e de Cláudio.

Depois, aconselhou Leonato a espalhar a notícia de que Hero morrera, dizendo que o desmaio em que ela tombara daria verossimilhança ao boato. Recomendou-lhe também que pusesse luto, que lhe erigisse um túmulo e cumprisse todos os ritos próprios de um enterro.

— Para que tudo isso? — indagou Leonato. — De que servirá?

— A notícia de sua morte — replicou o padre — transformará o escândalo em comiseração. Já é algum bem. Mas não é só o que espero desse ardil. Quando Cláudio souber que Hero morreu por ouvir suas palavras de acusação, a lembrança de quando ela era viva suavemente lhe tomará conta da imaginação. E se algum dia na verdade a amou, ele então há de chorá-la, lamentando havê-la acusado, embora julgue a acusação verdadeira.

— Senhor Leonato — disse então Benedick —, siga os conselhos do padre. Embora saiba o senhor o quanto sou amigo do príncipe e de Cláudio, dou-lhe minha palavra de que nada lhes revelarei desse segredo.

Leonato, assim persuadido, concordou e disse amargamente:

— Estou tão abatido que posso ser levado pelo mais frágil fio.

O bondoso padre levou consigo Leonato e Hero para confortá-los e consolá-los, e Beatriz e Benedick ficaram a sós. Era esse o encontro com que tanto esperavam divertir-se os trocistas dos seus amigos, os mesmos amigos que se achavam agora acabrunhados de aflição e de cujo espírito todos os pensamentos de alegria pareciam banidos para sempre.

Foi Benedick o primeiro a falar:

— Beatriz, estiveste a chorar todo esse tempo?

— E chorarei ainda mais.

— Não acredito que tua boa prima seja culpada.

— Quanto eu seria grata — disse Beatriz — ao homem que se dispusesse a provar a inocência dela!

— E existe algum meio de demonstrar por ti essa dedicação? — inquiriu Benedick. — Eu nada amo neste mundo mais do que a ti. Não te parece isso estranho?

— Tão estranho — retrucou Beatriz — como se eu também dissesse que nada amo neste mundo mais do que a ti, Benedick. No entanto, embora não acredites, não deixa de ser verdade. Nada confesso e nada nego. Mas que pena me causa minha pobre prima!

— Por minha espada — disse Benedick —, tu me amas, e eu juro que te amo. Anda, ordena-me que faça alguma coisa por ti.

— Mata Cláudio — disse Beatriz.

— Ah, nem que me dessem o mundo inteiro! — exclamou Benedick, pois amava ao amigo Cláudio e o julgava ludibriado em sua boa-fé.

— Pois não é Cláudio um vilão que difamou, desonrou e desprezou minha prima? Oh, se eu fosse um homem!

— Ouve-me, Beatriz! — rogou Benedick.

Beatriz, porém, nada queria ouvir em defesa de Cláudio e continuava a instar a Benedick para que vingasse a prima:

— Falar com um homem à janela! É coisa que se diga? Querida Hero, caluniada e desonrada! Se eu fosse um homem, para medir-me com Cláudio! Ou se eu ao menos tivesse algum amigo que quisesse mostrar-se homem por mim! Mas a coragem hoje em dia se derrete em galanteios e rapapés. Não posso ser homem para agir e morrerei de desgosto como mulher.

— Cala-te, boa Beatriz! — disse Benedick. — Por esta mão eu juro que te amo!

— Então, por amor de mim, usa-a para outra coisa além de simples juramentos.

— Crês, por tua alma, que Cláudio acusou Hero injustamente?

— Sim, tão certo como ter eu um pensamento, ou uma alma.

— Basta. Tens a minha palavra: vou bater-me com ele. Deixa-me beijar tua mão e partir. Por essa mão, Cláudio há de prestar-me severas contas! Pelo que de mim ouvires, formarás juízo a meu respeito. Vai consolar tua prima.

Enquanto Beatriz, com essas inflamadas palavras, estava a incitar o amor-próprio de Benedick, aliciando-o para a causa de Hero, a ponto de o induzir a bater-se com seu querido amigo Cláudio, Leonato desafiava o príncipe e Cláudio a responderem com a espada pela afronta que haviam feito à sua filha, a qual, afirmava ele, viera a morrer de desgosto. Mas eles lhe respeitavam a idade e a mágoa e disseram:

— Não, não queremos que isso suceda entre nós, venerando senhor.

Nisto, chega Benedick e também desafia Cláudio para um duelo, pela afronta que este fizera a Hero.

Cláudio e o príncipe disseram um para o outro:

— Foi Beatriz quem o induziu a isso.

Cláudio, no entanto, teria aceitado o desafio de Benedick, se nesse momento a justiça divina não lhe houvesse deparado melhor prova da inocência de Hero do que o incerto acaso de um duelo.

Enquanto dom Pedro e Cláudio estavam ainda a falar do desafio de Benedick, um magistrado trouxe Borachio preso à presença do príncipe. Borachio fora surpreendido a contar a um dos seus companheiros o serviço que prestara a dom João.

Confessou ele ao príncipe, na presença de Cláudio, que fora Margarida, vestida com as roupas da ama, quem estivera a falar com ele da janela.

Nenhuma dúvida mais permaneceu no espírito de Cláudio e do príncipe a respeito da inocência de Hero. E, se alguma suspeita pairasse, logo teria sido removida pela fuga de dom João, que, ao ver sua vilania descoberta, escapara de Messina para evitar a justa cólera do príncipe.

Profundamente se abalou o coração de Cláudio, quando este reconheceu haver acusado falsamente a Hero, que, julgava ele, morrera por causa das suas palavras cruéis. A querida imagem dela lhe tomou conta do espírito, tal como a vira da primeira vez em que a tinha amado.

Perguntou-lhe o príncipe se o que ele acabava de ouvir não lhe trespassara como um ferro o coração. E respondeu Cláudio que, enquanto Borachio falava, era como se ele estivesse a beber veneno.

Um arrependido Cláudio pediu perdão ao velho Leonato pela injúria que lhe fizera à filha, prometendo que, fosse qual fosse a penitência que o ultrajado lhe impusesse, ele, pelo amor de Hero, a cumpriria.

A pena que lhe deu Leonato foi casar-se no dia seguinte com uma prima de Hero, que, dizia ele, era agora sua herdeira e muito se parecia com a própria Hero. Cláudio, em vista da solene promessa que fizera a Leonato, disse que casaria com a desconhecida, mesmo que esta fosse uma etíope. Mas seu coração estava cheio de mágoa e ele passou a noite a chorar de remorso, ante o túmulo que Leonato mandara erigir para Hero.

Quando chegou o novo dia, o príncipe acompanhou Cláudio à igreja, onde já se achavam reunidos o sacerdote, Leonato e a sobrinha, para a celebração das segundas núpcias. Então, Leonato apresentou Cláudio à futura esposa, a qual trazia uma máscara, para que o noivo não lhe visse o rosto. E Cláudio disse à dama da máscara:

— Dai-me vossa mão, perante este santo padre. Sou vosso marido, se quiserdes ser minha esposa.

— E eu, quando vivia, era vossa outra esposa — disse a desconhecida e, arrancando a máscara, revelou não ser a sobrinha, mas a filha de Leonato, a própria Hero em pessoa.

É de imaginar a alegria e surpresa de Cláudio, que, julgando-a morta, mal podia acreditar em seus próprios olhos. O príncipe, igualmente atônito, exclamou:

— Mas é Hero, a Hero que estava morta?!

— Morta ela estava, senhor, enquanto a calúnia vivia — replicou Leonato.

Prometeu-lhes o padre uma explicação daquele aparente milagre para depois que terminasse a cerimônia. E estava a casá-los quando foi interrompido por Benedick, que desejava casar-se ao mesmo tempo com Beatriz.

Como ela hesitasse e Benedick invocasse o amor que ela lhe dedicava, o qual dizia ter sabido por intermédio de Hero, o caso deu lugar a divertidas explicações. Descobriram ambos que haviam sido arrastados a acreditar num amor recíproco que jamais existira, tornando-se enamorados de verdade graças a uma brincadeira. Mas o afeto que uma alegre mentira fizera germinar já estava por demais enraizado em seus corações, para que lhes pudesse ser arrancado por uma explicação séria. Como Benedick estava disposto a casar, resolveu não se importar absolutamente com o que pudessem dizer a respeito. E aceitou alegremente a brincadeira, dizendo a Beatriz que a desposava por piedade, pois ouvira dizer que a pobre estava a morrer de amor por ele. Beatriz, por sua vez, garantiu que acedia, devido à grande insistência de Benedick e também em parte para lhe salvar a vida, pois soubera que ele estava a definhar. Assim, vieram a se casar em seguida a Cláudio e Hero.

Para completar a história, dom João, o autor de toda a intriga, foi apanhado e trazido a Messina. E o maior castigo desse perverso e invejoso sujeito foi assistir, para desapontamento seu, à grande alegria que então reinou e às festas que se celebraram no palácio de Messina.

COMO LHES APROUVER

Na época em que a França era dividida em províncias (ou ducados, como lhes chamavam), reinava em uma delas um usurpador, que depusera e banira seu irmão mais velho, o duque legítimo.

Escorraçado dos seus domínios, o duque retirou-se, com alguns poucos que lhe permaneceram fiéis, para a floresta de Arden. E ali passou a viver com seus bons amigos, que se haviam exilado voluntariamente, enquanto sua terra e rendimentos enriqueciam o usurpador. O costume logo lhes tornou a vida simples e modesta, mais doce do que a pompa e o incômodo esplendor da corte. Viviam como o velho Robin Hood, da Inglaterra. E diariamente recebiam, na floresta, jovens fidalgos que se retiravam da corte para ali passarem o tempo despreocupadamente, como se vivessem na Idade de Ouro. No verão deitavam-se à sombra das grandes árvores, entretidos com as brincadeiras dos veados selvagens. Tanto gostavam desses bichos travessos, habitantes nativos da floresta, que era com pesar que se viam forçados a matá-los, para se alimentar. Mesmo quando os ventos frios do inverno faziam o duque sentir a fatal mudança de sua sorte, ele a tudo suportava pacientemente dizendo:

— Esses gélidos ventos que sopram sobre meu corpo são conselheiros fiéis. Não me lisonjeiam, mas me fazem ver com exatidão meu estado. Embora me mordam fundo, os seus dentes não são tão aguçados quanto os da maldade e da ingratidão. Digam o que disserem contra a adversidade, mas sempre algum bom proveito se tira dela, tal como a pedra, tão preciosa para a medicina, que se extrai da cabeça do venenoso e desprezado sapo.

Assim, o paciente duque tirava proveitosa moral de tudo quanto vivia. Graças a essa faceta filosófica de sua personalidade, alheia às aglomerações públicas, conseguia ele ver conselhos nas árvores, livros nas águas correntes, sermões nas pedras e proveito em tudo.

O duque proscrito tinha uma única filha, chamada Rosalinda, a quem o usurpador retivera na corte para servir de companheira à sua própria filha, Célia. Ambas eram unidas por uma estreita amizade, que nem as desavenças paternas conseguiram interromper. Célia tentava, por todos os meios, compensar Rosalinda da injustiça que seu pai praticara. Sempre que a amiga se entristecia à lembrança do pai banido e da dependência em que vivia na corte do usurpador, Célia empenhava-se em confortá-la e consolá-la.

Um dia em que Célia falava com sua habitual bondade a Rosalinda, dizendo-lhe que não ficasse triste, entrou um mensageiro do duque para avisá-las que, se quisessem assistir a uma luta, deviam comparecer imediatamente ao pátio exterior do palácio. Julgando que isso distrairia Rosalinda, Célia anuiu ao convite.

Naqueles tempos, a luta, hoje praticada apenas entre camponeses, era um passatempo apreciado até mesmo nas cortes reais e a ela assistiam distintas damas e princesas. Assim, Rosalinda e Célia foram presenciar o embate. Logo ao chegar, perceberam que aquilo redundaria em tragédia. Um alto e truculento homenzarrão, experiente na arte de lutar e tendo já matado muitos homens naquele gênero de desafio, preparava-se para se engalfinhar com um rapazote que, por sua extrema juventude e inexperiência, estava, na opinião de todos, fadado à morte.

Quando o duque viu Célia e Rosalinda, disse-lhes:

— Então vieram assistir à luta? Pouco prazer hão de achar nisso. Os homens se dedicam, às vezes, a coisas estranhas... Por piedade para com esse jovem, eu desejaria dissuadi-lo de lutar. Falem com ele, meninas, e vejam se conseguem demovê-lo desse propósito.

Célia foi a primeira a pedir ao jovem desconhecido que desistisse do desafio. Depois, Rosalinda lhe falou tão bondosamente, com tanto sentimento pelo perigo que ele ia afrontar, que, em vez de se deixar convencer pelas gentis palavras dela, todos os ensejos do jovem foram de procurar se distinguir pela coragem aos olhos daquela encantadora dama. Recusou-se ao pedido de Célia e Rosalinda em termos tão graciosos que o interesse de ambas por ele aumentou:

— Sinto negar o que quer que seja a tão belas e distintas damas. Mas que os vossos olhos e gentis desejos me acompanhem durante a luta. Se eu for vencido, a vergonha será para um homem que nunca teve muitos méritos; se me matarem, ficará morto um homem que queria morrer. Nenhum mal causarei aos meus amigos, pois não tenho ninguém que me lamente. Nenhum mal causei ao mundo, pois nada possuo.

No mundo, apenas ocupo um lugar que será mais bem preenchido quando eu o deixar vago.

A luta começou. Célia desejava que o jovem desconhecido nada viesse a sofrer, mas foi Rosalinda quem mais sofreu por ele. A solidão em que ele dizia estar e seu desejo de morrer fizeram Rosalinda julgá-lo tão infeliz quanto ela própria. Tanta pena sentiu dele e tão profundo interesse tomou pela luta que quase se podia afirmar que ela ficara enamorada do jovem.

A bondade manifestada por aquelas lindas e nobres damas emprestou ao desconhecido coragem e força para realizar maravilhas. Afinal, ele venceu completamente seu antagonista, que ficou, por algum tempo, incapaz de falar ou se mover.

Admirado da coragem e destreza demonstradas pelo jovem, o duque Frederico desejou conhecer-lhe o nome e a família, no intuito de tomá-lo sob sua proteção.

Disse o desconhecido que se chamava Orlando e era o filho mais jovem de sir Rowland de Boys.

Sir Rowland de Boys, pai de Orlando, morrera alguns anos antes, mas, quando vivo, fora um fiel vassalo e grande amigo do duque deposto. Por conseguinte, quando Frederico ouviu que Orlando era filho do amigo de seu irmão, toda sua simpatia pelo bravo jovem se transformou em desagrado e ele se retirou de mau humor. Odiava ouvir o nome de qualquer amigo do irmão e, embora admirasse a coragem do jovem, declarou, ao ir embora, que desejava que Orlando fosse filho de qualquer outro homem.

Encantada de saber que seu novo favorito era filho de um velho amigo de seu pai, Rosalinda declarou a Célia:

— Meu pai muito estimava a sir Rowland de Boys e, se eu soubesse que esse jovem era filho dele, teria reforçado com lágrimas meus pedidos para que ele não se aventurasse à luta.

As moças foram então ao seu encontro e, vendo-o perturbado com a súbita antipatia do duque, dirigiram-lhe bondosas e animadoras palavras. Quando ambas já se retiravam, Rosalinda ainda voltou atrás, para dizer mais algumas palavras amáveis ao bravo filho do amigo de seu pai. E, tirando um colar do pescoço, disse-lhe:

— Cavalheiro, use isto como lembrança minha. A sorte não me corre favorável, senão eu lhe daria um presente mais valioso.

Quando as jovens ficaram a sós, Rosalinda continuou a falar de Orlando, de modo que Célia percebeu que a prima se enamorara do jovem lutador.

— Será possível que te hajas apaixonado tão subitamente?

— Meu pai era amicíssimo do pai dele — replicou Rosalinda.

— Mas será isso razão para que ames dessa maneira ao filho? Nesse caso, eu devia odiá-lo, visto que meu pai odiava o pai dele. No entanto, não odeio Orlando.

Frederico se enchera de cólera à vista do filho de sir Rowland de Boys, pois ele lhe fizera lembrar os vários amigos com que o duque deposto contava entre a nobreza. E, como já fazia algum tempo que a sobrinha lhe caíra em desagrado, visto que o povo a louvava por suas virtudes e a lamentava pelo destino do pai, todo o rancor do duque explodiu de súbito contra Rosalinda. Assim, enquanto estavam as duas a falar de Orlando, Frederico penetrou no quarto e, com os olhos fuzilantes de cólera, ordenou a Rosalinda que deixasse imediatamente o palácio e fosse fazer companhia ao pai, no exílio, dizendo a Célia, a qual em vão rogava pela prima, que apenas consentira na permanência de Rosalinda por sua causa.

— Eu não lhe pedi naquele tempo que a deixasse ficar, pois era muito pequena para poder apreciá-la — retrucou Célia. — Mas agora, que bem a conheço e que faz tanto tempo que dormimos juntas, levantamos ao mesmo tempo, estudamos, brincamos e comemos juntas, não posso viver sem a companhia dela.

— Ela não te convém — retrucou o duque. — Sua doçura, silêncio e resignação falam ao povo. Todos se compadecem dela. És uma tola em defendê-la, pois tua beleza e teus dotes mais se farão valer quando ela for embora. Assim, não abras a boca em seu favor, pois a sentença que lavrei é irrevogável.

Ao compreender que não demoveria o pai, Célia resolveu generosamente acompanhar a prima e, abandonando naquela noite o palácio paterno, dirigiu-se com Rosalinda para a floresta de Arden, em busca do duque deposto.

Antes de partirem, Célia ponderou que seria perigoso para duas jovens damas viajarem com os ricos vestidos que traziam e propôs disfarçarem sua elevada posição, vestindo-se de camponesas. Rosalinda opinou que ficariam mais bem protegidas se uma delas se vestisse de homem. Assim, ficou combinado que Rosalinda, por ser mais alta, se disfarçaria de camponês, e Célia de camponesa, devendo fazer-se passar por irmãos. Rosalinda anunciou que se chamaria Ganimedes, escolhendo Célia o nome de Aliena.

Em tais disfarces, muniram-se de dinheiro e joias para as despesas, pois a floresta de Arden ficava muito distante, para além das fronteiras dos domínios do duque.

Rosalinda (ou Ganimedes, como iremos chamá-la agora), com seus trajes masculinos, parecia haver adquirido uma coragem varonil. A fiel amizade que Célia demonstrava, acompanhando-a por tantas e tão puxadas léguas, fez com que o novo irmão, em recompensa, a tratasse com a maior solicitude, como se fora na verdade Ganimedes, o rústico e corajoso irmão da gentil aldeã Aliena.

Chegando afinal à floresta de Arden, elas não mais acharam as convenientes estalagens e boas acomodações que haviam encontrado até então. Carecendo de alimento e repouso, Ganimedes, que durante toda a viagem divertira a irmã com ditos e observações felizes, confessou-lhe que se sentia tão exausto que era capaz de trair sua indumentária varonil, pondo-se a gritar como uma mulher. Aliena, por sua vez, declarou que não conseguia ir mais longe. Então Ganimedes tentou de novo compenetrar-se de que o dever do homem é confortar e consolar a mulher, por ser esta a parte mais fraca. E, a fim de aparentar coragem perante a irmã, disse:

— Vamos, coragem, minha Aliena! Já estamos no fim de nossa viagem.

Mas de nada servia essa coragem forçada, pois, embora estivessem na floresta de Arden, não sabiam onde encontrar o duque. Ali, a viagem de ambas perigava encontrar um triste fim, pois elas podiam perder-se e morrer de fome. Sentadas na relva, quase mortas de cansaço e desesperadas por socorro, viram passar providencialmente um camponês. Mais uma vez, Ganimedes tentou falar com varonil desembaraço:

— Pastor, se o amor ou o dinheiro tem algum préstimo neste ermo, peço-te que nos leves aonde possamos repousar, pois esta jovem, minha irmã, se acha fatigada da viagem e necessita de repouso e alimento.

O homem replicou que era apenas servo de um pastor e que a casa de seu amo estava à venda — por conseguinte, lá achariam apenas um modesto passadio. Mas se quisessem acompanhá-lo, seriam prazerosamente obsequiados com o que havia. Animadas com essa perspectiva, elas seguiram o criado. Compraram a casa e o gado do pastor, tomando a seu serviço o homem que as conduzira. Achando-se assim tão afortunadamente de posse de uma cabana e bem providas de mantimentos, resolveram ali permanecer, até descobrirem em que parte da floresta habitava o duque.

Descansadas afinal da viagem, começaram a gostar da nova vida, já quase se imaginando o pastor e a pastora que fingiam ser. Algumas vezes, porém, Ganimedes recordava ter sido a jovem Rosalinda, que tão profundamente amara ao bravo Orlando, por ser filho do velho sir Rowland, amigo de seu pai. E embora imaginasse que Orlando estava a muitas léguas de distância, pelo menos tantas quantas elas haviam viajado, sucedeu que Orlando também se achava na floresta de Arden. Eis como aconteceu esse estranho acaso.

Ao morrer, sir Rowland confiara Orlando, então muito criança, aos cuidados do filho mais velho Oliver, encarregando-o de dar ao menino uma boa educação e assegurar-lhe uma vida de acordo com a dignidade de sua antiga linhagem. Oliver demonstrou ser um irmão indigno. Sem se importar com as últimas vontades do pai, nunca mandou o menino para a escola, deixando-o em casa, sem instrução alguma e completamente desprezado. Mas, pela índole e nobres qualidades de espírito, tanto se assemelhava Orlando ao falecido pai que, mesmo sem as vantagens de uma boa educação, parecia ter sido criado com o maior desvelo. Logo, Oliver pôs-se a invejar a bela figura e as maneiras distintas de Orlando, a tal ponto que acabou desejando sua morte. Nesse intuito, fizera com que convencessem Orlando a ir bater-se com aquele famoso lutador, que já tantas vidas havia liquidado. E era, por se ver assim desprezado pelo irmão e sem uma única amizade no mundo, que Orlando desejava morrer.

Quando, contrariamente às esperanças que acariciava, o irmão saiu vitorioso da luta, não mais tiveram limites a inveja e a maldade de Oliver, que jurou atear fogo ao quarto de Orlando. Tal ameaça foi ouvida por um ancião, que fora leal servidor de sir Rowland e que muito estimava Orlando, por sua semelhança com o pai. O bondoso velho saiu ao encontro de Orlando, quando este regressava do palácio do duque. Assim que o avistou, a lembrança das ameaças fê-lo prorromper em arrebatadas exclamações:

— Ó gentil senhor! Meu bom senhor, retrato de sir Rowland! Por que sois tão virtuoso? Por que sois tão amável, forte, valente? Por que procurastes vencer o famoso lutador? Vossa fama voltou muito antes de vós!

Espantado com o que ouvia, Orlando perguntou o que significava aquilo. Contou-lhe, então, o velho que seu perverso irmão, sabedor da fama que ele granjeara com sua vitória no palácio do duque, pretendia assassiná-lo, incendiando-lhe o quarto naquela noite. Aconselhou-o a escapar do perigo, fugindo de imediato. E desconfiando que Orlando não teria dinheiro, Adão (pois era esse o nome do velho) trouxera consigo suas pequenas economias.

— Tenho quinhentas coroas que juntei quando a serviço de vosso pai, para o dia em que minhas velhas pernas se tornassem imprestáveis. Tomai-as. Aquele que dá de comer aos corvos há de amparar minha velhice. Aqui está o ouro; é todo vosso. Deixai-me ficar a vosso serviço; embora pareça velho, trabalharei como um jovem para atender às vossas necessidades.

— Ó bondoso velho! — exclamou Orlando. — Como em ti se revela a constante dedicação dos velhos tempos! Tu não és como os de agora. Iremos juntos e, antes que se gastem as tuas economias, hei de arranjar um meio para a nossa manutenção.

Juntos, partiram o fiel servo e seu querido amo. Sem saber ao certo seu destino, andaram até chegar à floresta de

Arden. Ali, como Ganimedes e Aliena, também se viram sem nada que comer. Puseram-se a andar em busca de alguma habitação, até ficarem quase mortos de fome e de cansaço. Afinal, Adão disse:

— Meu caro amo, vou morrer de fome. Não posso ir adiante.

Despedindo-se de seu querido amo, estendeu-se no chão, pensando fazer daquele lugar sua sepultura. Ao vê-lo naquele estado, Orlando tomou o velho servo nos braços e carregou-o para debaixo de umas árvores.

— Coragem, velho Adão. Descansa aqui tuas pernas cansadas e não fales em morrer!

Saiu então em busca de algum alimento e aconteceu-lhe chegar à parte da floresta em que se encontrava o duque. Sentado sobre a relva, tendo por dossel a copa de algumas grandes árvores, o duque e seus amigos preparavam-se justamente para jantar.

Orlando, a quem a fome levara ao desespero, desembainhou a espada, na intenção de tomar a comida a força.

— Alto! — gritou ele. — Ninguém coma! Quero isso para mim!

O duque perguntou-lhe então se a miséria é que o tornava assim, ou se era seu costume desprezar as boas maneiras. Orlando respondeu que estava quase morrendo de fome. Então, o duque deu-lhe as boas-vindas e convidou-o a se sentar para compartilhar da refeição. Ouvindo-o falar tão amavelmente, Orlando corou de vergonha:

— Perdoai-me — disse ele —, pensei que tudo aqui fosse selvagem e, por isso, assumi uma atitude brutal. Mas, quem quer que sejais vós que, neste deserto, à sombra de melancólicas árvores, perdeis e desprezais as arrastadas horas; se alguma vez tivestes melhores dias, se já estivestes onde os sinos chamam para a igreja, se já sentastes à mesa de algum bom homem; se já enxugastes uma lágrima e sabeis o que é ter ou inspirar compaixão, possam agora amáveis palavras mover-vos a humana cortesia para comigo!

— É verdade — replicou o duque — que já conhecemos dias melhores. Embora tenhamos por moradia esta floresta selvagem, já habitamos em cidades, os sagrados sinos nos chamaram à igreja, participamos dos festins de excelentes homens e enxugamos as lágrimas que a santa piedade engendra. Portanto, sentai-vos e servi-vos à vontade de nossa mesa.

— Está comigo um pobre velho, que me seguiu por pura amizade e que se acha ao mesmo tempo prostrado por dois tristes males: a idade e a fome. Até que ele se sacie, não devo tocar em coisa alguma.

— Ide buscá-lo e trazei-o para cá. Em nada tocaremos até vosso regresso.

Orlando correu então como uma corça em procura da cria para lhe dar alimento. Dali a pouco, voltou, trazendo Adão nos braços!

— Pousai vosso venerável fardo — disse o duque. — Sede ambos bem-vindos!

E alimentaram o velho e reanimaram-lhe o coração, trazendo-lhe de volta a saúde e as forças.

O duque indagou quem era Orlando e, quando soube que se tratava do filho de seu velho amigo sir Rowland de Boys, tomou-o sob sua proteção. Assim, Orlando e o velho criado ficaram a morar com o duque na floresta.

A chegada do jovem à floresta aconteceu apenas uns poucos dias depois de Ganimedes e Aliena terem comprado a cabana do pastor.

Agora, Ganimedes e Aliena andavam estranhamente surpresos por encontrarem o nome de Rosalinda gravado nas árvores e sonetos de amor pregados nelas, todos dedicados a Rosalinda. Esforçavam-se por descobrir como podia ser aquilo, quando encontraram Orlando e perceberam-lhe, no pescoço, o colar que Rosalinda lhe dera.

Orlando nem de longe imaginava que Ganimedes fosse a bela princesa Rosalinda, a mesma que, por sua nobre gentileza e bondade, tão fundo lhe tocara o coração que agora ele passava o tempo a gravar o nome dela nas árvores e a escrever sonetos em louvor de sua beleza. Mas, cativado pelo gracioso ar do belo pastorzinho, acabou iniciando uma conversa com ele, achando-o até parecido com sua amada Rosalinda, embora nas maneiras e no porte nada tivesse ele da nobre dama. Ganimedes adotava os modos livres que muitas vezes se veem em jovens, quando estão entre rapazes e homens e, com muita malícia e humor, falava a Orlando de certo namorado "que — dizia ele — frequenta nossa floresta e estraga as árvores, gravando nelas o nome Rosalinda e que pendura odes nos espinheiros e elegias nas macegas, tudo em louvor dessa mesma Rosalinda. Ah, se eu pudesse achar o tal namorado, lhe daria uns bons conselhos para curá-lo desse amor".

Orlando confessou ser ele o referido namorado e pediu a Ganimedes o bom conselho de que falara. O remédio que Ganimedes propôs foi que Orlando aparecesse todos os dias na cabana onde moravam ele e a sua irmã Aliena.

— Então, fingirei que sou Rosalinda e tu fingirás cortejar-me da mesma maneira como farias se eu fosse Rosalinda. Depois, imitarei as divertidas momices das damas para com seus namorados, até que te envergonhes do teu amor. Este é o modo pelo qual pretendo curar-te.

Orlando não tinha grande fé no remédio, mas concordou em ir todos os dias à cabana de Ganimedes e fingir um falso namoro. Chamava ao pastor de Rosalinda e o cumulava com as palavras bonitas e as lisonjas que os jovens costumam usar ao cortejar suas damas. Não parecia, contudo, que Ganimedes fizesse qualquer progresso na sua cura do amor de Orlando por Rosalinda.

Embora Orlando julgasse tudo aquilo simples brincadeira (pois nem sonhava que Ganimedes fosse a verdadeira Rosalinda), a oportunidade de dizer todas as ternas coisas que tinha no coração agradava à sua fantasia. Agradava igualmente a Ganimedes, que gozava a secreta alegria de saber que aquelas lindas palavras de amor estavam sendo dirigidas à pessoa adequada.

Dessa maneira, muitos dias alegremente se passaram. A boa Aliena, vendo que aquilo fazia Ganimedes feliz, deixou-o prosseguir e divertia-se com a fingida corte, sem se importar de lembrar a Ganimedes que Rosalinda ainda não se dera a conhecer ao duque seu pai, cujo paradeiro na floresta haviam sabido por Orlando.

Ganimedes encontrou-se um dia com o duque e com ele trocou algumas palavras. Perguntou-lhe o duque de que família era, e Ganimedes respondeu que provinha de tão boa família quanto ele, o que fez o duque sorrir, pois não suspeitava que o lindo pastorzinho fosse de linhagem real. Vendo o duque assim bem-disposto e feliz, Ganimedes resolveu adiar os esclarecimentos para mais tarde.

Certa manhã, ia Orlando em visita a Ganimedes, quando viu um homem adormecido na relva, com uma grande cobra-verde enroscada ao pescoço. A cobra, diante da aproximação de Orlando, deslizou por entre as moitas.

CONTOS DE SHAKESPEARE 89

Aproximando-se, Orlando descobriu uma leoa agachada, com a cabeça rente ao chão, como um gato em tocaia, esperando que o homem despertasse — dizem que os leões não apanham caça que esteja morta ou adormecida. Dir-se-ia que Orlando fora enviado pela Providência para livrar o homem do perigo da serpente e da leoa. Mas, quando olhou para a face do homem, Orlando viu que quem estava exposto àquele duplo perigo era seu irmão Oliver, aquele que tão cruelmente o tratara e até planejara fazê-lo morrer queimado. Sentiu-se tentado a deixá-lo como presa à leoa faminta, mas a afeição fraternal e a bondade de sua natureza acabaram triunfando ao ódio. Sacando da espada, ele atacou a leoa e matou-a, salvando assim o irmão, tanto da venenosa cobra quanto da terrível fera. Mas, antes que Orlando pudesse abater a leoa, esta lhe dilacerara um braço com as garras aguçadas.

Enquanto Orlando estava a se bater com a leoa, Oliver despertara. E vendo que o irmão, com quem fora tão cruel, o salvava da fúria de uma fera selvagem, com risco da própria vida, encheu-se de vergonha e remorso, arrependendo-se de seu indigno procedimento. Banhado em lágrimas, pediu ao irmão que lhe perdoasse o mal que lhe fizera. Orlando alegrou-se ao vê-lo assim arrependido e logo o perdoou. Abraçaram-se um ao outro, e desde então Oliver dedicou a Orlando uma fraternal amizade, embora tivesse ido à floresta disposto a matá-lo.

O ferimento que Orlando recebera no braço o fez perder muito sangue, deixando-o em tal estado de fraqueza que lhe era impossível visitar Ganimedes. Assim, pediu ao irmão que fosse contar a Ganimedes ("a quem eu, por troça — explicou ele — chamo de Rosalinda") o acidente que lhe sucedera.

Imediatamente, Oliver foi relatar a Ganimedes e Aliena o modo como Orlando lhe salvara a vida. Ao terminar a história, confessou ser irmão de Orlando, com quem tinha sido tão cruel, e narrou-lhes sua reconciliação.

O sincero pesar que Oliver demonstrava por seu passado calou tão profundamente no bondoso coração de Aliena que ela no mesmo instante começou a amá-lo. E Oliver, notando o quanto ela se compadecia ao vê-lo tão arrependido, sentiu-se tomado de um súbito amor pela jovem. Mas, enquanto o amor assim se apossava dos corações de Aliena e Oliver, não tinha menos trabalho com Ganimedes, que, ao saber do perigo em que Orlando estivera e que fora ferido pela leoa, logo perdeu os sentidos. Quando voltou a si, declarou que o desmaio fora fingido, apenas para mostrar o que faria Rosalinda no caso.

— Vá contar a Orlando como eu soube fingir um desmaio — disse a Oliver.

Mas Oliver viu, por sua palidez, que ele realmente desmaiara e, espantado com a fraqueza do jovem, desafiou-o:

— Bem, se tu sabes fingir tão bem, cria coragem e finge-te de homem.

— Assim faço — replicou Ganimedes com toda a sinceridade —, mas minha natureza parece que é de mulher.

Oliver prolongou bastante aquela visita e, quando afinal voltou para junto do irmão, tinha muito o que lhe contar. Além de narrar o desmaio de Ganimedes ao saber que Orlando fora ferido, Oliver confessou que se apaixonara pela linda pastorinha Aliena e que esta prestara favorável ouvido à sua corte, logo na primeira entrevista. Declarou, como coisa decidida, que desposaria Aliena, a quem tanto amava, e que viveria ali, como pastor, deixando suas terras e sua casa aos cuidados de Orlando.

— Concordo — disse Orlando. — Marca teu casamento para amanhã, que convidarei o duque e seus amigos. Vai persuadir tua pastora. Aproveita que ela agora está sozinha. Olha, aí vem o irmão dela.

Oliver foi ter com Aliena, e Ganimedes, que Orlando vira aproximar-se, veio indagar da saúde do amigo ferido.

Quando Orlando e Ganimedes começaram a falar do súbito amor que se manifestara entre Oliver e Aliena, Orlando contou que aconselhara o irmão a persuadir sua pastora a se casar no dia seguinte. E acrescentou que muito desejaria casar no mesmo dia com Rosalinda.

Ganimedes, que aprovava esse projeto, declarou que, se Orlando realmente amava Rosalinda como dizia, veria seu desejo satisfeito; pois ele, Ganimedes, se comprometia a fazer com que Rosalinda aparecesse em pessoa no dia seguinte e, mais ainda, disposta a desposá-lo.

Para realizar este aparente milagre, Ganimedes alegou que usaria o auxílio das artes mágicas aprendidas com o tio, um famoso feiticeiro.

O apaixonado Orlando, meio crente, meio duvidoso do que ouvia, perguntou se Ganimedes falava sério.

— Por minha vida, que sim! — asseverou Ganimedes.

— Veste, pois, tuas melhores roupas e convida o duque e seus amigos para as tuas bodas. Se desejas casar com Rosalinda amanhã, ela aqui estará.

Na manhã seguinte, Aliena, Oliver e Orlando compareceram diante do duque.

Estavam todos reunidos para celebrar o duplo casamento, e, como faltava uma das noivas, mostravam-se surpresos e intrigados — a maioria pensando que Ganimedes apenas troçava de Orlando.

O duque, sabendo que era sua própria filha que seria trazida daquela maneira, perguntou a Orlando se o pastorzinho podia realmente cumprir o prometido. Enquanto Orlando respondia que não sabia o que pensar, Ganimedes chegou e perguntou ao duque se, trazida a filha à sua presença, consentiria ele no seu casamento com Orlando.

— Sim — respondeu o duque —, mesmo que eu tivesse reinos para lhe dar.

Ganimedes perguntou então a Orlando:

— E tu, casarás com ela se eu a trouxer aqui?

— Sim — respondeu Orlando —, ainda que eu fosse rei de muitos reinos.

Saindo então junto com Aliena, Ganimedes despiu as roupas de homem e envergou de novo as vestes femininas, logo se transformando em Rosalinda, sem o auxílio de qualquer magia. Também Aliena trocou a indumentária de camponesa por sua rica roupa e viu-se, com pouco trabalho, transformada na nobre Célia.

Durante a ausência de ambas, o duque comentou com Orlando que achava o pastor Ganimedes muito parecido com sua filha Rosalinda. Também Orlando disse que notara a semelhança.

Não tiveram tempo de especular em que iria dar tudo aquilo, pois Rosalinda e Célia logo chegaram com suas verdadeiras roupas. Sem mais pretender que estava ali por artes mágicas, Rosalinda ajoelhou-se diante do pai e pediu-lhe a bênção. Aquela súbita aparição revelou-se tão maravilhosa a todos os presentes que bem podia passar por magia, mas Rosalinda não quis iludir o pai e contou-lhe a história de seu banimento e da vida que levara como pastor, na companhia de Célia, sua pretensa irmã.

O duque reafirmou o consentimento que já havia dado; e Orlando e Rosalinda, Oliver e Célia casaram-se ao mesmo tempo. Embora os casamentos não pudessem ser celebrados naquela bravia floresta com o esplendor e a pompa de costume, nunca um dia de bodas transcorreu com maior felicidade e alegria. Enquanto comiam a caça à sombra fresca das árvores, eis que, como se nada pudesse faltar para a felicidade do duque e dos noivos, chegou um inesperado mensageiro para dar ao duque a boa-nova de que seu ducado lhe fora restituído.

Furioso com a fuga de sua filha Célia e sabendo que diariamente homens de grande mérito iam para a floresta juntar-se ao duque legítimo, o usurpador sentira inveja de ver o irmão tão respeitado na adversidade e pusera-se à frente de uma grande força, avançando em direção à floresta, no intuito de derrotar nas armas o duque e seus partidários.

Por maravilhosa intervenção da Providência, porém, foi esse mau irmão desviado dos seus propósitos. Exatamente ao chegar à orla da floresta, encontrou-se ele com um velho eremita, com quem falou longamente e que acabou por lhe desviar o coração dos seus perversos desígnios. A partir desse momento, tornou-se um verdadeiro penitente e resolveu, abrindo mão de seu injusto domínio, passar o resto dos dias num convento. O primeiro resultado prático desse arrependimento foi mandar um mensageiro ao irmão, oferecendo-lhe a devolução de seu ducado, bem como das terras e rendimentos dos seus amigos, fiéis companheiros de infortúnio.

Essa alegre nova, tão imprevista quanto bem recebida, chegou precisamente a tempo de intensificar a animação e regozijo dos festejos de casamento. Célia cumprimentou a prima pela sorte do duque, pai de Rosalinda, congratulando-se sinceramente com esta, embora ela própria não fosse mais a herdeira do ducado, mas sim, Rosalinda — tão perfeita era a amizade que unia a ambas, completamente isenta de qualquer inveja ou despeito.

O duque agora tinha oportunidade de recompensar os fiéis amigos que com ele haviam permanecido no desterro. E esses dignos vassalos, embora houvessem partilhado pacientemente da sua adversa fortuna, muito se regozijaram por assim voltarem, felizes e prósperos, ao palácio de seu legítimo senhor.

OS DOIS CAVALHEIROS DE VERONA

Viviam na cidade de Verona dois jovens cavalheiros, Valentim e Proteu, entre os quais havia muito se estabelecera uma firme e ininterrupta amizade. Estudavam juntos e sempre passavam suas horas de folga em companhia um do outro, exceto quando Proteu ia avistar-se com uma dama a quem amava. Essas visitas de Proteu e sua paixão pela bela Júlia eram o único ponto em que os dois amigos discordavam. Como Valentim não amasse a ninguém, enfadava-se de ouvir o amigo sempre a falar de sua Júlia. Ria então de Proteu, ridicularizando seu amor e garantindo que aquelas ociosas fantasias nunca lhe afetariam o juízo, pois preferia a livre e venturosa vida que levava às ansiosas esperanças e temores do namorado Proteu.

Certa manhã, Valentim comunicou a Proteu que deviam separar-se por algum tempo, pois estava de viagem para Milão. Não querendo afastar-se do amigo, Proteu usou inúmeros argumentos para induzir Valentim a não deixá-lo.

— Basta, meu caro Proteu. Não quero, como um ocioso, desperdiçar preguiçosamente a minha juventude em casa. Se não estivesses preso aos doces olhares de tua Júlia, eu te convidaria a me acompanhar para ver as maravilhas do mundo. Mas já que estás amando, continua, e que sejas muito feliz!

Despediram-se com mútuas expressões de fiel amizade.

— Querido Valentim, adeus! Pensa em mim, quando vires alguma coisa digna de atenção em tuas viagens e faze-me comparsa de tua felicidade.

Valentim partiu nesse mesmo dia para Milão. Depois que o amigo o deixou, Proteu sentou-se para escrever uma carta a Júlia, entregando-a a Lucetta, criada desta, para que a levasse à sua ama.

Júlia amava a Proteu tanto quanto este lhe queria, mas era uma dama de nobre espírito e achava que não ficava bem à sua dignidade de donzela deixar-se seduzir muito facilmente. Afetava, assim, ser insensível à paixão dele, causando-lhe não poucos dissabores.

Quando Lucetta apresentou a carta a Júlia, esta não quis recebê-la e ralhou com a criada por aceitar cartas de Proteu, ordenando-lhe que se retirasse. Mas tanto desejava ver o que estava escrito na carta que logo chamou de volta a criada. Assim que Lucetta reapareceu, ela indagou que horas eram. Sabendo bem que sua senhora mais desejava ver a carta do que saber as horas, Lucetta não respondeu e lhe ofereceu de novo a carta rejeitada. Furiosa de ver que a criada tomava a liberdade de se mostrar ciente do que ela realmente queria, Júlia rasgou a carta em pedaços e atirou-os ao chão, expulsando novamente a criada do quarto.

Antes de se retirar, Lucetta parou para apanhar os fragmentos da carta rasgada. Mas Júlia, que não queria separar-se deles, disse, fingindo cólera:

— Anda, vai-te embora e deixa os papéis onde estão; ias juntá-los para me aborreceres.

Júlia então começou a unir o melhor que podia os fragmentos de papel. Primeiro, conseguiu compor as palavras: "Proteu ferido de amor". Lastimando estas e outras palavras de amor que ia compondo, apesar de estarem todas em pedacinhos — ou, como ela dizia, *feridas* (fora a expressão "Proteu ferido de amor" que lhe sugerira tal ideia) —, pôs-se a falar àquelas amorosas palavras, dizendo-lhes que as aconchegaria no seio como em um leito, até que seus ferimentos sarassem, e que beijaria cada pedacinho, em reparação ao que fizera primeiro.

Assim prosseguiu nessas femininas puerilidades, até que, vendo-se incapaz de reconstituir toda a carta e aborrecida com a própria ingratidão em destruir tão doces e apaixonadas palavras, ela escreveu a Proteu uma carta muito mais terna que todas as anteriores.

Proteu ficou radiante ao receber tão favorável resposta e, enquanto a lia, exclamava:

— Doce amor, doces linhas, doce vida!

Em meio a esse enlevo, foi interrompido por seu velho pai, que lhe disse:

— Então, que é isso? Que carta estás a ler?

— Meu senhor — replicou Proteu —, é uma carta de meu amigo Valentim, que se acha em Milão.

— Dá-me a carta. Quero saber as notícias.

— Nada de novo, meu senhor — disfarçou Proteu, grandemente alarmado. — Ele conta apenas o quanto é estimado pelo duque de Milão, que diariamente o cumula de favores. Termina dizendo que desejaria ter-me em sua companhia, para compartilhar de sua sorte.

— E como correspondes a esse desejo? — inquiriu o pai.

— Como quem se confia à vontade paterna, sem depender de desejos de amigos.

Acontecia que o pai de Proteu acabava justamente de falar com um amigo sobre aquele assunto. Espantava-se o amigo de que ele deixasse o filho passar a juventude em casa, enquanto a maioria dos nobres mandava os filhos conhecerem o mundo.

— Alguns — dizia o amigo — tentam a sorte nas guerras, outros vão descobrir ilhas remotas e outros partem para estudar nas universidades estrangeiras. Aí tens o exemplo de Valentim, que foi para a corte do duque de Milão. Teu filho é capaz de fazer qualquer dessas coisas e será mais tarde uma grande desvantagem para ele não haver viajado na mocidade.

O pai de Proteu achara excelente o conselho do amigo. Assim, quando o filho lhe disse que Valentim o convidara a partilhar de sua sorte, o velho logo resolveu mandá-lo para Milão. Sem dar a Proteu nenhum motivo para essa súbita resolução, pois costumava dar ordens ao filho e não discutir com este, declarou:

— Meu desejo é o mesmo de Valentim. — Ante o olhar atônito do filho, acrescentou: — Não te espantes que eu tenha tão de repente resolvido mandar-te passar algum tempo na corte do duque de Milão. É o que eu quero mesmo e está acabado! Apronta-te para partir amanhã e nada de pretextos. Bem sabes que as minhas resoluções são irrevogáveis.

Agora que sabia que perderia Proteu por um longo tempo, Júlia já não fingia indiferença. Fizeram uma triste despedida, com juras de amor e fidelidade. Trocaram anéis, que ambos prometeram usar sempre, como mútua recordação. E assim, cheio de pesar, seguiu Proteu para Milão, residência do amigo Valentim.

Como dissera Proteu ao pai, Valentim captara realmente as graças do duque de Milão. E outra coisa lhe acontecera, com que Proteu nem sonhava: Valentim perdera a liberdade de que tanto jactava-se e tornara-se tão apaixonado quanto Proteu.

Fora Sílvia, filha do duque de Milão, quem operara tão maravilhosa mudança em Valentim, que era correspondido por ela. Mas ambos ocultavam seu amor, pois o duque, embora fosse amável com Valentim e o convidasse diariamente ao palácio, escolhera como marido para a filha um jovem cortesão chamado Thurio. Sílvia desprezava o rapaz, que nada tinha do fino espírito e das excelentes qualidades de Valentim.

Os dois rivais, Thurio e Valentim, achavam-se um dia em visita a Sílvia. Valentim divertia-a, transformando em ridículo tudo quanto Thurio dizia, quando o próprio duque entrou na sala e deu-lhe a boa-nova da chegada de seu amigo Proteu.

— Se eu desejasse mais alguma coisa — exclamou Valentim —, seria vê-lo aqui. — E fez ao duque os maiores elogios de Proteu: — Meu senhor, embora eu tenha esbanjado meu tempo, soube o meu amigo tirar vantagem do dele e tem, no seu espírito e pessoa, todos os predicados próprios de um cavalheiro.

— Acolhei-o, pois, de acordo com seu merecimento — disse o duque. — Sílvia, eu falo a ti, e a vós, Thurio. Quanto a Valentim, não é preciso fazer-lhe recomendação alguma.

Foram interrompidos pela entrada de Proteu, e Valentim apresentou-o a Sílvia:

— Encantadora dama, aqui tendes mais um servidor a vossas ordens.

Quando Valentim e Proteu terminaram a visita e se viram a sós, disse Valentim:

— Dize agora como vai tudo na nossa terra. Como vai tua dama? Tem progredido teu amor?

— Antes te aborreciam as minhas histórias de amor — replicou Proteu. — Sei que não te interessam tais assuntos.

— Ah, Proteu! — exclamou Valentim. — A vida agora está mudada. Fiz penitência por haver desprezado o amor. Em vingança ao meu desdém, o amor expulsou o sono dos meus olhos escravizados. Ó querido Proteu, o amor é um despótico senhor e tanto me tem subjugado que confesso que não há dor que se assemelhe à dos seus castigos, nem alegria neste mundo que se compare às alegrias que ele nos dispensa. Agora, não gosto de conversar sobre coisa alguma que não seja o amor.

A transformação que o amor operara em Valentim constituiu um grande triunfo para seu amigo Proteu. Mas de "amigo" é que Proteu não devia mais ser chamado, pois o mesmo poderoso deus do amor, de quem falavam (e no mesmo instante em que se referiam à mudança que ele operara em Valentim), agia também no coração de Proteu. Aquele que, até então, fora um modelo de verdadeiro amor e perfeita amizade tornava-se agora, a partir da curta visita a Sílvia, um falso amigo e um namorado infiel. Logo que viu Sílvia, todo seu amor por Júlia se desvaneceu como um sonho e nem a velha amizade a Valentim pôde impedir-lhe o desejo de suplantá-lo no coração dela. E, como sempre sucede quando uma pessoa naturalmente boa torna-se indigna, lutou Proteu com muitos escrúpulos antes de resolver abandonar Júlia e tornar-se rival de Valentim. Mas, por fim, ele abafou o senso do dever e entregou-se, quase sem remorsos, à sua nova e infeliz paixão.

Valentim confidenciou-lhe toda a história de seu amor, que tão cuidadosamente ocultava do duque. Contou-lhe que, sem esperanças de algum dia obter o consentimento deste último, convencera Sílvia a abandonar naquela noite o palácio paterno e fugir com ele para Mântua. Mostrou então a Proteu uma escada de corda, por meio da qual pretendia ajudar Sílvia a sair por uma das janelas do palácio, assim que escurecesse.

Depois de ouvir essa fiel narrativa dos mais caros segredos do amigo — é duro de acreditar, mas é verdade —, Proteu resolveu contar tudo ao duque.

O falso amigo começou sua história ao duque com muitos rodeios. Disse que, pelas leis da amizade, devia guardar segredo, mas que os favores que o duque lhe dispensava e o dever a que se sentia obrigado para com este levavam-no a contar aquilo que, de outro modo, por preço algum revelaria. Contou então tudo o que ouvira do amigo, sem omitir a escada de corda e a maneira como Valentim pretendia ocultá-la sob uma comprida capa.

O duque considerou Proteu como um milagre de integridade, visto que preferia denunciar os intentos do amigo a ocultar uma ação indigna, e encheu-o de elogios. Prometeu não revelar a Valentim quem o desmascarara, pois o obrigaria, por algum artifício, a trair ele próprio seu segredo. Nesse intuito, o duque esperou à noite a chegada de Valentim, a quem viu dirigir-se apressadamente às proximidades do palácio. Percebendo alguma coisa oculta sob sua capa, concluiu que devia ser a escada de corda. Então, fê-lo parar, dizendo:

— Aonde vai com tanta pressa, Valentim?

— Perdoai-me — retrucou Valentim —, é que tenho um mensageiro à espera, para levar cartas minhas aos amigos.

Mas tal mentira não teve melhor sucesso que a de Proteu a seu pai.

— Mas são de tanta importância assim? — inquiriu o duque.

— Não, meu senhor, apenas para dizer a meu pai que estou bem e me sinto feliz na vossa corte.

— Então, não importa. Demora-te um pouco mais. Desejo aconselhar-me contigo sobre uns assuntos íntimos.

Engendrou então uma história, com o intuito de lhe arrancar o segredo. Disse que, como Valentim bem sabia, desejava casar sua filha com Thurio, mas esta era por demais teimosa e desobediente às suas ordens:

— Nem considera que é minha filha, nem me teme como a um pai. Mas afianço-te que esse seu orgulho só serviu para afastar dela o meu amor. Eu pensava que minha velhice teria os seus cuidados de filha. Mas agora estou resolvido a casar-me e entregá-la a quem quer que pretenda casar com ela. E sua beleza há de ser seu único dote.

Sem saber onde o duque queria chegar, Valentim indagou:

— E que deseja vossa graça de mim, nesse caso?

— Sucede que a dama que pretendo desposar é bela e recatada e não preza minha eloquência de velho. Por outro lado, a maneira de cortejar mudou muito desde os meus tempos de rapaz, e eu desejava que me instruísses sobre o que devo fazer.

Valentim deu-lhe uma ideia geral da maneira como procediam os jovens quando desejavam conquistar o amor de uma linda dama, tais como presentes, visitas constantes e coisas parecidas.

Replicou o duque que a dama em questão havia recusado um presente que ele lhe mandara e que era de tal modo vigiada pelo pai que nenhum homem podia falar com ela durante o dia.

— Então — disse Valentim —, deveis visitá-la à noite.

— Mas, à noite — replicou o duque, que estava chegando onde queria —, suas portas estão solidamente fechadas.

Valentim teve então a infeliz ideia de aconselhar o duque a subir à noite ao quarto de sua dama, por meio de uma escada de corda. Prontificou-se ainda a lhe arranjar uma e recomendou-lhe que escondesse a referida escada sob uma capa longa, igual à sua.

— Empresta-me tua capa — pediu o duque, que arquitetara aquela longa história para ter um pretexto de se apossar da capa de Valentim.

E dizendo tais palavras, abriu a capa do jovem, descobrindo, não só a escada de corda, mas também uma carta de Sílvia, que ele no mesmo instante abriu e leu. Tal carta continha um plano completo da projetada fuga.

O duque, depois de exprobrar Valentim por sua ingratidão em retribuir daquele modo a acolhida que ele lhe dispensara, expulsou-o para sempre da corte e da cidade de Milão. Valentim foi forçado a partir naquela mesma noite, sem ao menos rever Sílvia.

Enquanto Proteu em Milão assim traía a Valentim, Júlia em Verona chorava a ausência de Proteu. E seu amor, por fim, suplantou de tal modo o senso das conveniências que ela resolveu deixar Verona para ir em busca do seu amado. Ela e sua criada Lucetta vestiram-se de homem para se prevenirem contra os perigos do caminho e, assim disfarçadas, chegaram a Milão pouco depois de Valentim ter sido banido da cidade.

Júlia chegou a Milão por volta do meio-dia, hospedando-se numa estalagem. E com todos os pensamentos dirigidos para seu querido Proteu, ela travou conversa com o estalajadeiro, ansiosa por descobrir alguma novidade de seu amor.

O hospedeiro ficou lisonjeado por aquele distinto jovem (que lhe parecia de elevada posição) lhe falar com tanta familiaridade e, sendo homem de boa índole, penalizou-se por vê-lo tão melancólico. A fim de distrair o jovem hóspede, convidou-o para uma serenata que naquela noite um cavalheiro ia oferecer à sua dama.

O motivo da melancolia de Júlia era não saber o que diria Proteu do imprudente passo que ela acabava de dar. Sabia bem que Proteu a amava por seu nobre orgulho virginal e dignidade de caráter e temia, com aquele passo, baixar no conceito dele.

Com a secreta esperança de encontrar Proteu, ela de bom grado aceitou o convite do estalajadeiro.

Mas quando chegaram diante do palácio a que o hospedeiro a conduzira, o efeito foi muito diferente daquele que o bom homem esperava. Ali, para sua mágoa, Júlia encontrou seu amado, o inconstante Proteu, oferecendo uma serenata a Sílvia e dirigindo-lhe palavras de amor e admiração. Júlia ouviu ainda Sílvia falar, de uma janela, a Proteu, censurando-o por haver esquecido seu verdadeiro amor e por sua ingratidão para com Valentim. Dito isto, Sílvia deixou a janela, sem querer ouvir sua música nem suas bonitas palavras, pois era fiel a Valentim e abominava o traiçoeiro procedimento de Proteu.

Apesar de desesperada com o que acabava de presenciar, Júlia continuava a amar o volúvel Proteu. E, sabendo que ele ultimamente despedira um criado, planejou, com o auxílio do hospedeiro, oferecer-se para seu pajem.

Sem desconfiar que se tratava de Júlia, Proteu enviou-a com cartas e presentes à sua rival Sílvia, mandando até, por seu intermédio, o anel que ela própria lhe dera em Verona, como prenda de despedida.

Chegando com o anel ao palácio, Júlia ficou radiante ao ver Sílvia rejeitar redondamente a corte de Proteu. E Júlia, ou o pajem Sebastião, como agora se chamava, pôs-se a conversar com Sílvia acerca do primeiro amor de Proteu, a abandonada

Júlia. Disse conhecê-la muito bem — e era verdade. Narrou-lhe o quanto Júlia queria a Proteu e como o desprezo deste a fazia sofrer. Continuando sua graciosa farsa, informou:

— Júlia tem minha altura e o meu corpo. Seus olhos e cabelos são da mesma cor dos meus.

Na verdade, Júlia parecia um bonito rapaz.

Sílvia se compadeceu da pobre moça a quem se referiam, tão cruelmente abandonada pelo homem que tanto amava. E, quando Júlia lhe ofereceu o anel mandado por Proteu, recusou-o:

— É uma vergonha ele me mandar este anel. Não o quero, pois muitas vezes ouvi dizer que foi Júlia quem o deu. Gosto de ti, meu bom rapazinho, por te compadeceres daquela pobre menina. Aqui tens uma bolsa. Aceita-a, por amor de Júlia.

Essas confortadoras palavras da boca de sua rival reanimaram o coração de Júlia.

Mas voltemos a Valentim, que não sabia qual caminho tomar, já que não queria voltar à casa paterna como um exilado. Estando a vaguear por uma floresta solitária, próxima ainda da cidade onde deixara o tesouro de seu coração, a querida Sílvia, foi atacado por ladrões, que lhe exigiram dinheiro.

Valentim lhes disse que era um homem perseguido pela adversidade, a caminho do exílio, e que não possuía dinheiro, sendo a roupa que vestia a sua única riqueza.

Ouvindo que ele era um homem caído em desgraça e impressionados com seu ar nobre e sua varonil atitude, os bandidos disseram que, se quisesse viver com eles e ser seu chefe, ou capitão, colocar-se-iam sob seu comando; em compensação, caso ele recusasse a oferta, o matariam.

Valentim, que pouco se importava com o que lhe acontecesse, consentiu em viver com eles e ser seu capitão, sob a condição de se comprometerem a não atacar mulheres nem viajantes pobres.

Assim, o nobre Valentim tornou-se, como o Robin Hood de que nos falam as baladas, capitão de ladrões e bandidos. Foi nessa situação que Sílvia veio a encontrá-lo, como veremos adiante.

Para evitar o casamento com Thurio, em que o pai continuava insistindo, Sílvia resolveu ir ter com Valentim em Mântua, onde soubera haver-se refugiado seu amor. Tal informação, porém, era falsa, pois Valentim ainda vivia na floresta, como capitão de bandidos, mas sem tomar parte nas suas depredações. Só usava a autoridade que lhe haviam imposto para compeli-los a se mostrarem compassivos em relação aos viajantes a quem saqueavam.

Sílvia fugira do palácio paterno em companhia de um digno ancião chamado Eglamour, que levara consigo para lhe servir de proteção no caminho. Teve de atravessar a floresta onde vivia Valentim com os bandidos. Um deles se apoderou de Sílvia, ao passo que Eglamour conseguiu fugir.

Vendo o terror em que Sílvia se achava, o bandido que a aprisionou disse-lhe que não se alarmasse, pois ia apenas levá-la à caverna onde morava seu capitão e que ela não devia ter medo, pois o capitão possuía espírito nobre e sempre se compadecia das mulheres. Pouco consolou Sílvia saber que seria levada, como prisioneira, perante o chefe dos bandidos.

— Oh, Valentim! — exclamou ela. — Tudo isso eu suporto por tua causa!

Quando o ladrão a conduzia para a caverna, no entanto, foi detido por Proteu, que tendo sabido da fuga de Sílvia lhe seguira os passos até aquela floresta, ainda acompanhado por Júlia disfarçada de pajem.

Proteu arrebatou-a das mãos do bandido. Porém, mal ela teve tempo de lhe agradecer e já ele começava a importuná-la com seus protestos de amor. Seu pajem (a desprezada Júlia) permanecia por perto, na maior ansiedade, temeroso de que o grande serviço que ele prestara a Sílvia a induzisse a retribuir-lhe os sentimentos.

Nisso, para grande surpresa de todos, apareceu de súbito Valentim, que, tendo sabido que seus homens haviam aprisionado uma dama, acorrera para confortá-la e tranquilizá-la.

Proteu, que estava a cortejar Sílvia, sentiu-se tão envergonhado por ser flagrado pelo amigo que logo foi acometido de profundo arrependimento e remorso. De tal modo expressou seu pesar pelo mal que fizera a Valentim que este, nobre e generoso por natureza, de uma maneira até romântica, não somente lhe perdoou restituindo-lhe o antigo lugar que ocupava na sua amizade, como também, num súbito arroubo de heroísmo, declarou:

— Perdoo-te plenamente e cedo-te todo o interesse que tenho por Sílvia.

Ao ouvir tão estranho oferecimento e temendo que a recente virtude de Proteu não lhe bastasse para recusar Sílvia, o falso pajem perdeu os sentidos e todos se empenharam em fazê-lo voltar a si. A própria Sílvia sentiu-se ofendida, embora não acreditasse que Valentim perseverasse naquela exagerada demonstração de amizade.

Quando recuperou os sentidos, Júlia disse:

— Ia-me esquecendo: meu amo encarregou-me de entregar este anel a Sílvia.

Olhando o anel, Proteu constatou que era o mesmo que dera a Júlia, em troca do que recebera dela e que ele mandara a Sílvia pelo suposto pajem.

— Como? — indagou ele. — Este é o anel de Júlia. Como veio parar em tuas mãos, menino?

— Foi a própria Júlia quem o deu a mim e a própria Júlia quem aqui o trouxe.

Olhando atentamente para ela, Proteu percebeu que não podia ser outra pessoa senão a própria Júlia. E tão comovido ficou com a prova que ela lhe dera de sua constância e devotamento que todo seu antigo amor lhe refluiu ao coração. Ficou de novo com sua própria amada, cedendo todas as suas pretensões sobre Sílvia a Valentim, que tanto a merecia.

Regozijavam-se Valentim e Proteu com sua reconciliação e a fidelidade de suas amadas, quando foram surpreendidos pela chegada do duque de Milão e de Thurio, vindos em perseguição de Sílvia.

Foi Thurio quem primeiro se aproximou, tentando apoderar-se de Sílvia e dizendo:

— Sílvia é minha!

— Cala-te! — retrucou Valentim, exaltado. — Se tornas a dizer que Sílvia é tua, a morte é o que tu terás. Aqui está ela: toca-a, se puderes. Não tocarás meu amor nem com tua respiração.

Diante da ameaça, Thurio, que era um grande poltrão, retirou-se, dizendo que não se interessava por ela e que tolo é quem se bate por uma mulher que não o ama.

O duque, que era um bravo, ficou encolerizado:

— Que vil e degenerado és tu, que tanto querias obtê-la e tão facilmente a abandonas agora! — Voltando-se então para Valentim, disse: — Aplaudo a tua coragem, Valentim, e julgo-te digno do amor de uma imperatriz. Terás Sílvia, pois bem a mereceste.

Beijando humildemente a mão do duque, Valentim aceitou cheio de reconhecimento o nobre oferecimento que ele lhe fazia de sua filha. Aproveitou esse feliz ensejo, pedindo o perdão do duque para os bandidos que com ele viviam na floresta, assegurando-lhe que, quando reintegrados na sociedade, saberiam mostrar-se úteis e honrados. A maioria deles tinha sido banida, como Valentim, por crimes meramente políticos. O duque aquiesceu prontamente. Quanto a Proteu, o falso amigo, foi-lhe imposta a penitência de assistir, perante o duque, à narrativa completa dos seus amores e embustes. A vergonha que então experimentou foi julgada castigo suficiente.

Feito isso, regressaram os quatro namorados a Milão, onde suas núpcias foram celebradas em presença do duque, com magníficos festejos.

O MERCADOR DE VENEZA

Shylock, o judeu, residia em Veneza. Era um usurário que acumulara imensa fortuna, emprestando dinheiro, com elevados juros, a negociantes cristãos. Shylock, tendo um coração de pedra, exigia com a máxima severidade o pagamento, o que o tornava detestado por todas as pessoas de bem, particularmente Antônio, um jovem mercador de Veneza. Da mesma forma odiava Shylock a Antônio, pois este costumava emprestar dinheiro a quem estivesse em apuros sem nunca exigir juro algum. Daí, a grande inimizade entre o ávido judeu e o generoso mercador. Sempre que Antônio encontrava Shylock no Rialto (ou Bolsa), censurava-o por sua usura e crueldade. O judeu fingia suportar as críticas com paciência, enquanto secretamente planejava uma vingança.

Não havia homem de melhores sentimentos que Antônio, nem ninguém tão prestativo. Na verdade, revelava-se nele a antiga honra romana, com mais evidência do que nos velhos tempos da Itália. Era muitíssimo estimado por todos os seus patrícios. Mas seu amigo mais chegado e querido era

Bassânio, um nobre veneziano que, dispondo apenas de pequeno patrimônio, quase exaurira sua modesta fortuna pela luxuosa maneira como vivia — como são geralmente inclinados a fazer os rapazes de alta posição e pouco dinheiro. Sempre que Bassânio necessitava de dinheiro, Antônio o socorria. Era como se os dois tivessem um só coração e uma só bolsa.

Um dia Bassânio procurou Antônio e anunciou que pretendia reparar suas finanças, desposando uma dama a quem muito amava e cujo pai, recentemente falecido, deixara-a como única herdeira de grande fortuna. Costumava ele frequentar-lhe a casa antes da morte de seu pai e notara então que a referida dama lhe mandava expressivas mensagens com os olhos. Deduzia, por isso, não ser mal acolhido nas suas intenções. Mas, como não dispunha de meios para se apresentar como convinha a um pretendente de tão rica herdeira, pedia a Antônio que acrescentasse mais um aos muitos favores que lhe fizera, emprestando-lhe três mil ducados.

Na ocasião, Antônio não tinha dinheiro para emprestar ao amigo, porém, como esperava para breve a chegada de alguns navios de mercadorias, propôs-se a falar com Shylock e solicitar-lhe um empréstimo, sob a garantia dos referidos navios.

Juntos, Antônio e Bassânio foram falar com Shylock, e Antônio pediu ao judeu que lhe emprestasse três mil ducados, aos juros que quisesse, a serem descontados das mercadorias que lhe chegavam por mar. Ao ouvi-lo, Shylock pôs-se a pensar: "Ah! Se eu o apanho, hei de saber vingar-me! Ele odeia os judeus. Empresta dinheiro sem juros e zomba de mim e dos meus bem adquiridos lucros. Maldita seja minha raça, se eu o perdoar!".

Vendo-o absorto em pensamentos e sem nada lhe responder, Antônio insistiu:

— Shylock, estás ouvindo? Queres emprestar-me o dinheiro?

— Signior Antônio — replicou o judeu —, no Rialto, muitas e muitas vezes tendes escarnecido de mim, por causa do meu dinheiro e dos meus juros, e eu tudo tenho suportado com paciência, pois a resignação é o apanágio da minha raça. Depois me chamais infiel, cão maldito, tens cuspido em minhas vestes de judeu e me repelido com o pé, como se eu fosse um cão vagabundo. Agora que precisais do meu auxílio, vindes dizer-me: "Shylock, empresta-me dinheiro". Acaso um cão tem dinheiro? Poderia um cachorro vagabundo emprestar três mil ducados? Devo curvar-me até o chão e dizer: "Excelência, cuspistes em mim na quarta-feira última, de outra vez me chamaste de cão e, por todas essas cortesias, vou emprestar-vos dinheiro?".

— Estou disposto a chamar-te novamente de cão, a cuspir-te de novo e continuar a desprezar-te. Se vais emprestar-me o dinheiro, empresta-o, não como a um amigo, mas como a um inimigo, a quem poderás com mais razão chamar a juízo, em caso de não pagamento.

— Ora, vamos! Como vos agastais! Mas quero ficar de bem convosco e granjear vossa estima. Esquecerei as vergonhas que me fizestes passar. Atenderei vosso pedido e não cobrarei juros.

Essa oferta aparentemente generosa muito surpreendeu a Antônio. E Shylock, ainda a afetar bondade e dizendo que tudo o que fazia era por amizade a Antônio, repetiu que lhe emprestaria os três mil ducados e não cobraria juros. Apenas Antônio teria de ir com ele a um notário e ali, por mera brincadeira, assinaria um contrato, pelo qual, se não devolvesse o dinheiro em determinado dia, ficava obrigado a dar uma libra da sua própria carne, a ser cortada da parte do seu corpo que Shylock escolhesse.

— Muito bem, assinarei esse contrato e hei de propalar a generosidade do judeu.

Bassânio insistiu com Antônio para que não assinasse por sua causa tal documento. Antônio, porém, teimou em assiná--lo, pois, antes do dia do pagamento, seus navios estariam de volta, com carga muito superior ao valor do empréstimo.

Shylock, ouvindo o debate, exclamou:

— Ó pai Abraão, como são desconfiados esses cristãos! Seu próprio procedimento leva-os a suspeitar das intenções dos outros. Dizei-me, Bassânio, se ele não pagasse no dia marcado, que poderia eu lucrar com o cumprimento do contrato? Uma libra de carne humana não tem tanto valor nem proveito quanto uma libra de carne de carneiro ou de vaca. Faço esse favor em troca da amizade dele. Se quiser aceitá-lo, muito bem; senão, adeus.

Afinal, contra o parecer de Bassânio, que, apesar de tudo quanto dizia o judeu acerca das suas boas intenções, não queria que o amigo se arriscasse, Antônio assinou o contrato, julgando que não passasse (como dizia o judeu) de mera brincadeira.

A rica herdeira desejada por Bassânio residia perto de Veneza, num lugar chamado Belmonte. Seu nome era Pórcia e, nos seus dotes físicos e espirituais, nada ficava a dever à famosa Pórcia, filha de Catão e esposa de Brutus.

Devidamente suprido de dinheiro, Bassânio partiu, com todo o aparato, para Belmonte, acompanhado por um cavalheiro de nome Graciano.

Foi feliz em seus intuitos e, dentro em pouco, Pórcia consentiu em aceitá-lo para marido.

Bassânio confessou que não possuía fortuna e que seu alto nascimento e nobre linhagem eram as únicas coisas de que podia se orgulhar. Ela, que o amava por suas dignas qualidades e tinha dinheiro suficiente para não se preocupar com as finanças do marido, respondeu com graciosa modéstia que desejaria ser mil vezes mais bela e mil vezes mais rica para ser mais digna dele. Lamentou ainda não ter educação, nem instrução, nem prática do mundo, embora não fosse tão velha que não pudesse aprender. Assim, poria seu espírito à disposição de Bassânio, para que este o dirigisse e governasse. E, dando-lhe um anel, acrescentou:

— Sou tua, agora. Tudo o que é meu fica sendo teu também. Ainda ontem, Bassânio, eu era senhora desta mansão, rainha de mim mesma e ama de todos estes serviçais. Agora, esta casa, estes criados e eu própria a ti pertencemos, meu senhor. Tudo te entrego, juntamente com este anel.

Tomado de imensa gratidão e pasmo ante a graciosa maneira como a rica e nobre Pórcia aceitava um homem nas suas condições, Bassânio só pôde expressar sua alegria e veneração com entrecortadas palavras de amor e reconhecimento. E, tomando o anel, jurou nunca mais se separar dele.

Graciano e Nerissa, aia de Pórcia, achavam-se presentes quando a dama prometeu tornar-se a obediente esposa de Bassânio. E Graciano, aproveitando o ensejo, pediu permissão para se casar ao mesmo tempo.

— De todo o coração, Graciano — disse Bassânio —, se encontrares uma esposa.

Graciano revelou então que amava a gentil Nerissa e que esta lhe prometera ser sua esposa quando a senhora sua ama desposasse Bassânio. Pórcia indagou de Nerissa se aquilo era verdade.

— Sim — confirmou Nerissa —, se minha senhora o permitir.

Pórcia de bom grado o consentiu.

Nesse momento, a ventura dos namorados foi interrompida pela chegada de um mensageiro que trazia uma carta de Antônio. Enquanto a lia, Bassânio empalideceu de tal modo que Pórcia temeu que se tratasse da morte de algum ente querido. Perguntou-lhe o que tanto o perturbava e ele respondeu:

— Querida Pórcia, aqui estão algumas das mais tristes palavras que jamais mancharam um papel. Quando pela primeira vez confessei o meu amor, disse-te que todas as minhas riquezas corriam nas minhas veias. Mas deveria ter dito que tinha ainda menos do que nada, pois devia muito.

Bassânio então contou a Pórcia o que aqui já relatamos e leu-lhe a carta de Antônio:

"Meu estimado Bassânio, meus navios estão todos perdidos. Meu contrato com o judeu obriga-me à penalidade nele instituída. E como, cumprindo-a, me é impossível viver, eu desejaria ver-te antes da minha morte. Faze, no entanto, como bem entenderes; que tua amizade te induza a vir, e não minha carta."

— Meu querido! Apressa-te e parte imediatamente. Terás ouro com que pagar vinte vezes a dívida, antes que esse bom amigo perca um fio de cabelo por tua culpa. E já que te comprei tão caro, hás de ser meu mais caro amor.

Pórcia afirmou então que desejava casar antes de sua partida, para que Bassânio pudesse dispor legalmente do dinheiro dela. No mesmo dia, casaram-se, bem como Graciano e Nerissa.

Logo após o casamento, Bassânio e Graciano partiram a toda para Veneza, onde encontraram Antônio na prisão.

Tendo vencido o dia do pagamento, não quis o cruel judeu aceitar o dinheiro que Bassânio lhe oferecia, insistindo em cortar uma libra da carne de Antônio. Foi marcado o dia para o julgamento dessa estranha causa perante o duque de Veneza — data esta que Bassânio esperava com a maior ansiedade.

Ao se despedir do marido, Pórcia lhe pedira que trouxesse na volta seu querido amigo. Temia, contudo, que algo de mau sucedesse a Antônio e, quando se viu só, começou a cogitar de algum meio de lhe salvar a vida. Para ser agradável a Bassânio, dissera que se deixaria governar em tudo pela sabedoria superior dele, entretanto, agora sentia-se impelida a agir pelo perigo que ameaçava o amigo do esposo. Sem duvidar das próprias capacidades e guiando-se apenas pelo próprio discernimento, ela resolveu ir a Veneza, para defender a causa de Antônio.

Tinha um parente que era advogado, chamado Belário, a quem escreveu, expondo-lhe o caso e pedindo sua opinião. Pediu também que, junto com os conselhos, ele lhe enviasse umas vestes de advogado. Ao regressar, o mensageiro trouxe as instruções do advogado, bem como uma indumentária completa de sua profissão.

Pórcia vestiu-se de advogado e Nerissa de escrevente. E, partindo em seguida, chegaram a Veneza no mesmo dia do julgamento. Já ia a causa ser debatida perante o duque e os senadores de Veneza, quando Pórcia penetrou na alta corte de justiça, apresentando uma carta de Belário ao duque. Nela, o advogado dizia não poder defender pessoalmente Antônio por motivo de doença, mas solicitava que o ilustrado doutor Baltasar (assim chamava ele a Pórcia) fosse autorizado a substituí-lo.

Começou, então, o importante julgamento. Olhando ao redor, Pórcia viu o impiedoso judeu; viu também Bassânio, que não a reconheceu sob os seus disfarces. Estava ele ao lado de Antônio, numa terrível angústia pela sorte do amigo.

A importância da árdua tarefa que se impusera infundiu coragem a Pórcia, capacitando-a a desempenhar devidamente seu dever. Primeiro, dirigiu-se a Shylock e, reconhecendo que, pelas leis de Veneza, tinha ele o direito de exigir o cumprimento expresso do contrato, falou-lhe tão comovedoramente da nobre virtude do perdão que teria abrandado qualquer outro coração que não o do empedernido Shylock. Disse que o perdão emanava do Céu como a chuva e constituía uma dupla bênção: abençoava àquele que o concedia e àquele que o recebia; sentava melhor aos monarcas do que suas coroas; era um atributo do próprio Deus; e tanto mais se aproximava o poder terrestre do divino, quanto mais inclinado fosse para o perdão. Terminou lembrando a Shylock que, assim como todos pedimos perdão, esse mesmo pedido devia ensinar-nos a perdoar.

Shylock limitou-se a responder que exigia o cumprimento da condição imposta pelo contrato.

— Ele não pode pagar o dinheiro? — perguntou Pórcia.

Bassânio ofereceu então a Shylock o pagamento dos três mil ducados, tantas vezes quantas ele quisesse. Shylock recusou, insistindo em retirar uma libra da carne de Antônio. Bassânio pediu ao jovem advogado que procurasse uma escapatória, a fim de salvar a vida de seu amigo. Mas Pórcia respondeu gravemente que as leis, uma vez estabelecidas, não devem jamais ser alteradas. Shylock, ouvindo Pórcia dizer que a lei não podia ser alterada, pensou que ela estivesse advogando em seu favor e exclamou:

— Veio um novo Daniel ao julgamento! Quanto vos venero, ó sábio e jovem legista! Sereis acaso mais velho do que aparentais?

Pórcia pediu então a Shylock que lhe mostrasse o contrato e, depois de o ler, disse:

— Este contrato não foi cumprido. Pode, pois, o judeu exigir legalmente uma libra de carne, cortando-a o mais próximo possível do coração de Antônio. — E virou-se para o judeu: — Sê misericordioso! Aceita o dinheiro e autoriza-me a rasgar o contrato.

Mas o cruel Shylock mostrou-se inabalável:

— Não há poder de língua humana que me induza a mudar de resolução.

— Então, Antônio, prepara o peito para a faca.

Enquanto Shylock afiava sofregamente uma comprida faca, Pórcia perguntou a Antônio:

— Tens alguma coisa a declarar?

Antônio replicou calmamente que pouco tinha a falar, pois estava com o espírito preparado para a morte. E então disse a Bassânio:

— Dá-me tua mão, Bassânio! Adeus! Não te sintas pesaroso por haver eu caído em desgraça por tua causa. Recomenda-me à tua esposa e conta-lhe o quanto te estimei!

Bassânio, na mais profunda aflição, replicou:

— Antônio, desposei uma mulher que me é tão cara quanto a própria vida. Mas minha própria vida, minha mulher, o mundo inteiro, nada tem mais valor para mim do que tua vida. Eu seria capaz de perder tudo, sacrificar tudo a esse demônio, para te libertar.

Ao ouvir tal coisa, embora não se ofendesse por seu esposo exprimir tão fortemente a amizade que devia a um amigo tão devotado quanto Antônio, Pórcia interveio:

— Muito haveria de te agradecer tua esposa, se aqui estivesse e ouvisse tal oferta!

Então Graciano, que gostava de imitar tudo quanto Bassânio fazia, julgou que devia fazer uma declaração no mesmo gênero e disse, em presença de Nerissa, que se achava na sua carteira de escrevente, ao lado de Pórcia:

— Eu tenho uma esposa a quem muito amo. Pois desejaria que ela estivesse no Céu, para que pudesse conseguir lá a mudança de caráter desse infame judeu.

— Ainda bem que dizes isso nas costas dela! — comentou Nerissa. — Senão terias barulho em casa...

Nisto, Shylock bradou com impaciência:

— Estamos a desperdiçar o tempo. Peço-vos que pronuncieis a sentença.

Uma angustiosa expectativa pairou no recinto, pois todos os corações se confrangiam por Antônio.

Pórcia perguntou se estavam prontas as balanças para pesar a carne e disse ao judeu:

— Shylock, devias ter trazido um médico, para que o sangue perdido não o leve à morte.

Shylock, cuja única intenção era a morte de Antônio, replicou:

— Isso não está no contrato.

— É verdade que não está — retrucou Pórcia —, mas seria bom fazê-lo por caridade.

— Não posso aceitar tal coisa — limitou-se a dizer Shylock —, pois não está no contrato.

— Então, pertence-te uma libra da carne de Antônio. A lei o concede e a corte o aprova.

E Shylock novamente exclamou:

— Ó sábio e reto juiz! Veio um novo Daniel ao julgamento!

Tornou a afiar a faca e, olhando raivosamente para Antônio, disse:

— Anda, prepara-te!

— Espera um pouco, judeu! — interrompeu Pórcia. — Há mais uma coisa: este contrato não concede uma só gota de sangue. Aqui está escrito textualmente uma libra de carne. Se, ao cortar a libra de carne, derramares uma única gota de sangue cristão, todos os teus haveres serão legalmente confiscados pelo Estado de Veneza.

Como era humanamente impossível cortar carne sem derramar sangue, essa hábil interpretação de Pórcia salvou a vida de Antônio. Todos admiraram a sagacidade do jovem legista que, com tanta felicidade, descobrira tal expediente. De toda parte elevaram-se aplausos no tribunal e Graciano exclamou, com as mesmas palavras de Shylock:

— Ó sábio e reto juiz! Repara, judeu, veio um novo Daniel ao julgamento!

Vendo-se derrotado em seu cruel intento, Shylock declarou, desconcertado, que queria o dinheiro. Bassânio, cheio de alegria ante a inesperada salvação de Antônio, exclamou:

— Aqui está!

Mas Pórcia deteve-o:

— Devagar, não há pressa. O judeu nada mais obterá, além da penalidade em que insistiu. Prepara-te, pois, Shylock, para cortar a carne. Mas trata de não derramar sangue, nem cortes nada além de uma libra exata. Ainda que excedas o peso em um bocado tão insignificante quanto o peso de um fio de cabelo, estás, pelas leis de Veneza, condenado a morrer e teus bens serão confiscados.

— Dai-me o meu dinheiro e deixai-me ir — pediu Shylock.

— Aqui está! — disse Bassânio.

Já ia Shylock pegar o dinheiro, quando Pórcia o interrompeu novamente:

— Para, judeu! Tenho outra coisa a dizer-te: pelas leis de Veneza, teus bens pertencem, por confiscação, ao Estado, por haveres conspirado contra a vida de um dos seus cidadãos. Tua vida está à mercê do duque. Portanto, ajoelha-te e pede perdão.

O duque falou então a Shylock:

— Para veres a diferença do nosso espírito cristão, perdoo-te a vida antes que o peças. Metade dos teus bens pertence a Antônio, e metade será entregue ao Estado.

O generoso Antônio declarou então que desistia da parte que lhe cabia da fortuna de Shylock, se este assinasse um testamento, legando-a, por morte, à sua filha única e ao marido desta. Pois sabia Antônio que a filha única do judeu casara havia pouco, contra a vontade do pai, com um cristão seu amigo chamado Lorenzo, motivo pelo qual Shylock, irritado, a deserdara.

Fracassado em sua vingança e despojado dos seus bens, o judeu consentiu e disse:

— Sinto-me doente. Deixai-me ir para casa. Mandai-me para lá o documento e assinarei a doação.

— Vai-te, então, e assina. Se te arrependeres do que tens feito e te tornares cristão, o Estado te perdoará a outra metade da multa.

Suspensa a audiência, Antônio foi posto em liberdade.

O duque fez os maiores elogios ao jovem advogado e convidou-o para jantar.

Pórcia, que desejava voltar para casa antes do marido, esquivou-se:

— Humildemente vos agradeço, mas devo partir imediatamente.

Muito sentiu o duque que ele não pudesse aceitar o convite e, voltando-se para Antônio, recomendou:

— Recompensai este cavalheiro, pois, a meu ver, lhe deveis muitíssimo.

O duque e os senadores retiraram-se do palácio. Então Bassânio disse a Pórcia:

— Digno senhor, eu e meu amigo Antônio, graças ao vosso saber, fomos hoje absolvidos de graves penalidades. Rogo-vos que aceiteis os três mil ducados devidos ao judeu.

— E nós — acrescentou Antônio — vos ficaremos eternamente gratos e a dever-vos muito mais ainda em amizade e préstimos.

Pórcia não quis receber o dinheiro; mas, como Bassânio insistisse para que aceitasse qualquer recompensa, pediu:

— Dai-me as vossas luvas de lembrança.

Bassânio descalçou as luvas e Pórcia logo lhe viu no dedo o anel com que o presenteara. Era esse anel que ela queria apanhar, para depois, em casa, lhe pregar uma boa peça. Por isso, pediu primeiro as luvas e depois completou:

— Também fico com esse anel, como lembrança vossa!

Muito pesaroso ficou Bassânio por lhe haver o doutor pedido a única coisa de que não podia dispor e respondeu, cheio de confusão, que não podia dar o anel, pois se tratava de um presente de sua mulher, do qual jurara nunca se separar. Mas afiançou que lhe daria o anel mais valioso que houvesse em Veneza. Diante da recusa, Pórcia fingiu-se contrariada e retirou-se, dizendo:

— Vós me ensinais, senhor, como é que se responde a um mendigo.

— Meu caro Bassânio — ponderou Antônio —, dá-lhe o anel. Que sua amizade e o serviço que nos prestou não sejam tidos em menor conta do que o agastamento de tua mulher.

Envergonhado por parecer ingrato, Bassânio consentiu e enviou Graciano atrás de Pórcia com o anel. Nisto, o "escrevente" Nerissa, que também dera um anel a Graciano, igualmente lho pediu. E Graciano, não querendo ficar atrás em generosidade, deu-lhe o anel que trazia.

As duas, depois, riram a valer, só de pensar na cara que fariam os maridos quando elas lhes perguntassem pelos anéis e teimassem em que eles os tinham dado de presente a alguma mulher.

Ao regressar para casa, Pórcia estava nessa feliz disposição de espírito que nos acompanha quando praticamos uma boa ação. Sentia prazer em tudo quanto via. Nunca a Lua lhe pareceu brilhar com tão lindo fulgor. E, quando a Lua se escondeu por trás de uma nuvem, avistou ao longe uma luzinha:

— É de minha casa aquela luz! — disse a Nerissa. — Vê até onde a pequenina candeia envia os seus raios! Assim fulgura uma boa ação num mundo perverso. — E, ouvindo um som de música da sua casa, acrescentou: — Parece soar mais docemente do que de dia.

Ao chegarem, Pórcia e Nerissa vestiram suas roupas e esperaram pelos maridos, que não tardaram a aparecer, acompanhados de Antônio. Bassânio apresentou o querido amigo a Pórcia. E esta ainda lhe dava as boas-vindas e felicitações quando se apercebeu de que Nerissa e Graciano discutiam num canto da sala.

— Já brigando? — indagou Pórcia. — Que houve?

— Senhora — esclareceu Graciano —, é por causa de

um anel sem valor que Nerissa me deu, com versos como esses que se veem nas facas dos cuteleiros: "Ama-me e não me deixes".

— Que importa a inscrição e o preço do anel? — questionou Nerissa. — Tu me juraste que o conservarias até a hora da morte. Agora, vens dizer que o deste ao escrevente de um advogado. Bem sei que o deste a uma mulher.

— Juro — retrucou Graciano — que o dei a um rapaz e, por sinal, bem minguado, assim da tua altura. Era escrevente do jovem advogado que salvou a vida de Antônio. O rapaz me pediu o anel como lembrança e recompensa. Como eu podia negar?

— Mereces censura — atalhou Pórcia —, por te desfazeres do primeiro presente que recebeste de tua esposa. Também dei um anel a meu marido e estou certa de que ele não o trocaria por nada neste mundo.

Então Graciano, como uma desculpa para sua falta, alegou:

— Mas o meu senhor Bassânio deu seu anel ao advogado. Daí, veio o rapaz, que teve seu trabalho de escrever, e pediu-me também o meu.

Ao ouvir tal coisa, Pórcia fingiu-se muito zangada e censurou Bassânio por haver dado o anel. Disse que Nerissa tinha razão e que, com certeza, também Bassânio o havia presenteado a alguma mulher. Amargurado por ter ofendido sua querida senhora, Bassânio disse energicamente:

— Não, juro por minha honra, que não se trata de mulher nenhuma, mas de um doutor em leis, que recusou três mil ducados de minha parte e me pediu o anel, retirando-se ofendido, quando lho neguei. Que mais eu podia fazer, querida Pórcia? Senti-me tão envergonhado de parecer ingrato que me vi obrigado a lhe enviar o anel. Perdoa-me, querida.

Se lá estivesses, serias a primeira a me pedir o anel para o dar ao digno doutor.

— E dizer — exclamou Antônio — que sou o infeliz causador dessas desavenças!

Pórcia pediu-lhe que não se afligisse por tal coisa, pois muito apreciava sua visita. E então, Antônio declarou:

— Já uma vez empenhei meu corpo pela salvação de Bassânio. Agora, estaria morto, se não fosse a intervenção daquele a quem Bassânio deu o anel. Por isso, ouso agora dar de fiança minha alma de como nunca mais vosso marido quebrará sua palavra para convosco.

— Ficai então de fiador — aceitou Pórcia. — Dai-lhe este anel e recomendai-lhe que o guarde melhor do que o outro.

Quando olhou para o anel, Bassânio ficou espantadíssimo ao constatar que era o mesmo de que se desfizera. Confessou-lhe então Pórcia que era ela o jovem advogado e Nerissa seu escrevente. E Bassânio compreendeu, para seu espanto e desvanecimento, que era à nobre coragem e sabedoria de sua esposa que Antônio devia a vida.

Mais uma vez, Pórcia deu as boas-vindas a Antônio e entregou-lhe cartas que casualmente lhe haviam chegado às mãos e que informavam que os navios de Antônio, dados como perdidos, tinham chegado a salvo no porto.

Assim, o trágico início da história desse rico mercador ficou logo esquecido ante a ventura que se seguiu. E não faltou tempo para rirem da história dos anéis e de não terem os maridos reconhecido suas próprias esposas, jurando então Graciano, numa espécie de discurso rimado, que

"... enquanto vivo fosse, seu maior cuidado
seria conservar aquele anel amado."

CIMBELINO

Na época de Augusto César, imperador de Roma, reinava na Inglaterra (então denominada Bretanha) um rei chamado Cimbelino.

A primeira mulher de Cimbelino morreu quando seus três filhos (dois meninos e uma menina) eram ainda de tenra idade. Imogênia, a mais velha, foi educada na corte do pai. Mas os dois filhos de Cimbelino foram raptados do próprio quarto, quando o primeiro tinha apenas três anos e o segundo era ainda criança de peito. O rei nunca descobriu o paradeiro deles, nem quem os roubou.

Cimbelino casou duas vezes: sua segunda esposa era uma mulher má e intrigante, uma cruel madrasta para Imogênia.

A rainha, embora odiasse Imogênia, queria casá-la com um filho seu, fruto de outro matrimônio anterior. Esperava, com isso, após a morte de Cimbelino, colocar a coroa da Bretanha na cabeça de seu filho Cloten, pois sabia que, se os filhos do rei não fossem encontrados, a princesa Imogênia seria a única herdeira do trono. Mas esse desígnio foi frustrado pela própria Imogênia, que se casou sem licença nem conhecimento do pai ou da rainha.

Póstumo (assim se chamava o marido de Imogênia) era o mais instruído e perfeito cavalheiro da época. Seu pai morrera na guerra, a serviço de Cimbelino, e sua mãe morrera de pesar com a perda do esposo.

Comovido com a sorte do órfão, Cimbelino adotara Póstumo (dera-lhe este nome, por ele haver nascido após a morte do pai) e educara-o em sua própria corte.

Imogênia e Póstumo estudaram com os mesmos mestres e brincaram juntos na infância. Amavam-se ternamente quando crianças e, aumentando com os anos o afeto, casaram secretamente ao chegarem na idade apropriada.

Desapontada, a rainha logo lhes descobriu o segredo, pois mantinha espiões vigiando continuamente a enteada. Imediatamente, ela comunicou ao rei o casamento de Imogênia com Póstumo.

Nada podia exceder a cólera de Cimbelino ao descobrir que a filha esquecera a sua alta dignidade, a ponto de se casar com um vassalo. Ordenou a Póstumo que deixasse a Bretanha, banindo-o de sua pátria para sempre.

A rainha, que fingia lastimar Imogênia pela dor de perder o marido, ofereceu-se para lhes proporcionar uma entrevista secreta antes da partida de Póstumo para Roma, onde ele residiria. Essa falsa bondade tinha como objetivo facilitar a realização dos seus projetos em relação a Cloten, pois pretendia persuadir Imogênia, após a partida de Póstumo, que seu casamento não era legal, por ter sido realizado sem o consentimento do rei.

Imogênia e Póstumo despediram-se ternamente. Imogênia deu ao esposo um anel de diamantes que pertencera à rainha sua mãe, e Póstumo prometeu nunca separar-se dele. Fechou depois uma pulseira no braço da esposa, pedindo-lhe que a conservasse com o maior cuidado, como penhor de seu afeto. Trocaram então os últimos adeuses, com juras de amor e fidelidade.

Imogênia permaneceu solitária e melancólica no palácio real, e Póstumo chegou a Roma, local que escolhera para seu exílio.

Logo, ele travou amizade em Roma com alguns alegres jovens de diferentes países. Estavam um dia a falar de mulheres e cada qual louvava as de sua própria terra, particularmente suas amadas. Póstumo, que sempre tinha a esposa em mente, afirmou que a linda Imogênia era a mais virtuosa, sensata e constante mulher do mundo.

Um deles, Iáquimo, ofendido, por uma dama da Bretanha ser colocada acima das suas patrícias romanas, provocou Póstumo, pondo em dúvida a constância da tão louvada esposa. Depois de muito altercarem, Póstumo aceitou a seguinte proposta de Iáquimo: iria ele à Bretanha e tentaria conquistar o amor de Imogênia. Apostaram que, se Iáquimo não conseguisse seu intento, teria de pagar uma grande quantia. Mas, se obtivesse os favores de Imogênia e a induzisse a lhe entregar a pulseira (que Póstumo lhe dera como penhor de mútuo afeto), então Póstumo teria de dar a Iáquimo o anel que recebera da esposa. Tamanha era sua confiança na fidelidade de Imogênia que ele não ponderou que a honra desta pudesse correr perigo com semelhante aposta.

Ao chegar à Bretanha, Iáquimo foi cortesmente acolhido por Imogênia, na qualidade de amigo de seu esposo. Quando começou a lhe fazer declarações de amor, entretanto, ela o repeliu com desdém e ele logo compreendeu que não obteria sucesso nos seus desonestos propósitos.

Seu desejo de ganhar a aposta, porém, fê-lo recorrer a um estratagema para enganar Póstumo. Com esse fim, subornou alguns criados de Imogênia, para que estes o introduzissem no quarto dela, encerrado num grande baú. Ali permaneceu, até que Imogênia se recolheu ao quarto e adormeceu. Então, saindo do baú, Iáquimo examinou o quarto com grande atenção e tomou nota de tudo quanto viu, observando principalmente um sinal que Imogênia tinha no pescoço. Depois retirou cuidadosamente do braço dela a pulseira que Póstumo lhe dera e meteu-se de novo no baú. Imediatamente partiu para Roma. E gabou-se a Póstumo de que Imogênia lhe dera a pulseira, permitindo-lhe até que passasse a noite no quarto dela. Para reforçar sua assertiva, acrescentou:

— O quarto dela é todo forrado de seda e prata. Os desenhos representam a história da orgulhosa Cleópatra ao se encontrar com Antônio e constituem na verdade um admirável trabalho.

— É verdade — concordou Póstumo —, mas podias ouvir falar disso sem ver.

— A lareira — continuou Iáquimo — fica ao sul do quarto e tem uma pintura que representa Diana no banho. Nunca vi figuras tão vivas.

— Podias ter ouvido contar — objetou Póstumo —, pois falam muito nessa pintura.

Minuciosamente, Iáquimo descreveu então o teto do quarto e acrescentou:

— Quase ia me esquecendo: os suportes da lareira são dois cupidos de prata. — Afinal mostrou a pulseira e disse: — Conheces esta joia? Pois foi ela quem me deu. Ela própria tirou-a do braço. Parece-me que ainda estou a vê-la... Seu lindo gesto valorizou ainda mais o presente. Deu-ma e disse que já a tivera em grande estima.

Por fim, descreveu o sinal que notara no pescoço dela. Póstumo, que ouvia essa perversa história entre as torturas da dúvida, explodiu então nas mais arrebatadas imprecações contra Imogênia. E entregou a Iáquimo o anel de diamantes, que se havia comprometido a lhe dar, se ele trouxesse a pulseira.

Depois, num impulso de ciumenta cólera, escreveu a seu fiel amigo Pisânio, cavalheiro da Bretanha e um dos oficiais da corte de Imogênia. Contou-lhe a prova que tivera da infidelidade da esposa e ordenou-lhe que levasse Imogênia para Milford-Haven, um porto marítimo de Gales, e ali a matasse. Ao mesmo tempo, escreveu uma ardilosa carta a Imogênia, pedindo-lhe que acompanhasse Pisânio, pois sentia que não podia mais viver sem ela e que, embora estivesse proibido, sob pena de morte, de voltar à Bretanha, iria a Milford-Haven, para vê-la. Sem nada suspeitar, pois amava o marido acima de tudo e desejava, mais do que a própria vida, tornar a vê-lo, Imogênia apressou a partida com Pisânio, seguindo viagem na mesma noite em que recebeu a carta.

Quando estavam próximos do fim da viagem, Pisânio, que, embora fiel a Póstumo, não estava disposto a ajudá-lo numa ação daquelas, revelou a Imogênia a cruel ordem que recebera.

Imogênia, que, em vez de encontrar um amoroso e amado esposo, se viu assim condenada à morte, caiu na maior aflição.

Pisânio convenceu-a a se tranquilizar e aguardar com paciência o dia em que Póstumo reconhecesse sua injustiça e dela se arrependesse. E como Imogênia, naquela situação, se recusasse a voltar com Pisânio para a corte paterna, ele a aconselhou a se vestir de rapaz, para maior segurança quando ficasse a sós. Ela concordou, planejando, com tal disfarce, chegar a Roma para ver o marido, a quem continuava a amar, embora tão barbaramente ele a houvesse tratado.

Depois de lhe fornecer trajes masculinos, Pisânio deixou-a entregue à sua incerta sorte, pois era obrigado a regressar à corte. Antes de partir, no entanto, deu-lhe um frasquinho de tônico, com o qual a rainha o presenteara, como um remédio infalível para todos os males.

A rainha odiava Pisânio, por sua amizade com Imogênia e Póstumo, e dera-lhe aquele frasco com o que supunha ser veneno — um veneno que pedira a seu médico, sob a alegação de querer experimentá-lo sobre alguns animais. Desconfiado dos seus intuitos malignos, o médico não a munira de veneno verdadeiro, mas lhe dera uma droga cujo único mal era causar, por algumas horas, um sono com todas as aparências da morte. Tal era a poção que Pisânio, julgando ser tônico, oferecia a Imogênia, recomendando-lhe que a usasse, caso se sentisse mal. E assim, com muitos votos de felicidade, despediu-se dela.

Quis a Providência que os passos de Imogênia a conduzissem até a moradia dos seus dois irmãos, roubados quando pequeninos. Belário, que os raptara, era um nobre falsamente acusado de traição e banido da corte de Cimbelino. Como vingança, roubara os dois filhos do rei, levando-os para uma floresta, onde passaram a viver numa caverna. Tendo-os raptado por vingança, sucedeu, porém, que começou a amá-los tão carinhosamente como se fossem seus próprios filhos e os educou cuidadosamente. Assim, ambos cresceram e se tornaram excelentes rapazes, cujo sangue principesco incitava às façanhas e ao perigo. Vivendo da caça, tornaram-se fortes e ousados e sempre insistiam com o suposto pai para que os deixasse tentar a sorte na guerra.

Foi à caverna onde moravam esses jovens que Imogênia teve a sorte de chegar. Perdera-se na grande floresta, na qual se embrenhara em busca de um caminho para Milford-Haven, de onde pretendia embarcar para Roma. Sem conseguir alimento, estava a ponto de morrer de fraqueza e fome — não basta um traje masculino para capacitar uma jovem dama, carinhosamente criada, a suportar a fadiga de percorrer uma floresta solitária, como se fosse um homem. Avistando aquela caverna, nela entrou, na esperança de encontrar alguém que lhe desse algum alimento. Achou a caverna deserta, mas, olhando ao redor, descobriu alguma carne fria. Sua fome era tão premente que, não podendo esperar convites, ela se assentou e pôs-se a comer.

— Ah! — lamentou-se consigo mesma. — Que aborrecida é a vida de homem! Como estou cansada! Por duas noites seguidas dormi na relva. Se minha resolução não me sustentasse, eu cairia doente. Quando Pisânio me mostrou Milford-Haven do alto da montanha, parecia tão perto!

Veio-lhe então à mente a lembrança do marido e de sua cruel sentença:

— Meu querido Póstumo, tu és um pérfido!

Os dois irmãos de Imogênia, que tinham ido à caça com seu pretenso pai, Belário, estavam nesse momento de volta à caverna. Belário lhes dera os nomes de Polidoro e Cadwal, e eles se supunham seus filhos. Mas seus verdadeiros nomes eram Guidério e Arvirago.

Belário entrou primeiro na caverna e, vendo Imogênia, fez os filhos parar:

— Não entrem ainda. Estão a comer nossos alimentos. Será coisa de espíritos?

— Que há, senhor? — perguntaram os jovens.

— Por Júpiter! — exclamou Belário. — Há um anjo na caverna, ou pelo menos parece um anjo...

E assim parecia Imogênia, tão linda nas suas vestes de rapaz.

Ouvindo as vozes, ela foi até o limiar da caverna e lhes dirigiu estas palavras:

— Bons senhores, não me façam mal. Antes de entrar na caverna, eu tencionava pedir ou comprar o que comi. Na verdade, nada roubei, nem o faria, embora encontrasse ouro espalhado pelo chão. Aqui está o dinheiro de minha comida e que tencionava deixar sobre a mesa ao partir, com bênçãos para os que assim me alimentaram.

Eles se recusaram terminantemente a aceitar o dinheiro.

— Vejo que estão incomodados comigo — disse a tímida Imogênia. — Mas, senhores, se quiserem matar-me por minha falta, saibam que eu teria morrido se não a cometesse.

— Qual é teu destino? — inquiriu Belário. — E como te chamas?

— Fidele é meu nome — respondeu Imogênia. — Tenho um parente que parte para a Itália. Embarcou em Milford-Haven e foi, ao dirigir-me ao seu encontro, que eu, cheio de fome, me vi obrigado a incorrer nessa falta.

— Por favor, belo jovem — interrompeu o velho Belário —, não nos julgues grosseiros, nem avalies nosso espírito pelo rústico lugar em que vivemos. Foi bom teres vindo. É quase noite. Terás melhor trato antes de partires, e os nossos agradecimentos por haveres ficado e comido conosco. Rapazes, deem-lhe as boas-vindas.

Os gentis rapazes, irmãos dela, acolheram então Imogênia na caverna com muitas frases amáveis, garantindo que haviam de amá-la (ou "amá-lo", como diziam) tal qual a um irmão. Penetrando na caverna, Imogênia encantou-os com suas habilidades de dona de casa, ao preparar-lhes, para ceia, a caça que eles haviam trazido. Embora atualmente não seja costume que as mulheres de alto nascimento entendam de cozinha, assim não era naquele tempo, e Imogênia mostrava-se perita nessa arte vital. E, como seus irmãos amavelmente diziam, era como se Juno estivesse doente e Fidele fosse seu cozinheiro.

— E além disso — considerou Polidoro — ele canta como um anjo!

Observaram também um para o outro que, embora Fidele sorrisse tão docemente, uma triste melancolia parecia nublar-lhe o amável rosto, como se tivessem tomado conta dele, ao mesmo tempo, o pesar e a resignação.

Devido às suas gentis qualidades (ou talvez por causa do parentesco que ainda desconheciam), Imogênia (ou Fidele, como lhe chamavam os rapazes) tornou-se o ídolo dos irmãos. Ela não os amava menos, pensando que, se não fosse a lembrança de seu querido Póstumo, seria capaz de viver e morrer na caverna, em companhia daqueles jovens. Assim, aceitou de bom grado permanecer com eles, até se refazer das fadigas da viagem.

Depois de comerem a carne que haviam trazido, eles saíram em busca de mais caça, mas Fidele não pôde acompanhá-los por não se sentir bem. O pesar pelo procedimento do marido e o cansaço de vaguear pela floresta eram sem dúvida a causa de sua doença.

Eles então se despediram dela e partiram para a caça, louvando pelo caminho as nobres qualidades e graciosas maneiras do jovem Fidele.

Ao ficar a sós, Imogênia lembrou-se do tônico que Pisânio lhe dera e tomou-o, caindo então num sono profundo, em tudo semelhante à morte.

Quando Belário e os irmãos dela voltaram da caçada, Polidoro foi o primeiro a entrar. Julgando-a adormecida, descalçou os pesados sapatos para que nenhum rumor a despertasse, tamanha era a delicadeza que aflorara no espírito

CONTOS DE SHAKESPEARE 139

selvagem dos príncipes. Mas logo percebeu que ela não poderia ser despertada por barulho algum e concluiu que estava morta. Polidoro pôs-se a chorá-la com um terno e fraternal sentimento, como se nunca tivessem vivido separados.

Belário propôs então carregarem-na para o interior da floresta e ali lhe celebrarem os funerais com solenes cânticos, como então era costume.

Os dois irmãos de Imogênia levaram-na para um recesso abrigado e sombrio, depuseram-na delicadamente sobre a relva, entoaram os cânticos pelo repouso de sua alma e cobriram-na de folhas e flores.

— Enquanto o verão durar e eu aqui viver, Fidele, virei diariamente visitar tua sepultura. A pálida primavera, a flor que mais se parece com a tua face, a glicínia, da cor das tuas veias, e a folha da eglantina, que não é mais suave do que o teu hálito, todas estas flores eu desfolharei sobre ti. E no inverno, quando não houver flores, hei de cobrir-te de musgos o querido corpo — declarou Polidoro.

Findas as cerimônias fúnebres, eles se retiraram cheios de tristeza.

Não fazia muito tempo que fora deixada sozinha, quando, passado o efeito da droga, Imogênia despertou e facilmente sacudiu a leve coberta de folhas e flores que tinha sobre o corpo. Ergueu-se e, imaginando ter sonhado, disse consigo:

— Parece-me ter estado numa caverna e cozinhado para umas boas criaturas... Mas como acordei toda coberta de flores?

Não podendo achar o caminho para a caverna e não encontrando sinal dos seus novos companheiros, chegou à conclusão de que aquilo tudo não passava de um sonho. E mais uma vez reencetou a viagem, esperando chegar afinal a Milford-Haven, de onde embarcaria em algum navio para a Itália. Todos os seus pensamentos ainda estavam em Póstumo, com quem pretendia encontrar-se, disfarçada de pajem.

Mas nesse tempo estavam sucedendo grandes acontecimentos de que Imogênia nada sabia. Recomeçara subitamente uma guerra entre o imperador romano Augusto César e Cimbelino, rei da Bretanha. E um exército romano desembarcara para invadir a Bretanha, tendo avançado até a floresta pela qual viajava Imogênia. Com tal exército viera Póstumo.

Embora chegasse à Bretanha com os romanos, ele não tencionava lutar contra os seus próprios patrícios, mas pretendia juntar-se ao exército da Bretanha e bater-se pela causa do rei que o banira.

Continuava convencido de que Imogênia lhe fora infiel. Contudo, a morte daquela a quem tanto amava e que morrera por sua ordem (pois Pisânio lhe escrevera dizendo que cumprira à risca suas instruções) lhe pesava no coração. Por isso, voltava ele à Bretanha, desejando, ou morrer em combate, ou ser condenado à morte por Cimbelino, por haver regressado do exílio.

Imogênia, antes de alcançar Milford-Haven, caiu em poder do exército romano. Por seu aspecto e boas maneiras, foi levada para servir de pajem a Lúcio, o general romano.

As forças de Cimbelino também avançavam ao encontro do inimigo. Ao entrarem na floresta, Polidoro e Cadwal juntaram-se a elas. Os jovens estavam ansiosos por praticar atos de bravura, embora nem por sombras desconfiassem de que iam combater pelo próprio pai. Também o velho Belário uniu-se a eles na batalha. Há muito se arrependera do mal que fizera a Cimbelino, raptando-lhe os filhos, e, tendo sido guerreiro na juventude, juntou-se alegremente ao exército para combater pelo rei a quem tantos desgostos causara.

Uma grande batalha se travou entre os dois exércitos.

E os britânicos teriam sido derrotados e morto o próprio Cimbelino, se não fosse o extraordinário valor de Póstumo, de Belário e dos dois filhos do rei. Eles acudiram ao rei, salvaram-lhe a vida e de tal modo influíram na sorte das armas que os britânicos obtiveram a vitória.

Terminada a batalha, Póstumo, que não achara a sonhada morte, entregou-se a um dos oficiais de Cimbelino, na esperança de ser morto por ter voltado do exílio.

Imogênia e o general a quem ela servia foram feitos prisioneiros e levados à presença de Cimbelino, bem como Iáquimo, que era oficial do exército romano. Quando tais prisioneiros se achavam perante o rei, foi introduzido Póstumo, para receber sua sentença de morte. Por singular coincidência, também Belário, com Polidoro e Cadwal, foram levados à presença de Cimbelino, a fim de receberem a recompensa devida aos grandes serviços que haviam prestado ao rei. Como fazia parte da comitiva real, também Pisânio se achava presente.

Estavam agora, pois, em presença do rei (cada qual com diferentes esperanças e temores) Póstumo e Imogênia, esta com seu novo senhor, o general romano; o fiel vassalo Pisânio e o falso amigo Iáquimo; e também os dois perdidos filhos de Cimbelino, com Belário, que os raptara.

O general romano foi o primeiro a falar. Os restantes permaneceram em silêncio, por mais que lhes palpitasse de angústia o coração.

Imogênia viu Póstumo e reconheceu-o, embora estivesse ele disfarçado de camponês, mas ele não a reconheceu sob seus trajes masculinos. Imogênia reconheceu Iáquimo, bem como o anel que este trazia no dedo e que a ela pertencia, mas não sabia ter sido ele o autor de todas as suas desgraças. E permanecia, diante de seu próprio pai, como um prisioneiro de guerra.

Pisânio reconheceu Imogênia, pois fora ele quem a fizera vestir-se de rapaz. "É minha senhora", pensou ele. "Já que está viva, deixemos ao tempo a solução de tudo."

— Eu juraria que é aquele jovem, ressuscitado — sussurrou Polidoro.

— Um grão de areia — replicou Cadwal — não se parece tanto com outro grão de areia quanto este belo moço com o falecido Fidele.

— É o próprio morto-vivo — garantiu Polidoro.

— Qual! — duvidou Belário. — Se fosse ele, certamente teria falado conosco.

— Mas nós o vimos morto — segredou de novo Polidoro.

— Cala-te — replicou Belário.

Póstumo esperava em silêncio a bem-vinda sentença de morte. Resolvera não revelar ao rei que lhe salvara a vida na batalha, com medo de que isso induzisse o soberano a lhe conceder o perdão.

Lúcio, o general romano que tomara Imogênia sob sua proteção como pajem, foi, como já dissemos, o primeiro a falar. Era um homem de grande coragem e nobre dignidade e assim se dirigiu ao rei:

— Ouvi dizer que não aceitais resgate por vossos prisioneiros e os condenais todos à morte. Sou romano e, como romano, aceitarei a morte. Mas há uma coisa que eu desejaria pedir. — Então, apresentando Imogênia ao rei, falou: — Este rapaz é britânico de nascimento. Deixai que seja resgatado. Nunca um amo teve pajem tão bom, tão aplicado, tão serviçal em todas as ocasiões, tão atento. Nunca fez mal a nenhum britânico, embora servisse a um romano. Salvai ao menos esse, se a ninguém mais poupardes.

Cimbelino fitou atentamente a filha Imogênia. Não a reconheceu sob aqueles disfarces, mas decerto a sábia natureza lhe esclareceu o coração, pois ele anunciou:

— Com certeza, já o vi antes; sua fisionomia me é familiar. Não sei por que motivo te digo: "Vive, jovem", mas concedo-te a vida. Pede-me o que quiseres, que te atenderei, mesmo que seja a vida do mais nobre dos meus prisioneiros.

— Agradeço humildemente à Vossa Majestade — disse Imogênia.

Todos estavam ansiosos para ouvir por quem o pajem intercederia. E Lúcio, seu amo, disse:

— Não te peço minha vida, meu bom rapaz, mas sei que é isso que tu vais pedir.

— Infelizmente não — disse Imogênia. — Minha missão é outra, meu bom senhor. Por vossa vida, não posso interceder.

Essa aparente falta de gratidão espantou o general romano.

Imogênia, então, fixando o olhar em Iáquimo, pediu apenas isto: que Iáquimo fosse obrigado a confessar como obtivera o anel que trazia no dedo.

Cimbelino acedeu e ameaçou Iáquimo com torturas se ele não confessasse a verdade.

Iáquimo fez então uma completa narrativa de sua vilania, contando a história da aposta com Póstumo e como conseguira iludir-lhe a credulidade.

O que Póstumo sentiu ao ouvir essa prova da inocência da esposa não pode ser expresso por palavras. Avançou imediatamente e confessou a Cimbelino a cruel sentença que ele fizera Pisânio executar contra a princesa. E exclamava desesperadamente:

— Ó Imogênia, minha rainha, minha vida, minha esposa! Ó Imogênia, Imogênia, Imogênia!

Imogênia não pôde ver seu querido esposo naquele estado sem se dar a conhecer, para a indescritível alegria de Póstumo, que ficou assim aliviado do peso do remorso e restituído às boas graças daquela a quem tão cruelmente tratara.

Quase tão arrebatado de alegria quanto ele por encontrar a filha perdida, Cimbelino restituiu-lhe o antigo lugar na afeição paterna e concedeu seu perdão a Póstumo, reconhecendo-o como genro.

Belário escolheu esse momento de alegria e reconciliação para confessar sua culpa. Apresentou Polidoro e Cadwal ao rei, dizendo-lhe que eram seus dois filhos perdidos, Guidério e Arvirago.

Cimbelino perdoou o velho Belário. Pois quem podia pensar em castigos num instante de tamanha felicidade? Encontrar a filha viva e os filhos desaparecidos nas pessoas daqueles jovens que tão corajosamente lhe haviam salvado a vida — que maior ventura podia esperar?

Imogênia desejou então prestar um serviço a seu antigo amo, o general romano Lúcio, cuja vida o rei prontamente poupou, a seu pedido.

Resta ainda falar da rainha, a perversa esposa de Cimbelino. Desesperada com o malogro dos seus planos e cheia de remorsos, ela adoeceu e morreu, não sem ver primeiro seu tresloucado filho Cloten morto numa rixa que ele próprio provocara. Mas são acontecimentos demasiado trágicos, que devem apenas ser relatados de passagem, para não atrapalhar o feliz desenlace desta história. Basta que tenham sido felizes os que o mereceram. Até o pérfido Iáquimo, desmascaradas suas intrigas, foi despedido sem maior castigo.

O REI LEAR

Lear, rei da Bretanha, tinha três filhas: Goneril, esposa do duque de Albânia; Regan, esposa do duque de Cornualha; e Cordélia, ainda solteira, de quem eram pretendentes o rei da França e o duque de Borgonha, os quais se achavam, com esse propósito, na corte do rei Lear.

Com mais de oitenta anos, exausto pela idade e pelos trabalhos do governo, o velho rei resolvera abrir mão dos assuntos de Estado, deixando-os a forças mais jovens, enquanto se preparava para a morte, que não devia tardar. Nesse intuito, chamou as três filhas. Queria saber dos seus próprios lábios qual delas o amava mais, a fim de repartir o reino entre elas, na mesma proporção do afeto de cada uma.

Goneril, a mais velha, declarou que amava o pai mais do que podia expressar em palavras — que este lhe era mais caro do que a luz dos seus olhos, do que sua liberdade e do que sua própria vida. Disse uma série de coisas do gênero, fáceis de simular quando não existe o amor verdadeiro, pois bastam algumas belas palavras ditas com ênfase. Num rasgo de ternura paterna e deleitado com essa confissão de amor, que julgava vir do coração da filha, o rei concedeu a ela e ao marido um terço de seu vasto reino.

Chamou então a segunda filha e perguntou-lhe o que tinha a dizer. Feita do mesmo metal oco que a irmã, Regan não ficou atrás nas declarações. Afirmou que tudo o que a irmã dissera nada era em comparação com o amor que ela dedicava à Sua Majestade, que todas as suas alegrias feneciam diante do prazer que sentia em amar a seu querido rei e pai.

Depois dessas desvanecedoras palavras de Regan, Lear julgou-se um abençoado por ter filhas tão extremosas e não pôde deixar de conceder a ela e ao marido um outro terço de seu reino, como já fizera com Goneril.

Voltou-se em seguida para a filha mais nova, Cordélia, a quem chamava de sua alegria, e perguntou-lhe o que tinha a dizer. Pensava, sem dúvida, que Cordélia lhe encantaria os ouvidos com as mesmas palavras de amor que haviam proferido suas irmãs e até que suas expressões seriam ainda mais fortes, pois ela era sua predileta e sempre fora mais mimada do que as duas mais velhas. Mas, desgostosa com a lisonja das irmãs, cujos corações sabia estarem longe dos lábios, e compreendendo que aquelas calorosas manifestações visavam apenas despojar o velho rei dos seus domínios, Cordélia limitou-se a dizer que amava ao pai como era de seu dever, nem mais nem menos.

Chocado com essa aparente ingratidão da filha predileta, o rei pediu-lhe que reconsiderasse o que dissera e modificasse suas palavras, para que aquilo não a prejudicasse no futuro.

Cordélia respondeu-lhe então que ele era o autor dos seus dias, que a educara e amara, e que a isso ela retribuía com obediência, amor e veneração. Não podia, porém, afeiçoar sua boca a discursos tão longos quanto os das irmãs, nem prometer nada mais amar neste mundo. Por que as irmãs tinham maridos, se (como diziam) não amavam senão ao pai? Ela, se algum dia casasse, estava certa de que aquele a quem desse a mão não havia de querer metade de seu amor, carinho e dedicação. Nunca poderia casar, como as irmãs, para amar tão somente ao pai.

Cordélia, que na verdade amava ao pai quase tanto quanto pretendiam suas irmãs, poderia ter feito tal declaração em outra ocasião, em termos mais filiais e carinhosos.

No entanto, diante das hipócritas e aduladoras falas das irmãs, que vira tão exageradamente recompensadas, ela preferia agora guardar silêncio sobre seus sentimentos. Queria resguardar seu afeto acima das suspeitas de mercenarismo. Mostraria que amava o pai, mas não por interesse, e que suas declarações, embora menos espalhafatosas, eram muito mais verdadeiras e sinceras.

A simplicidade das suas palavras, porém, enfureceu o velho monarca, que as julgou ditadas pelo orgulho. Mesmo nos seus melhores dias, ele sempre fora acrimonioso e irritado. Agora, a velhice lhe nublava de tal modo a razão que ele já não discernia a verdade da lisonja, as palavras artificiosas daquelas que brotam do coração. Assim, num acesso de ressentimento, deserdou Cordélia do terço do reino que ele reservara, dividindo-o igualmente entre as duas irmãs e seus maridos, os duques de Albânia e de Cornualha. Chamou de novo as filhas e os genros e, na presença da corte, investiu-os de todo o poder, rendimentos e soberania, reservando para si somente o título de rei. Impunha apenas uma condição: a de residir alternadamente cada mês no palácio de uma das filhas, acompanhado de um séquito de cem cavaleiros.

A absurda partilha do reino, tão pouco guiada pela razão e tanto pela paixão, encheu a corte de espanto e mágoa. Mas ninguém teve coragem de se expor à exasperação e à fúria reais, exceto o conde de Kent. Começou este a dizer algumas palavras a favor de Cordélia, quando o rei intimou-o a se calar, sob pena de morte, mas o bom Kent não era homem que se sujeitasse a isso. Sempre fora fiel a Lear, a quem honrava como rei, amava como pai, seguia como amo. Nunca considerara sua vida senão como um penhor hipotecado aos inimigos do rei, nem temia perdê-la quando se tratava da salvação de Lear. Mesmo agora, que o rei era seu inimigo, o fiel vassalo não esquecia seus velhos princípios.

Opôs-se corajosamente a Lear, tentando fazê-lo voltar à razão, e até se mostrou rude diante dos desvarios do rei.

Em outros tempos Kent fora seu conselheiro de confiança e agora pedia que, como já fizera em muitos assuntos graves, mais uma vez o rei visse pelos seus olhos e se guiasse por seus conselhos. Pediu-lhe que dominasse aquele odioso arrebatamento, pois jurava pela própria vida que a filha mais nova de Lear não era a que menos o amava. Quando o poder se inclinava ante a lisonja, a honra era obrigada a se mostrar modesta. Quanto às ameaças de Lear, que poderia este fazer àquele cuja vida já estava a seu dispor? Nada o impediria de exercer seu dever de falar. Como um doente furioso, que mata o médico e se apraz no seu desvario, Lear desterrou aquele fiel servidor, dando-lhe cinco dias para os preparativos da partida; se, no sexto dia, a odiada pessoa de Kent fosse encontrada dentro dos limites do reino, ele seria condenado à morte.

Kent despediu-se de Lear, dizendo que, já que o rei se mostrava daquela maneira, seria o mesmo estar no exílio ou permanecer na corte. Antes de partir, recomendou Cordélia à proteção dos deuses, que tão retamente pensavam e tão discretamente falavam; fez votos para que os fatos correspondessem às palavras das suas irmãs. E partiu, como dizia, para adaptar seus velhos hábitos a novas terras.

O rei da França e o duque de Borgonha foram chamados para ouvir o que Lear decidira a respeito da filha mais nova e declarar se continuariam a fazer a corte a Cordélia, agora que ela incorrera no desfavor paterno e nenhuma riqueza possuía além da própria pessoa. O duque de Borgonha logo desistiu: não a queria como esposa em tais condições. O rei da França, no entanto, compreendeu a natureza da falta que a fizera perder o amor do pai. Percebeu que seu único defeito era ser retraída nas palavras e incapaz de amoldar a língua às adulações, como faziam as irmãs. Disse que as virtudes dela constituíam um dote mais precioso do que um reino e pediu-lhe que se despedisse das irmãs e do pai, embora este houvesse se mostrado tão desumano. Iria com ele, seria sua rainha e da linda França, reinando sobre domínios mais belos do que os das irmãs.

Com os olhos cheios de lágrimas, Cordélia disse adeus às irmãs e pediu-lhes que amassem o pai e cumprissem as promessas que lhe haviam feito. Rispidamente, elas retrucaram que não precisavam das suas recomendações, pois conheciam o próprio dever, e que Cordélia devia se esforçar para agradar ao marido, que a recebia apenas por uma miserável esmola da Sorte. Conhecendo bem as irmãs, Cordélia partiu com o coração angustiado, desejando que o pai estivesse em melhores mãos do que aquelas em que o deixava.

Mal Cordélia se retirou, as diabólicas disposições das duas irmãs começaram a se mostrar sob seu verdadeiro aspecto. Mesmo antes de expirado o primeiro mês que, segundo o acordo, Lear passaria com a filha mais velha, Goneril, revelou-se a diferença entre as promessas e a realidade. Essa pérfida, que recebera do pai tudo o que ele podia dar, começou a invejar até mesmo os restos de realeza que o velho reservara para si, a fim de embalar sua fantasia com a ideia de que ainda era rei. Não podia vê-lo, nem aos seus cem cavaleiros. E, cada vez que o encontrava, mostrava uma fisionomia carrancuda. Sempre que o velho queria lhe falar, simulava uma doença ou qualquer outro impedimento. Era visível que considerava sua velhice um fardo inútil e aquela comitiva, uma despesa desnecessária. Não só descurava no cumprimento dos seus deveres para com o rei, como, por exemplo ou até recomendação, permitia que os criados do palácio o tratassem com negligência, recusando-se a obedecer-lhe ou, ainda mais acintosamente, fingindo não ouvi-lo. Mesmo notando a mudança no procedimento da filha, Lear fechou os olhos enquanto foi possível, pois em geral ninguém quer reconhecer as consequências que seus próprios erros acarretam.

Embora desterrado por Lear e condenado à morte se fosse encontrado na Bretanha, o conde de Kent decidiu ficar e enfrentar as consequências de seu ato, enquanto houvesse um ensejo de ser útil ao velho rei, seu soberano. Vede a que tristes expedientes a pobre lealdade é às vezes forçada a se submeter! Contudo, ela nada considera baixo ou indigno; apenas busca servir onde o dever a chama. Renunciando a toda grandeza e pompa e disfarçado de criado, o bom conde ofereceu seus serviços ao rei. Sem reconhecê-lo, mas simpatizando com suas maneiras simples e um tanto rudes (tão diferentes da untuosa adulação das filhas), o rei logo o contratou, sob o suposto nome de Caio, sem nunca suspeitar de que aquele era seu antigo favorito, o nobre e poderoso conde de Kent.

Caio logo teve chance de demonstrar sua fidelidade e dedicação. Naquele dia, o mordomo de Goneril tratara desrespeitosamente ao rei, dirigindo-lhe olhares e palavras insolentes, ao que era, sem dúvida, incitado pela própria ama. Não tolerando a afronta à Sua Majestade, Caio arremessou-se contra o atrevido lacaio, jogando-o no chão. Por esse bom serviço, ficou-lhe Lear muito afeiçoado.

Mas Kent não era o único amigo de Lear. Na sua humilde posição e até onde tão insignificante personagem podia demonstrar amizade, o pobre bobo que pertencera ao palácio de Lear afeiçoou-se ao rei depois de sua desgraça. E, com seus ditos alegres, contribuía para lhe animar o espírito, embora algumas vezes não resistisse ao impulso de criticar a imprudência de seu senhor em renunciar à coroa e ceder tudo às filhas. Então cantava, referindo-se a elas:

Elas choram de alegria
e canto eu de pesar,
por ver um rei como aquele
com os bobos se juntar.

Com esses ditos e canções, em que era inesgotável, o divertido e honrado bobo desafogava o coração, dizendo coisas amargas, mesmo em presença de Goneril. Certa vez, comparou o rei ao pardal, que alimenta os filhotes do cuco e depois é por eles comido. Doutra feita, dissera que até um burro compreenderia quando o carro puxa o cavalo (significando que as filhas de Lear, que deviam ir atrás, agora seguiam adiante do pai). Também falava que Lear não era mais Lear, mas apenas a sombra de Lear. Por essas e outras, algumas vezes foi ele ameaçado com o chicote.

A frieza e a falta de respeito que Lear começava a notar não foram tudo que o ludibriado pai teve de suportar de sua indigna filha. Disse-lhe ela abertamente que não convinha a permanência dele no palácio, enquanto insistisse em manter o séquito de cem cavaleiros, pois tal séquito era inútil e dispendioso, só servindo para encher a corte de tumulto e orgias. Pedia-lhe, pois, que diminuísse o número de sua comitiva e só conservasse velhos a seu serviço, de idade adequada à sua.

A princípio, Lear não quis acreditar nos próprios olhos e ouvidos, nem que era sua filha que falava daquele jeito. Não podia conceber que aquela que dele recebera uma coroa quisesse reduzir-lhe o séquito e lhe faltasse com o respeito devido à idade avançada. Mas, como Goneril insistisse nessa desrespeitosa exigência, o rei enfureceu-se, chamando-a de abutre detestável e dizendo que ela mentia. E assim era, pois, na verdade, os cem cavaleiros tinham conduta irrepreensível e hábitos sóbrios, mostrando-se rigorosos nos seus deveres e nada amantes de tumultos e orgias.

Lear mandou aprontar os cavalos, para ir, com seus cem cavaleiros, ao palácio da segunda filha, Regan. Falou da ingratidão — esse demônio de coração de pedra, que se tornara ainda mais hediondo quando se abrigava no peito de uma filha. Num acesso de ódio, terrível de escutar, amaldiçoou Goneril, pedindo a Deus que ela nunca tivesse filhos, ou que, se os tivesse, estes lhe votassem o mesmo desprezo que ela lhe mostrava, para que sentisse que, muito mais doloroso do que a mordedura de uma cobra, é conhecer a ingratidão de um filho.

Como o marido de Goneril, o duque de Albânia, começasse a se eximir de qualquer participação que o rei pudesse lhe atribuir naquilo tudo, Lear deixou-o falando sozinho e ordenou, fora de si, que encilhassem os cavalos, a fim de partir, com seus cavaleiros, para a casa da segunda filha.

No íntimo, Lear já começava a ponderar consigo mesmo quão pequena fora a falta de Cordélia (se falta era), comparada com a da irmã. Pôs-se a chorar, mas logo se envergonhou de que uma criatura como Goneril pudesse ter tanta ascendência sobre ele, a ponto de fazê-lo cair em pranto.

Regan e o marido mantinham a corte no seu palácio em grande pompa e magnificência. E Lear despachou seu criado Caio com cartas para a filha, a fim de que esta se aprestasse a recebê-lo; seus cavaleiros seguiriam depois. Entretanto, Goneril se havia antecipado, escrevendo também para Regan, para acusar o pai de caprichoso e rabugento e aconselhá-la a não receber a imensa comitiva que o acompanhava.

Seu mensageiro chegou ao mesmo tempo que Caio. E ambos se encontraram frente a frente. E quem havia de ser, senão o inimigo de Caio, aquele a quem um dia castigara pelo desrespeito ao rei Lear?

Não se agradando de seu aspecto e desconfiado do motivo que ali o trazia, Caio começou a provocá-lo e desafiou-o para um duelo, ao que o outro se recusou. Caio, então, num assomo de cólera, bateu-lhe impiedosamente, como merecia o portador de perversos recados.

Cientes do que ocorrera, Regan e o marido ordenaram que Caio fosse torturado nos cepos, apesar de ser um emissário do rei seu pai e de merecer, em tal qualidade, a mais elevada consideração. Assim, a primeira coisa que o rei viu, ao penetrar no castelo, foi seu fiel servidor naquela lastimável situação.

Esse já era um péssimo augúrio da recepção que teria. Pior, porém, foi o que se seguiu. Tendo perguntado pela filha e o marido, foi-lhe respondido que estavam cansados de viajar a noite inteira e não podiam vê-lo. Só diante de sua insistência, eles foram finalmente cumprimentá-lo. E eis que, na companhia de ambos, vinha nada menos que a detestada Goneril, que fora contar pessoalmente sua história e indispor a irmã contra o rei seu pai.

O velho rei ficou impressionado com o que viu, e mais ainda ao notar que Regan dava a mão à irmã. Lear perguntou a Goneril se ela não se envergonhava de lhe fitar as barbas brancas. Regan aconselhou-o a voltar para o palácio da primogênita e com ela viver em paz, despedindo metade de sua comitiva. Também aconselhou-o a pedir perdão a Goneril, pois era muito velho e precisava ser governado e guiado por pessoas de discernimento mais perfeito.

Cheio de indignação, Lear mostrou o absurdo que seria ajoelhar-se ele aos pés da filha e suplicar-lhe o que comer e o que vestir. Rebelou-se contra essa dependência antinatural, dizendo que nunca voltaria para junto de Goneril, mas ficaria ali onde estava, com Regan — ele e seus cem cavaleiros.

Afiançava que esta não havia esquecido a metade do reino que lhe dera e que seus olhos não eram duros como os de Goneril, mas meigos e bondosos.

Dizia que, em vez de voltar para a casa de Goneril, com seu séquito reduzido à metade, preferia ir para a França, pedir uma mesquinha pensão ao rei que casara com sua filha mais nova, sem dote.

Mas se enganava ao esperar de Regan melhor tratamento do que aquele que lhe dera Goneril. Como se quisesse vencer a irmã em desumanidade, ela declarou que achava cinquenta cavaleiros demasiado para ele e que vinte e cinco bastavam.

Então Lear, com o coração partido, virou-se para Goneril, dizendo que voltaria para a casa dela, pois os seus cinquenta eram o dobro de vinte e cinco — assim, seu amor era duas vezes maior do que o de Regan.

Mas Goneril esquivou-se, perguntando que necessidade tinha ele de vinte e cinco homens? Ou mesmo de dez? Ou de cinco? Podia muito bem ser atendido pelos criados dela, ou os de sua irmã.

Desse modo, as duas perversas filhas travavam um duelo de crueldade para com o velho pai, que tão bondoso fora com elas. Pouco a pouco, reduziram-lhe a comitiva, privando-o de qualquer símbolo do respeito que cabia a quem fora rei. Não que uma comitiva esplêndida seja essencial à felicidade. Mas de um rei a um mendigo a diferença é grande: governar sobre milhões de homens e não ter um só criado. Mais do que a falta de uma comitiva, o que na verdade dilacerava o coração do rei era a ingratidão das filhas. E tal foi sua angústia ante a ingratidão das filhas a quem levianamente cedera um reino que seu espírito começou a vacilar. Pôs-se a dizer coisas sem nexo, jurando impor àquelas desnaturadas megeras tamanha vingança que ficaria para exemplo e terror do mundo.

Enquanto Lear fazia essas vãs ameaças que seu débil braço jamais poderia executar, a noite caiu e fez desabar uma terrível tempestade, com chuva, trovões e relâmpagos. E como as filhas insistissem em não reconhecer os cavaleiros de seu séquito, Lear preferiu afrontar a fúria dos elementos a ficar sob o mesmo teto com aquelas ingratas. Elas, alegando que os males que os teimosos acarretam sobre si são um merecido castigo, bateram-lhe a porta nas costas.

Uivavam os ventos furiosos e a borrasca era de aterrar, quando o pobre velho saiu para enfrentar os elementos, menos ferozes do que a maldade das filhas. Nessa noite tenebrosa, o rei Lear andou por charnecas e matagais, vagueando ao acaso, exposto ao ímpeto da tormenta, desafiando ventos e trovões. Pedia aos ventos que arremessassem a terra para as profundezas do mar, ou conjurava as ondas a tragarem a terra, para que nenhum vestígio restasse desse ingrato animal que é o homem.

Tinha por único companheiro o pobre bobo, que dele não quisera se separar e procurava, com suas graças, afrontar os reveses da sorte. Em dado momento, quando aumentou a violência da tempestade, disse-lhe o bobo que o melhor a fazer numa noite daquelas era o rei voltar e pedir a bênção às filhas:

> *Quem quer que tenha algum juízo*
> *deixa que chova ou que vente,*
> *que antes de tudo é preciso*
> *com a sorte estar contente.*

Assim, pobremente acompanhado, esse monarca outrora grande foi encontrado por seu fiel vassalo, o bom conde de Kent, transformado agora em Caio e que sempre o seguia de perto. Ao deparar com o rei, disse-lhe:

— Ai, senhor, estais aqui? As criaturas que amam a noite não amam noites como esta. Esta tremenda tempestade amedronta os animais e os obriga a buscar seus esconderijos. A natureza humana também não pode suportar a aflição e o medo.

Lear recebeu-o com rispidez e disse que esses males menores não são perceptíveis quando um mal maior nos domina. Se a alma é livre, o corpo pode ser delicado; mas a tempestade que lhe ia na alma impedia-o de sentir o que quer que fosse. Nele, somente o coração palpitava e sofria. Falou depois da ingratidão filial e disse que era o mesmo que morder a mão que nos dá de comer na boca, pois os pais são as mãos, o alimento e tudo para os filhos.

O bom Caio insistiu em que o rei não continuasse ao relento, convencendo-o afinal a entrar numa miserável choupana que descobrira na charneca. O bobo entrou primeiro e retrocedeu aterrorizado, dizendo que vira um fantasma. Após um exame mais detido, verificou-se que se tratava de um pobre mendigo de Bedlam, que se arrastara, em busca de refúgio, até aquela choupana abandonada e que, com suas falas de bruxedos, amedrontara o bobo. Era um desses pobres lunáticos que ou são doidos de verdade, ou fingem sê-lo, para melhor inspirar compaixão à gente simples das aldeias. Percorrem os povoados a dizer: "Quem dá uma esmolinha ao pobre louco?". E espetam alfinetes e pregos nos braços, para os fazer sangrar. E com essas artes horríveis, às vezes por súplicas, às vezes à custa de maldições, comovem ou aterram os aldeões ignorantes, obtendo uma boa colheita de esmolas. Aquele pobre-diabo era um desses. E o rei, vendo-o naquele mísero estado, tendo apenas um lençol em volta dos rins para lhe cobrir a nudez, convenceu-se de que o infeliz era um pai que também dera tudo para as filhas e assim caíra naquele estado, pois nada, julgava ele, podia arrastar um homem a tal miséria senão o fato de ter filhas desnaturadas.

Por essas e outras frases que o rei proferiu, Caio compreendeu que ele não estava em seu juízo perfeito e que os maus-tratos das filhas lhe haviam desequilibrado o espírito.

E a lealdade do conde de Kent traduziu-se, nessa hora, nos serviços mais valiosos que já tivera o ensejo de prestar.

Com o auxílio de alguns súditos que haviam permanecido fiéis, fez transportar seu amo, ao raiar do dia, para o castelo de Dover, onde, na condição de conde de Kent, possuía seus principais amigos e sua maior influência. Embarcou para a França e, correndo à corte de Cordélia, pintou-lhe a terrível condição do pai e a desumanidade das suas irmãs. Banhada em pranto, aquela boa e terna filha rogou ao rei seu marido licença de embarcar para a Inglaterra com forças suficientes para obrigar suas cruéis irmãs e cunhados a restaurarem, no trono, o velho rei seu pai. O marido consentiu, e ela imediatamente partiu com um exército para Dover.

Tendo casualmente se extraviado dos guardas que o conde de Kent designara para acompanhá-lo, devido à demência, Lear foi encontrado por alguém do séquito de Cordélia, a vaguear pelas cercanias de Dover, cantando alto e ostentando na cabeça uma coroa feita por ele próprio, de capim seco, urtigas e outras plantas silvestres que apanhara pelo caminho.

A conselho dos médicos, Cordélia, apesar de ansiosa para ver o pai, resignou-se a adiar o encontro até que, pelo sono e mercê de umas ervas que lhe ministraram, ele recuperasse um pouco de lucidez e calma. Pela solicitude daqueles hábeis médicos, a quem Cordélia prometera todo seu ouro e joias se restituíssem a razão a Lear, não tardou este a se achar em condições de ver a filha.

Foi comovedor o encontro de ambos. O pobre velho debatia-se entre a inesperada alegria de rever a filha que fora outrora sua predileta e a vergonha de receber a quem expulsara de casa por tão insignificante motivo. Esses dois sentimentos opostos lutavam com os resquícios de sua enfermidade. E o transtorno de seu espírito fazia com que, às vezes, quase não se lembrasse de onde estava, ou de quem tão carinhosamente o beijava e lhe falava. Pedia então aos presentes que não rissem se ele cometesse um engano, julgando que aquela dama era sua filha Cordélia. Era de cortar o coração vê-lo depois tombar de joelhos e pedir perdão à filha. E a pobre, de joelhos, pedia-lhe a bênção, dizendo-lhe que não era ele quem devia se ajoelhar, mas sim ela, pois era sua filha Cordélia! E beijou-o para (como ela dizia) limpar com seu beijo toda a maldade das irmãs. Explicou depois ao pai que viera da França com a intenção de o socorrer. Lear lhe respondeu que ela devia esquecer e perdoar, pois ele era velho e tonto e não sabia o que fazia; mas que, na verdade, tinha ela grande motivo para não amá-lo, ao passo que suas irmãs não tinham nenhum. Cordélia replicou que não tinha mais motivos para isso do que as outras duas.

Deixemos por ora o velho rei entregue às solicitudes de sua dedicada filha. Com o repouso e os remédios aplicados, conseguiram ela e os médicos esclarecer a mente desordenada do pobre velho, a quem a crueldade das filhas tão violentamente abalara.

Esses monstros de ingratidão, que tão falsas haviam sido para com o velho pai, seria de espantar que também não o fossem para com seus maridos. Logo lhes pesou guardar ao menos as aparências do dever e da afeição e abertamente mostraram que haviam dedicado a outrem seus afetos. Ora, sucedeu que o objeto dos seus criminosos amores era o mesmo. Tratava-se de Edmundo, filho natural do extinto conde de Gloucester, que, por suas artes e manhas, conseguira espoliar do condado o irmão Edgar, o legítimo herdeiro. Era um homem cruel e perverso, o mais adequado que podia haver para objeto dos amores de criaturas como Goneril e Regan. Tendo ocorrido a morte do duque de Cornualha, marido de Regan, esta declarou imediatamente sua intenção de desposar o usurpador do condado de Gloucester. A notícia exasperou o ciúme de Goneril, a quem, tal como a Regan, o pérfido conde diversas vezes declarara seu amor. Incapaz de dominar seu rancor, Goneril achou meios de envenenar a irmã. Mas, descoberto seu crime, foi mandada prender pelo marido, o duque de Albânia, que aliás já era sabedor dos seus infiéis amores. E Goneril, no seu desespero, pôs termo à vida. Assim, finalmente, a justiça dos Céus feriu aquelas filhas desnaturadas.

Enquanto os olhos de todos estavam fixos nesse caso, admirando a justiça revelada nessas mortes merecidas, foram os mesmos olhos desviados para os misteriosos desígnios do mesmo poder no melancólico destino da jovem e virtuosa Cordélia, cujas boas ações pareciam merecer final mais feliz.

Mas é uma triste verdade que nem sempre a inocência e a bondade recebem o que merecem neste mundo. As forças que Goneril e Regan haviam enviado sob o comando do conde de Gloucester saíram vitoriosas. E Cordélia, pelas maquinações do perverso conde, que não queria que ninguém se interpusesse entre ele e o trono, terminou seus dias na prisão. Desse modo, o Céu chamou a si essa inocente dama, no verdor dos seus anos, depois de a haver mostrado ao mundo como um exemplo de dedicação filial. Lear não sobreviveu muito à sua extremosa filha.

Antes da morte deste último, o bom conde de Kent, que sempre seguira os passos do velho soberano, desde o primeiro dia em que suas filhas o maltrataram até o período final de abandono e miséria, tentou fazê-lo compreender que era ele quem o seguia, sob o nome de Caio. Mas o cérebro transtornado de Lear não conseguia atinar com o fato de Caio e

Kent serem uma mesma e única pessoa. Por isso Kent julgou inútil importuná-lo com explicações. Lear morreu dentro em pouco, e aquele fiel servidor, que tão dedicadamente compartilhara de todos os seus infortúnios, não tardou a segui-lo à sepultura.

A maneira como o Céu castigou o falso conde de Gloucester (cujas maquinações foram desmascaradas, deixando-o ser abatido num duelo com o irmão, o conde legítimo) e a maneira como o marido de Goneril, o duque de Albânia (inocente da morte de Cordélia e que nunca aprovara a atitude da esposa para com o pai), subiu ao trono da Bretanha, após a morte de Lear, não há necessidade de narrar aqui. Afinal, estão mortos Lear e suas três filhas, cujas aventuras são o único objeto de nossa história.

MACBETH

Quando Duncan, o Bom, reinava na Escócia, vivia ali um poderoso barão, chamado Macbeth. Parente próximo do rei, Macbeth gozava de grande estima na corte por seu valor e atuação nas guerras, nas quais dera um recente exemplo de coragem, ao derrotar um exército rebelde que se aliara a numerosas tropas da Noruega.

No regresso dessa grande batalha, os dois generais escoceses, Macbeth e Banquo, passaram por uma região pantanosa mal-assombrada, onde foram detidos pela aparição de três vultos. Os três assemelhavam-se a mulheres, exceto pela barba que lhes cobria o rosto. Tinham peles ressequidas, e suas estranhas indumentárias lhes tiravam qualquer parecença com outros seres deste mundo. Foi Macbeth quem lhes falou primeiro. Mas as três figuras, como que ofendidas, levaram cada uma o dedo esquelético aos lábios murchos, impondo-lhe silêncio. A primeira saudou Macbeth pelo seu título de barão de Glamis. Não pouco espantado ficou o general de ser conhecido por tais criaturas. Mas ainda mais se assombrou quando a segunda delas continuou a saudação, dando-lhe o título de barão de Cawdor, honra a que ele jamais aspirara. E a terceira cumprimentou-o, dizendo:

— Salve, Macbeth, que serás rei um dia!

Esta profética saudação deixou-o ainda mais pasmado, pois sabia que, enquanto vivessem os filhos do rei, não havia esperanças de ele subir ao trono.

Depois, voltando-se para Banquo, elas lhe disseram, em termos enigmáticos, que ele seria "menos que Macbeth e mais do que ele; não tão feliz, mas muito mais feliz". E profetizaram que, embora ele nunca reinasse, seus filhos, após sua morte, seriam reis da Escócia.

Dito isso, desvaneceram-se no ar. E os generais perceberam que se tratava de bruxas.

Enquanto consideravam a estranheza daquela aventura, chegaram os mensageiros do rei, encarregados de investir Macbeth do título de barão de Cawdor. O acontecimento, tão miraculosamente de acordo com as predições das feiticeiras, deixou Macbeth mudo de pasmo, incapaz de responder o que fosse aos mensageiros. Nesse meio-tempo, brotou em seu coração a esperança de que a profecia da terceira bruxa também se cumprisse, tornando-o um dia rei da Escócia.

Voltando-se para Banquo, disse:

— Não tens esperanças de que teus filhos sejam reis, depois de ver tão maravilhosamente realizado o que as bruxas me prometeram?

— Esperanças como essas — replicou o general — podem levar-te a aspirar ao trono. Lembre: muitas vezes, esses ministros das trevas revelam pequenas verdades apenas para nos induzirem a atos de maiores consequências.

As malignas insinuações das bruxas, porém, tinham calado profundamente no espírito de Macbeth, impedindo-o de levar em conta as sensatas ponderações de Banquo. Desde esse tempo, todos os seus pensamentos se fixaram no trono da Escócia.

Macbeth tinha uma esposa, a quem comunicou a estranha predição e seu parcial cumprimento. Era uma mulher perversa e ambiciosa, para a qual, desde que o marido e ela própria alcançassem grandezas, pouco importavam os meios. Instigou, assim, os indecisos desígnios de Macbeth, a quem repugnava a ideia de sangue, e não cessava de lhe apresentar o assassinato do rei como um passo absolutamente necessário para a realização da tentadora profecia.

Sucedeu então que o rei (o qual, por magnânima condescendência, costumava visitar amigavelmente os principais representantes da nobreza) foi hospedar-se na casa de Macbeth, com seus dois filhos, Malcolm e Donalbain, além de um numeroso séquito de barões e cortesãos. Tencionava, assim, honrar Macbeth por seus triunfos na guerra.

O castelo de Macbeth era bem situado, numa região de clima ameno e saudável, como indicavam os ninhos de andorinhas, construídos em todas as cornijas do edifício — é sabido que tais pássaros se aninham de preferência nos lugares onde o ar é mais salubre.

O rei muito se agradou do local, e não menos das atenções e respeito de lady Macbeth, que dominava a arte de encobrir traiçoeiros desígnios com sorrisos. Parecia ela uma inocente flor, quando era, na verdade, a serpente que sob esta se oculta.

Cansado da viagem, o rei recolheu-se cedo. Em seu quarto, como de costume, foram dormir dois dos seus guardas privados. Ficara o rei encantado com a recepção e distribuíra muitos presentes, entre os quais um precioso diamante a lady Macbeth, a quem chamou de a melhor das suas hospedeiras.

Era noite alta, quando metade da natureza parece morta, estranhos sonhos povoam o espírito dos homens adormecidos e apenas o lobo e o assassino rondam as trevas. Era a hora em que lady Macbeth planejava o assassinato do rei. Não desejava praticar um ato tão contrário ao seu sexo, mas receava que o marido, de natureza suavizada pelo leite da bondade humana, não se atrevesse a cometer o crime. Sabia-o ambicioso, mas ainda cheio de escrúpulos e pouco preparado para os extremos a que a ambição desordenada costuma arrastar. Convencera-o da necessidade dessa morte, mas duvidava da firmeza de ânimo dele. Temia que a brandura da índole dele interferisse nos seus desígnios.

Assim, muniu-se ela mesma de um punhal e aproximou-se do leito do rei. Tivera o prévio cuidado de embriagar os guardas, que jaziam profundamente adormecidos e incapazes de cumprir seus deveres. Também Duncan dormia pesadamente, após a fadiga da viagem. E, como lady Macbeth o observasse com atenção, pareceu-lhe ver, na face do rei adormecido, alguma semelhança com as feições de seu pai. Por isso, não teve coragem de matá-lo.

Voltou para conferenciar com o marido, cuja resolução já começara a vacilar. Considerava ele que havia fortíssimas razões para se opor àquela morte. Em primeiro lugar, não era apenas um vassalo, mas parente próximo do rei. Tendo-o recebido em casa, assumira também, pela leis da hospitalidade, o dever de fechar a porta aos criminosos e não brandir o punhal assassino. Depois, ele considerou que Duncan fora sempre um rei justo e bom: evitava prejudicar seus vassalos; amava a nobreza e, particularmente, a ele, Macbeth. Tais reis são uma dádiva do Céu, e seus vassalos duplamente obrigados a vingar-lhes a morte. Sem falar que, graças aos favores do rei, Macbeth gozava de excelente reputação perante toda classe de homens — honras que ficariam manchadas pela triste fama de tão feio crime.

Nessas lutas interiores, viu lady Macbeth que o marido pendia para o lado melhor, nada disposto a seguir adiante. Mas, como não era mulher que desistisse facilmente dos seus propósitos, começou a insuflar-lhe nos ouvidos inúmeras razões para não desistir do que havia empreendido. Era tão fácil aquilo! Estaria tudo liquidado num instante! E a ação de uma única e breve noite traria, a todas as suas noites e dias vindouros, o gozo da soberania e da realeza! Censurou-o por mudar de resolução, acusando-o de covardia. Disse que bem sabia o quanto uma mulher ama a criança que amamenta. Seria, porém, capaz, no próprio momento em que a criança lhe sorrisse, de arrancá-la do seio e esmigalhar-lhe a cabeça, se tivesse jurado fazê-lo, como ele jurara efetuar aquele assassinato. Argumentou ainda o quanto seria fácil fazer recair a culpa nos guardas embriagados. E criticou com tamanha veemência a indecisão do marido que este mais uma vez reuniu toda sua coragem para pôr em prática a sanguinária façanha.

Tomando então do punhal, atravessou furtivamente a escuridão, até o quarto em que dormia Duncan. Enquanto avançava, julgou ver outro punhal no espaço, com o cabo voltado para ele e a lâmina e a extremidade tintas de sangue, mas, quando tentou agarrá-lo, só encontrou o ar. Não fora mais que uma visão, engendrada por seu espírito perturbado pelo ato que ia praticar.

Vencido o temor, penetrou no quarto do rei, tirando-lhe a vida de um só golpe. Logo que cometeu o assassinato, um dos guardas riu durante o sono e o outro gritou: "Assassino!". Ambos acordaram, mas apenas fizeram uma curta prece. Um deles falou: "Deus nos abençoe!". O outro respondeu: "Amém". E ambos puseram-se de novo a dormir. Macbeth, que parara a escutá-los, tentara pronunciar "Amém" quando o guarda proferia "Deus nos abençoe", mas, por mais que precisasse de uma bênção, a palavra trancou-se-lhe na garganta.

De repente, ouviu uma voz, que exclamava:

— Não mais dormir! Macbeth matou o sono, o inocente sono que alimenta a vida. — A voz ecoava por toda a casa. — Não mais dormir! Glamis matou o sono e, portanto, Cawdor nunca mais dormirá. Macbeth nunca mais dormirá.

Perseguido por essas horríveis imaginações, Macbeth voltou para junto da mulher, que começava a pensar que ele falhara no seu intento. Em tal estado chegou que ela lhe censurou a falta de ânimo. Ordenou-lhe que fosse lavar as mãos do sangue que as manchava, enquanto lhe tomava o punhal, com o propósito de enodoar de sangue as faces dos guardas, para fazer crer terem sido eles os autores da morte do rei.

Veio a manhã e com ela a descoberta do crime. E embora Macbeth e a esposa fizessem grandes demonstrações de dor e as provas contra os guardas fossem suficientemente fortes, todas as suspeitas recaíram sobre Macbeth, cujas razões para tal crime eram muito mais ponderáveis do que as que poderiam ter os pobres guardas.

Quanto aos dois filhos do rei, Malcolm, o mais velho, procurou refúgio na corte inglesa; e o mais moço, Donalbain, escapou para a Irlanda. Tendo assim os dois filhos do rei, que deviam sucedê-lo, deixado vago o trono, Macbeth, como herdeiro mais próximo, foi coroado. Assim, literalmente realizou-se a predição das bruxas.

Apesar do apogeu em que se achavam, Macbeth e a rainha não esqueciam a profecia das feiticeiras de que, embora Macbeth fosse rei, não os seus descendentes, mas os de Banquo seriam os próximos soberanos. A preocupação de terem manchado as mãos de sangue e cometido tão grandes crimes, unicamente para colocar na posteridade Banquo sobre o trono, de tal modo os atormentava que resolveram matar Banquo e o filho dele, a fim de frustrar as predições das bruxas — tão notavelmente realizadas no seu próprio caso.

Com esse fim, ofereceram um grande banquete, para o qual convidaram todos os principais barões — entre estes, com mostras de particular respeito, Banquo e seu filho, Fleance. Na estrada pela qual Banquo devia passar à noite, a caminho do palácio, ficaram de emboscada uns assassinos a soldo de Macbeth. Banquo foi assassinado, mas, na confusão da luta, Fleance conseguiu escapar. Foi dele que se originou a dinastia de monarcas que depois ocupou o trono da Escócia, findando em Jaime VI da Escócia e I da Inglaterra, sob o qual foram unidas as duas coroas.

No banquete, a rainha, cujas maneiras eram no mais alto grau afáveis e principescas, atendeu aos hóspedes com uma graça e delicadeza que cativaram a todos os presentes. Macbeth falou aos barões e fidalgos, dizendo que tudo o que havia de mais nobre no país se encontraria reunido sob seu teto, desde que não faltasse seu amigo Banquo, a quem preferia ralhar por negligência a lamentar por algo de mau que lhe houvesse acontecido. Justamente a essa altura do discurso, o espectro de Banquo entrou na sala e sentou-se na cadeira que Macbeth ia ocupar. Embora destemido e capaz de enfrentar o diabo sem tremer, Macbeth tornou-se lívido de pavor ante aquela horrível visão e quedou parado no mesmo lugar, o olhar fixo no fantasma. A rainha e todos os nobres presentes, para os quais o espectro permanecia invisível, viram Macbeth olhar aterrorizado para a cadeira vazia e tomaram aquilo por um ataque de loucura. A rainha censurou-o, segredando-lhe que aquilo não passava de uma fantasia igual à que o fizera ver o punhal no espaço. Mas Macbeth continuava a ver o fantasma e, sem se importar com o que os outros pudessem dizer, dirigiu-se a ele em palavras delirantes, mas tão significativas que a rainha, temerosa de que o horrível segredo fosse revelado, despediu apressadamente os hóspedes, atribuindo o estado de Macbeth a ataques de que ele às vezes sofria.

Tais eram as pavorosas visões a que Macbeth estava sujeito. A rainha e ele tinham o sono agitado por sonhos terríveis, e o sangue de Banquo perturbava-os tanto quanto a fuga de Fleance, a quem, agora, consideravam fundador de uma dinastia de reis que tirariam de seus descendentes toda possibilidade de ocupar o trono. Com esses pensamentos, era impossível terem paz. E Macbeth resolveu falar mais uma vez com as bruxas, para que estas lhe revelassem tudo, por pior que fosse.

Encontrou-as numa caverna do pântano, onde, tendo adivinhado sua chegada, elas preparavam os tétricos encantamentos pelos quais conjuravam os espíritos infernais a lhes revelarem o futuro. Seus horrendos ingredientes eram sapos, morcegos, cobras, o olho de uma salamandra, a língua de um cão, a perna de um lagarto, uma asa de mocho, a escama de um dragão, o dente de um lobo, um estômago de tubarão, a múmia de uma bruxa, uma raiz de cicuta (para não perder o efeito devia ser colhida à noite), um fel de bode, o fígado de um judeu e o dedo de uma criança morta. Tudo isso era posto para ferver num caldeirão, que, quando aquecia demasiado, era refrescado com sangue de macaco. Acrescentavam ainda o sangue de uma porca que devorara os filhos e aspergiam o fogo com a gordura escorrida de um assassino morto na forca. Com tal feitiço, obrigavam os espíritos infernais a responderem a suas perguntas.

Indagaram de Macbeth se ele queria suas dúvidas resolvidas por elas mesmas ou por seus senhores, os espíritos.

Nada amedrontado com as horríveis cerimônias a que assistira, ele respondeu afoitamente:

— Onde estão eles? Quero vê-los.

Elas invocaram os espíritos, que eram três. O primeiro surgiu sob a forma de uma cabeça armada de capacete, chamou Macbeth pelo nome e recomendou-lhe que tivesse cuidado com o barão de Fife. Por isso, ficou-lhe Macbeth muito grato, pois invejava Macduff, o barão de Fife.

O segundo espírito assomou sob a forma de uma criança ensanguentada, chamou Macbeth pelo nome e recomendou-lhe que não tivesse medo nenhum, que risse do poder humano, pois nenhum homem nascido de mulher poderia lhe fazer mal. Aconselhou-lhe que fosse sanguinário, ousado e resoluto.

— Então vive, Macduff! — exclamou o rei. — Que necessidade tenho de temê-lo? Mas quero sentir-me duplamente seguro. Tu não viverás, para que eu possa dizer ao gélido Medo que ele mente e dormir a despeito do trovão.

Esvaído esse espírito, surgiu um terceiro, sob a forma de uma criança coroada, com um galho na mão. Chamou Macbeth pelo nome e animou-o contra as conspirações. Afirmou que ele nunca poderia ser vencido, a menos que a floresta de Birnam fosse ao seu encontro na montanha de Dunsinane.

— Belos presságios! — exultou Macbeth. — Quem poderá mover a floresta, arrancando-a das suas raízes profundas? Vejo que viverei o período comum da vida humana e não serei ceifado por morte violenta. Mas meu coração palpita de curiosidade. Dize-me, se até aí chega tua arte, se os descendentes de Banquo reinarão algum dia neste reino.

Então, o caldeirão sumiu-se na terra e ouviu-se um som de música: oito sombras, com o aspecto de reis, passaram diante de Macbeth. Banquo vinha por último, trazendo na mão um espelho — todo ensanguentado, sorria para Macbeth e apontava os espectros. Assim, Macbeth ficou sabendo que aqueles eram os descendentes de Banquo, que reinariam na Escócia depois dele. E as feiticeiras, ao som de uma estranha música, dançaram e saudaram Macbeth, desaparecendo em seguida. Desde esse dia, os pensamentos de Macbeth foram todos sanguinários e terríveis.

A primeira coisa de que o informaram ao sair da caverna das feiticeiras, foi que Macduff, o barão de Fife, fugira para a Inglaterra, a fim de se juntar ao exército formado sob o comando de Malcolm, o filho mais velho do falecido rei, com o propósito de depor Macbeth e restituir o trono ao legítimo herdeiro.

No auge do furor, Macbeth assaltou o castelo de Macduff, matando-lhe a esposa e os filhos e estendendo o massacre a todos quantos tivessem o mínimo grau de parentesco com seu inimigo.

Esses e outros crimes afastaram dele todos os seus chefes e a nobreza. Os que puderam fugiram, para se juntar a Malcolm e a Macduff, que agora se aproximavam com o poderoso exército que haviam organizado. Os demais desejavam secretamente o sucesso das suas armas, embora, por medo de Macbeth, não tomassem parte ativa na campanha. Os soldados de Macbeth avançavam sem ânimo. Todos temiam o tirano, ninguém o amava ou venerava. Não havia quem não suspeitasse dele. E Macbeth começava a invejar Duncan, que dormia calmamente no seu túmulo, aniquilado pela traição: nem ferro nem veneno, nem os seus nem os estranhos podiam lhe fazer mal agora.

Enquanto sucediam tais coisas, morreu lady Macbeth, a única cúmplice de todos os seus crimes e em cujo seio encontrava um repouso momentâneo dos terríveis pesadelos que o afligiam à noite. Diziam que ela morrera por suas próprias mãos, por não suportar o remorso e o ódio público.

Assim, Macbeth ficou sozinho, sem uma alma que o amasse ou cuidasse dele, sem um amigo a quem fizesse confidente. Perdeu o amor à vida e suspirou pela morte. Mas a aproximação do exército de Malcolm despertou nele o que ainda lhe restava de coragem e ele resolveu morrer lutando. Além disso, as falsas promessas das feiticeiras o tinham enchido de enganosa confiança. Lembrava-se de que haviam dito que nenhum homem nascido de mulher poderia lhe fazer mal e que somente seria vencido quando a floresta de Birnam avançasse até Dunsinane, o que ele julgava impossível. Assim, fechou-se no castelo, cuja inexpugnabilidade poderia desafiar um cerco: ali esperou sombriamente a aproximação de Malcolm.

Eis que um dia, finalmente, chega um mensageiro, pálido e trêmulo, quase sem voz. Conta, afinal, que, estando na montanha, olhara na direção de Birnam e parecera-lhe que a floresta se movia.

— Escravo mentiroso! — gritou Macbeth. — Se estiveres mentindo, serás pendurado vivo na primeira árvore, até que a fome te mate. Mas se falaste a verdade, poderás fazer o mesmo comigo.

Começava a fraquejar o ânimo de Macbeth. Não sentia medo enquanto a floresta de Birnam não fosse até Dunsinane. Mas a floresta estava a se mover?!

— Quem sabe é verdade? Vamos nos armar e partir. Daqui não posso fugir. Nem quero ficar. Já estou farto da luz do sol e de minha vida.

Com essas palavras desesperadas, saiu do castelo e foi ao encontro dos atacantes, que já haviam fechado o cerco.

Facilmente se explica a escaramuça que dera ao mensageiro a impressão de que a floresta se movia: ao atravessar Birnam, Malcolm, como hábil general que era, ordenara aos soldados que arrancassem ramos de árvores e marchassem com eles à frente, para ocultar o verdadeiro número de suas hostes. Fora essa marcha de ramos que, à distância, assustara o mensageiro. Confirmavam-se, pois, as palavras do espírito, mas num sentido diferente de como Macbeth as compreendera — e assim se esvaiu grande parte de sua confiança.

Travou-se terrível batalha, na qual Macbeth — embora fracamente auxiliado pelos que se diziam seus amigos, mas que o odiavam e na verdade pendiam para o partido de Malcolm e Macduff — se bateu com ímpeto e coragem. Estraçalhou todos com que se defrontou, até chegar ao local onde Macduff lutava. Ao avistá-lo, lembrou a recomendação da feiticeira, de que evitasse Macduff acima de todos os homens, e quis retroceder. Mas foi detido pelo barão, que já o procurara por todo o campo de batalha. Seguiu-se então uma violenta contenda, na qual Macduff acusou-o do assassinato de sua mulher e filhos. Macbeth, cuja alma já estava demasiadamente carregada com o sangue daquela família, ainda quis declinar do combate. Mas Macduff provocou-o à luta, chamando-o de tirano, assassino, monstro e vilão.

Então, lembrou-se Macbeth das palavras do espírito, de que nenhum homem nascido de mulher poderia lhe fazer mal. E, sorrindo confiadamente, disse a Macduff:

— Desperdiças teus esforços, Macduff. Tão fácil seria imprimires no ar os golpes de tua espada quanto me tornares vulnerável a eles. Tenho uma vida encantada, que nenhum homem nascido de mulher pode arrancar.

— Está quebrado teu encantamento — replicou Macduff.

— Que o mentiroso espírito que te serve te ensine: Macduff não nasceu de mulher da maneira vulgar que os homens nascem, pois foi prematuramente arrancado, por operação, das entranhas maternas.

— Maldita a língua que me diz tal coisa! — gemeu o trêmulo Macbeth, sentindo esvair-se a derradeira certeza. — Que nenhum homem, no futuro, acredite nas imposturas de feiticeiras e espíritos, que nos enganam com palavras de duplo sentido e que, cumprindo literalmente suas promessas, frustram nossas esperanças com um significado diferente.

— Pois vive! — exclamou desdenhosamente Macduff.

— Nós haveremos de exibir-te, como os monstros nas feiras, com um cartaz pintado em que estará escrito: "Vinde ver o tirano!".

— Nunca! — replicou Macbeth, cuja coragem voltava com o desespero. — Não viverei para beijar a terra diante dos pés do jovem Malcolm e ser insultado com as pragas do populacho. Embora a floresta de Birnam tenha vindo a Dunsinane e tu, meu adversário, não hajas nascido de mulher, ainda assim quero arriscar a última cartada.

Com essas palavras desesperadas, arremessou-se contra Macduff, que, após violenta luta, conseguiu prostrá-lo. E, cortando-lhe a cabeça, deu-a de presente ao jovem Malcolm, o rei legítimo. Este tomou as rédeas do governo, do qual fora por tanto tempo privado, e ascendeu ao trono de Duncan, o Bom, por entre as aclamações dos nobres e do povo.

TUDO ESTÁ BEM QUANDO ACABA BEM

Bertram, conde de Rousillon, por morte do pai, entrara recentemente em posse de seu título e estado. O rei da França, que estimava o pai de Bertram, quando lhe soube da morte, mandou dizer a ele que fosse imediatamente para sua corte em Paris, pois pretendia, devido à amizade que dedicara ao falecido conde, agraciar o jovem com seu especial favor e proteção.

Morava Bertram com sua mãe, a condessa viúva, quando lhes apareceu em casa Lafeu, um velho senhor da corte francesa, para levá-lo à presença do rei. O rei da França era um monarca absoluto, e seus convites equivaliam a um mandado, ao qual nenhum súdito podia desobedecer, por mais altos que fossem seus títulos. Por isso a condessa — embora ao se separar do filho parecesse enterrar pela segunda vez o esposo, cuja recente perda tanto a abalara — não se atreveu a conservar Bertram um só dia a mais e deu ordens urgentes para sua partida.

Lafeu, que o fora buscar, tentava consolar a condessa da perda do marido e da súbita ausência do filho. Dizia-lhe, no lisonjeiro estilo cortesão, que o rei era tão bom soberano que ela acharia um marido em Sua Majestade e que o rei seria um pai para o filho dela. Queria significar apenas que o bondoso rei zelaria pela sorte de Bertram.

Contou Lafeu à condessa que o rei fora acometido de uma enfermidade que os médicos declaravam incurável. A senhora expressou sua grande mágoa ao saber do mau estado de saúde de Sua Majestade. E lamentou que o pai de Helena (uma jovem dama que atualmente lhe servia de aia) já tivesse morrido, pois certamente haveria de curar o rei. Relatou a Lafeu alguma coisa da história de Helena, dizendo que era a única filha do famoso médico Gerard de Narbona e que este, ao expirar, a recomendara aos seus cuidados. Então, louvou a virtuosa índole e as excelentes qualidades de Helena, afirmando que esta herdara tais virtudes do digno pai. Enquanto ela falava, Helena chorava em triste e doloroso silêncio, o que fez que a condessa delicadamente a censurasse por se afligir em demasia com a morte do pai.

Bertram despediu-se então de sua mãe. A condessa separou-se do filho querido com muitas lágrimas e bênçãos, recomendando-o aos cuidados de Lafeu:

— Queira aconselhá-lo, meu senhor, pois ele é um inexperiente cortesão.

As últimas palavras de Bertram foram para Helena, mas eram frases de mera polidez, desejando-lhe felicidades. Concluiu a sua curta despedida com a seguinte recomendação:

— Sê carinhosa para minha mãe, tua ama, e cuida bem dela.

Fazia muito que Helena amava Bertram. E, quando chorava em triste e doloroso silêncio, as lágrimas que derramava não eram decerto por Gerard de Narbona. Ela amava o pai, mas diante do profundo amor, cujo objeto estava a ponto de perder, até esquecera o aspecto do falecido médico. Sua imaginação só lhe apresentava ao espírito a imagem de Bertram.

Apesar de amar Bertram, Helena não esquecia que ele era conde de Rousillon, descendente da mais antiga família da França. Todos os seus antepassados eram nobres. Por isso, ela encarara o bem-nascido Bertram como seu amo e senhor, sem ousar outro desejo senão o de ser sua serva, vivendo e morrendo como sua vassala. Tamanha lhe parecia a distância entre a posição dele e sua humilde condição que Helena pensava: "Seria o mesmo que amar o Sol e querer desposá-lo, tão acima de mim se acha Bertram!".

A ausência de Bertram encheu-lhe os olhos de lágrimas e o coração de mágoa. Embora o amasse sem esperança, era um conforto vê-lo a cada hora do dia. E tanto contemplara seus olhos negros, as arqueadas sobrancelhas e os anéis dos cabelos, que parecia ter o retrato dele gravado no coração, trazendo na memória os mínimos traços das feições amadas.

Ao morrer, Gerard de Narbona lhe deixara apenas algumas receitas de rara e comprovada eficiência que, por seus estudos e longa prática, considerava quase infalíveis. Entre esses remédios, havia um destinado à moléstia de que o rei padecia. Ao sabê-lo, Helena, que até então se mostrara tão humilde e desesperançada, concebeu o audacioso projeto de se dirigir a Paris, para empreender a cura do rei. Mas, mesmo estando de posse do remédio adequado, visto que o rei e todos os seus médicos julgavam o mal incurável, achava improvável que dessem crédito a uma pobre e inculta donzela, se esta se oferecesse para efetuar a cura. As firmes esperanças de Helena em seu sucesso ultrapassavam o que seu próprio pai esperava da referida fórmula. Helena acreditava que aquele remédio era abençoado pelas estrelas e lhe traria a sorte de ascender à alta dignidade de esposa do conde de Rousillon.

Não fazia muito que Bertram se fora, quando a condessa foi informada por seu mordomo de que ele surpreendera Helena falando sozinha a respeito de amar Bertram e querer segui-lo até Paris. Agradecendo ao mordomo, a condessa mandou-o chamar a jovem. As palavras faziam-na lembrar os dias de seu distante passado, quando começara a amar o pai de Bertram. "Exatamente como aconteceu comigo quando eu era moça", refletia a condessa. "O amor é um espinho que pertence à rosa da juventude. Como somos filhos da Natureza, são estas as nossas faltas em tal época, embora então não as julguemos faltas."

Enquanto ela meditava sobre os erros de sua mocidade, Helena entrou.

— Helena, bem sabes que sou uma mãe para ti — começou a condessa.

— Vós sois minha senhora.

— Tu és minha filha, e eu digo que sou tua mãe. Por que tremes e empalideces diante das minhas palavras?

Entre assustada e confusa, temendo que a condessa suspeitasse de seu amor, Helena replicou:

— Perdoai-me, senhora, vós não sois minha mãe. O conde de Rousillon não pode ser meu irmão, nem eu, vossa filha.

— Contudo, Helena, tu podes ser minha nora. E creio que é esse teu desejo, para que as palavras "mãe" e "filha" te perturbem tanto. Helena, amas meu filho?

— Boa senhora, perdoai-me.

— Amas meu filho?

— E vós, não o amais, senhora?

— Não venhas com evasivas, Helena. Anda, desvenda-me o estado de teu coração, pois teu amor transparece em tudo.

De joelhos, Helena confessou então seu amor e, cheia de medo e vergonha, implorou perdão à sua nobre senhora. Com palavras significativas do sentimento que tinha daquela desigualdade de condições, protestou que Bertram nada sabia de seu amor. Comparou-se a um pobre indiano que adora o Sol, enquanto este apenas mira do alto seu adorador, sem nada saber a seu respeito. A condessa também inquiriu se Helena não desejava ultimamente ir a Paris, e ela lhe revelou o plano que concebera ao ouvir Lafeu referir-se à enfermidade do rei.

— É este o motivo por que querias ir a Paris? Anda, fala com sinceridade!

— Foi a lembrança de meu senhor, vosso filho, que me sugeriu tal projeto. Senão, eu não me preocuparia nem com Paris, nem com a receita, nem com o rei.

A condessa ouviu essa confissão sem dizer uma palavra de aprovação ou de censura, mas inquiriu Helena minuciosamente quanto às possibilidades de a receita ser útil ao rei. Soube assim que aquela era a fórmula que Gerard de Narbona mais prezava e que a dera à filha em seu leito de morte.

A condessa considerou a solene promessa que fizera ao falecido sábio, em relação à jovem. Refletiu que o destino dela e a vida do próprio rei pareciam depender da execução de um projeto que, embora inspirado pelo amor de uma donzela, talvez fosse um dos misteriosos caminhos da Providência para salvar o rei e garantir o futuro da filha de Gerard de Narbona. Deu então licença a Helena para executar seus planos e generosamente lhe forneceu os meios adequados para a viagem e a necessária criadagem. Assim, Helena partiu para Paris, com as bênçãos da condessa e seus melhores votos de sucesso.

Graças à influência do velho senhor Lafeu, Helena obteve uma audiência do rei ao chegar a Paris. Teve muitas dificuldades a enfrentar, pois o rei não se deixou convencer facilmente a experimentar o tratamento de tão bela jovem doutora. Mas Helena disse-lhe que era filha de Gerard de Narbona (cuja fama o rei conhecia) e apresentou-lhe o precioso remédio como o suprassumo da longa experiência do pai. Ousadamente, apostou a própria vida, se não deixasse Sua Majestade em perfeita saúde no intervalo de dois dias. O rei, afinal, consentiu em experimentar a poção, devendo Helena perder a vida dali a dois dias, se o remédio não surtisse efeito. Se fosse bem-sucedida, porém, comprometia-se o rei a lhe dar por marido qualquer homem que ela escolhesse em toda a França, com exceção dos príncipes reais — e fora a escolha de um marido a paga que Helena pedira, no caso de curar o soberano.

Helena não se decepcionou quanto às esperanças que depositara na fórmula do pai. Antes de dois dias, o rei gozava de perfeita saúde e reuniu todos os jovens da corte, a fim de conferir a recompensa de um marido à sua linda doutora. Mandou que Helena examinasse todos aqueles nobres solteiros, para escolher um. Ela não demorou na escolha, pois, entre os nobres cavaleiros, achava-se o conde de Rousillon. Voltando-se para Bertram, ela disse:

— Eis o escolhido. Não ouso, meu senhor, dizer que vos tomo para marido, mas me ofereço para vos servir durante toda minha vida.

— Recebei-a, então, jovem Bertram. Ela é a vossa esposa.

Bertram não hesitou em exprimir seu desagrado ao aceitar Helena, que, segundo ele, era filha de um pobre médico, criada a expensas de seu pai e que dependia agora da bondade de sua mãe. Ouvindo essas palavras de recusa e descaso, Helena disse ao rei:

— Alegra-me que estejais com saúde, Majestade. Fique o resto como está.

Mas o rei não pôde suportar que suas ordens fossem negligenciadas e fez valer seu privilégio de determinar o casamento dos nobres. Naquele mesmo dia, Bertram foi casado com Helena, o que representava uma coação e transtorno para o marido e nada prometia de bom para a pobre esposa. Se obtivera o favor real arriscando a própria vida, não estava no poder do rei da França conceder-lhe também o amor de Bertram.

Logo que terminou a cerimônia de casamento, pediu Bertram à esposa que solicitasse ao soberano licença para ele se ausentar da corte. Quando ela trouxe a permissão real, Bertram explicou-lhe que não estava preparado para aquele súbito casamento que muito o transtornara. Ela não devia espantar-se, portanto, da viagem que ele ia empreender. Mesmo sem estranhar a notícia, Helena ficou pesarosa ao constatar que a intenção dele era abandoná-la. Bertram ordenou-lhe, então, que voltasse para a casa de sua mãe. Ao ouvir essa desumana ordem, ela replicou:

— Senhor, nada posso dizer senão que sou vossa obediente serva. Tratarei apenas, com sincero zelo, de aumentar meus merecimentos para que fiquem à altura de minha boa estrela.

Essas humildes palavras não despertaram a piedade do orgulhoso Bertram, que partiu sem lhe dedicar sequer a atenção de uma despedida afável.

Assim, voltou Helena para a casa da condessa. Atingira

os objetivos de sua viagem, salvando a vida do rei e desposando o caro senhor dos seus pensamentos. No entanto, regressava à casa de sua nobre sogra como uma esposa repudiada e, logo após sua chegada, recebeu uma carta do marido que quase lhe partiu o coração.

A boa condessa acolheu-a cordialmente, como se Helena fosse a eleita de seu filho e uma dama de alto nascimento. Falou-lhe com bondade, tentando reconfortá-la do pouco caso de Bertram, que mandara a esposa de volta no próprio dia do casamento. Nem essa afável recepção pôde reanimar o espírito de Helena:

— Senhora, o meu senhor partiu para sempre. Leu, então, estas palavras da carta de Bertram: "Quando obtiveres o anel que está no meu dedo e que dele nunca sai, então poderás chamar-me de marido. Mas nesse então eu escrevo nunca"... Esta é uma horrível sentença.

A condessa pediu-lhe paciência, afirmando que, agora que Bertram partira, ela era sua filha. Falou que a julgava digna de um esposo servido por vinte jovens como Bertram, os quais a toda hora a chamassem de senhora e ama. Mas era em vão que tentava suavizar a mágoa da nora.

Helena, que ainda conservava os olhos fixos na carta, exclamou, numa explosão de dor:

— "Enquanto eu tiver mulher, nada tenho que fazer na França."

A condessa perguntou se tais palavras se achavam na carta.

— Sim, senhora — foi tudo o que Helena pôde responder.

Na manhã seguinte, Helena não apareceu. Deixara uma carta para ser entregue à condessa após sua partida, comunicando-lhe o motivo daquela súbita ausência. Dizia-se pesarosa por ter feito Bertram ausentar-se de sua pátria e de seu lar e que, para se redimir, iria em peregrinação ao santuário de Saint Jacques le Grand. Concluía pedindo à condessa que informasse o filho de que a mulher a quem ele tanto odiava saíra de sua casa para sempre.

Ao deixar Paris, Bertram dirigira-se a Florença, onde se tornara oficial do exército do duque de Florença e, após uma campanha feliz, em que se distinguira por muitos atos de bravura, recebeu as cartas da mãe, informando que Helena não mais o incomodaria. Preparava-se para voltar para casa, quando a própria Helena, nas suas vestes de peregrina, chegou à cidade de Florença.

Florença era uma cidade pela qual costumavam passar os peregrinos a caminho de Saint Jacques le Grand. E logo ao chegar, Helena soube que havia ali uma hospitaleira viúva, a qual costumava acolher em sua casa as peregrinas que iam em visita àquele santuário, dando-lhes casa e hospedagem. Resolveu procurar a boa senhora, que lhe fez uma cortês acolhida e convidou-a a conhecer o que havia de curioso na famosa cidade. E disse-lhe que, se Helena desejasse ver o exército do duque, ela a levaria a um lugar de onde tivessem uma boa vista.

— Lá, verá um patrício seu — acrescentou a viúva. — O conde de Rousillon, que prestou notáveis serviços nas guerras do duque.

Quando soube que Bertram tomaria parte no desfile, Helena não esperou um segundo convite. Acompanhou a hospedeira e desfrutou do prazer de ver, uma vez mais, seu querido esposo.

— Não é um belo homem? — perguntou a viúva.

— Agrada-me bastante — replicou Helena, com muita verdade.

Durante todo o caminho, a conversa da tagarela viúva versou sobre Bertram. Contou a Helena a história do casamento de Bertram e de como ele abandonara a pobre esposa, ingressando no exército do duque para não viver com ela. Pacientemente, a jovem ouviu a história dos seus infortúnios, mas não ouviu a de Bertram com a mesma paciência. É que a narrativa, agora, descrevia o amor dele pela filha da viúva e cada palavra dessa aventura era uma punhalada no coração de Helena.

Embora Bertram não se agradasse do próprio casamento, não era insensível ao amor. Desde que se incorporara ao exército florentino, apaixonara-se por Diana, a linda filha da viúva que hospedava Helena. E toda noite, com canções e serenatas compostas em louvor de Diana, ia ele para debaixo da janela dela, rogar-lhe seu amor. Insistia para que a garota lhe permitisse visitá-la às ocultas, depois que toda a família estivesse em repouso. Diana não se deixava levar por essa inconveniente proposta, nem animava de modo algum o conde. Sabia-o casado e fora criada sob os conselhos de uma mãe prudente, que, embora estivesse em situação precária, descendia da alta estirpe, da nobre família dos Capuletos.

Tudo isso a boa senhora relatou a Helena, louvando as virtudes da filha, as quais atribuía à excelente educação e bons conselhos que lhe dera. Acrescentou ainda que Bertram insistira particularmente em que Diana o recebesse naquela noite, pois ia deixar Florença na manhã seguinte.

Embora angustiada por descobrir o amor de Bertram pela filha da viúva, o animoso espírito de Helena, nada desacorçoado com o insucesso da primeira tentativa, concebeu um projeto para reaver o esposo fugitivo. Revelou à viúva que era Helena, a esposa abandonada, e pediu a ela e à filha que consentissem na visita de Bertram, permitindo-lhe se fazer passar por Diana. Contou-lhes que o principal motivo que tinha para desejar esse encontro secreto com o marido era obter o anel, de cuja posse dependia seu reconhecimento como esposa.

A viúva e a filha prometeram auxiliá-la, em parte por compaixão, em parte pelas promessas de recompensa que Helena lhes fez, dando-lhes uma bolsa de dinheiro como penhor de futuras liberalidades. No decorrer do dia, Helena fez chegar aos ouvidos de Bertram a notícia de que ela morrera. Esperava que, julgando-se livre, ele lhe propusesse casamento, pensando tratar-se de Diana. Se obtivesse tal promessa e o anel, não duvidava de que o futuro lhe seria propício.

Ao anoitecer, Bertram foi admitido no quarto de Diana, onde Helena já o aguardava. Os desvanecedores galanteios e as juras de amor que dirigiu a Helena eram para ela uma doce música, embora se destinassem a Diana. E tão encantado ficou Bertram que prometeu solenemente desposá-la e amá-la para sempre. Para Helena, foi o prenúncio de um afeto verdadeiro para quando lhe revelasse que aquela cuja companhia tanto o deleitara não era outra, senão sua desprezada esposa.

Bertram jamais conhecera a verdadeira Helena. Caso contrário, não teria sido tão indiferente a ela. Vendo-a diariamente, não lhe percebera a beleza — um rosto que acostumamos ver perde o efeito que causa à primeira vista. Quanto ao espírito dela, era-lhe impossível aquilatá-lo, pois havia tanto respeito no amor de Helena que ela sempre se mantinha em silêncio na sua presença. Mas agora, quando o futuro e a feliz realização dos seus projetos de amor pareciam depender da impressão que aquela entrevista deixasse no espírito de Bertram, ela fez o possível para impressioná-lo. E a simples graça de sua conversação e a doçura das suas maneiras de tal modo encantaram Bertram que este jurou que ela seria sua esposa. Helena pediu, então, o anel que ele trazia no dedo, como penhor de seu afeto. Bertram logo o deu, e ela, em troca, ofereceu-lhe o anel com que o rei a presenteara. Antes que clareasse o dia, despediu Bertram, que se pôs a caminho da casa da mãe.

Helena persuadiu a viúva e Diana a acompanhá-la até Paris, pois de ambas dependia a execução do plano que concebera. Lá chegando, souberam que o rei fora em visita à condessa de Rousillon, e Helena apressou-se para alcançá-lo.

O rei se achava em perfeita saúde, e tamanha era sua gratidão a quem lhe devolvera o bem-estar que, mal se avistou com a condessa de Rousillon, pôs-se a falar de Helena, chamando-a de preciosa joia perdida pela loucura de seu filho (pois à França também chegara a notícia do falecimento de Helena).

No entanto, vendo que o assunto afligia a condessa, que sinceramente lamentava a morte de Helena, tranquilizou-a:

— Minha boa senhora, tudo perdoei e esqueci.

Mas o bondoso Lafeu, também presente, não podia suportar que a memória de sua favorita fosse tratada de modo tão displicente.

— Acredito que o jovem senhor Rousillon fez uma grande ofensa à Sua Majestade, à própria mãe e à esposa. Mas o maior mal, causou-o a si mesmo, pois perdeu uma mulher cuja beleza surpreendia todos os olhares, cujas palavras cativavam todos os ouvidos, cuja grande perfeição tornava todos os corações dispostos a servi-la.

— O louvor do que se perdeu — interveio o rei — torna cara sua lembrança. Bem, chamem-no para cá.

Referia-se a Bertram, que logo se apresentou perante o rei. Pelo profundo remorso que o conde demonstrava das afrontas que fizera a Helena, ao rei, à memória de seu pai e à sua admirável mãe, o soberano tudo lhe perdoou, readmitindo-o no seu real favor.

As boas disposições do rei, porém, se dissiparam, ao perceber que Bertram trazia no dedo o anel que ele dera a Helena. Lembrava que ela jurara por todos os santos do Céu que nunca se separaria daquele anel, a não ser no caso de lhe suceder uma grande desgraça — hipótese em que o enviaria à Sua Majestade. Interrogado pelo rei sobre a proveniência daquele anel, Bertram inventou a absurda história de uma dama que o atirara por uma janela e negou ter visto Helena desde o dia do casamento.

Sabendo o quanto Bertram detestava a mulher, o rei suspeitou que ele a tivesse assassinado. E ordenou aos guardas que prendessem Bertram, dizendo:

— Sinto-me envolto em lúgubres pensamentos, pois receio que Helena tenha sido vilmente assassinada.

Nesse momento, entraram a viúva e a filha, rogando à Sua Majestade que exercesse seu real poder no sentido de compelir Bertram a desposar Diana, a quem fizera uma solene promessa de casamento. Temendo a cólera do rei, Bertram negou que houvesse feito tal promessa. Então, Diana mostrou o anel que Helena lhe dera, para provar a verdade das suas palavras. Falou ainda que dera a ele o anel que trazia, em troca daquele, no momento em que jurara desposá-la. Ouvindo isso, o rei ordenou aos guardas que também a prendessem. Como as versões de Diana e de Bertram diferissem uma da outra, mais se agravaram as suspeitas do rei. E Sua Majestade declarou que, se não confessassem como lhes viera parar às mãos o anel de Helena, ambos seriam condenados à morte. Diana pediu então que permitissem à sua mãe ir buscar o joalheiro de quem comprara a joia. Concedida a licença, a viúva retirou-se, voltando logo depois em companhia da própria Helena.

A boa condessa, que se preocupara em silêncio pelo filho, temerosa de que fossem verdadeiras as suspeitas do rei, ao ver sua querida Helena com vida, mal pôde suportar a felicidade. O rei, desconcertado por rever Helena, dizia:

— É mesmo a esposa de Bertram que vejo?

Sentindo-se ainda uma esposa repudiada, Helena replicou:

— Não, meu bom senhor, é a sombra de uma esposa que vedes, o nome e não a coisa.

— Ambas as coisas! — exclamou Bertram. — Perdão!

— Ó meu senhor — disse Helena —, quando me fiz passar por essa linda menina, achei-vos extraordinariamente enamorado. E, no entanto, aqui está vossa carta.

Com uma expressão alegre, ela leu as palavras que antes tão amarguradamente repetira: "Quando obtiveres o anel que está no meu dedo...".

— Está consumado — acrescentou. — Fostes vós que me destes o anel. Quereis ser meu, agora que duplamente vos conquistei?

— Se puderdes provar que sois a mesma dama com quem falei a noite passada — replicou Bertram —, estou certo de que vos amarei profundamente e para sempre.

Tal coisa não foi difícil de provar, com o testemunho da viúva e de Diana, que, para tanto, haviam acompanhado Helena.

O rei ficou tão satisfeito com Diana, pelo serviço que prestara à dama a quem ele tanto devia, que lhe prometeu também um nobre marido.

Assim, viu Helena que a herança de seu pai fora na verdade abençoada pelas mais propícias estrelas: era agora a esposa bem-amada de seu querido Bertram, a nora de sua nobre ama; e ela própria condessa de Rousillon.

A MEGERA DOMADA

Catarina era a filha mais velha de Batista, um rico gentil-homem de Pádua. Dama de espírito intratável e índole selvagem, solta de língua, ficara conhecida em Pádua pelo nome de Catarina, a Megera. Parecia improvável, e mesmo impossível, que algum cavalheiro se atrevesse a desposá-la. Por isso, Batista era muito censurado por adiar seu consentimento às muitas e excelentes propostas feitas à sua segunda filha, a amável Bianca. Despachava todos os pretendentes com a desculpa de que só após o casamento de Catarina consentiria no de Bianca.

Aconteceu, no entanto, de um cavalheiro chamado Petruchio chegar a Pádua com o propósito de arranjar esposa. Sem se desanimar com o que diziam de Catarina e sabendo-a rica e bonita, resolveu desposar a famosa fúria e domá-la, transformando-a numa esposa boa e maleável. Na verdade, não havia ninguém tão apropriado para empreender esse trabalho de Hércules do que Petruchio, cujo espírito era tão altaneiro quanto o de Catarina. Disposto, engenhoso e firme de propósitos, era capaz de fingir os mais furiosos ataques enquanto seu espírito permanecia sereno, divertindo-se com o falso arrebatamento, pois na verdade possuía um gênio calmo e despreocupado.

Os terríveis ares que assumiria, ao se tornar marido de Catarina, eram pura farsa, ou, melhor falando, foram o jeito que ele achou para se impor a Catarina, com as mesmas armas dela.

Petruchio resolveu, pois, cortejar Catarina, a Megera. Antes de tudo, dirigiu-se a Batista, para que lhe permitisse manter relações com sua "amável filha Catarina", acrescentando ironicamente que, tendo ouvido falar de seu recato e brandura, viera expressamente de Verona para lhe solicitar o amor. Embora desejasse casá-la, o pai foi forçado a confessar que Catarina não correspondia a tal retrato. E logo ficou clara a qualidade de seu recato e brandura, quando o mestre de música entrou na sala para se queixar de que a amável Catarina, sua aluna, lhe havia quebrado a cabeça com o alaúde, por ele ter criticado sua execução. Ouvindo-o, Petruchio comentou:

— É uma excelente moça. Cada vez mais desejo vê-la. — E, instando com o velho por uma resposta positiva, acrescentou: — Tenho pressa, signior Batista, e não posso vir todos os dias cortejá-la. O senhor conheceu meu pai: morreu, deixando-me herdeiro de todas as terras e bens. Queira dizer-me, se eu conseguir o amor de sua filha, que dote lhe dará.

Batista achou as maneiras dele um tanto broncas para um namorado, mas, contente por casar Catarina, respondeu que daria vinte mil coroas de dote e lhe deixaria metade dos seus bens por testamento.

Assim, logo ficou fechado o estranho contrato, e Batista foi comunicar à megera da filha as intenções de seu pretendente, dizendo-lhe que fosse falar com Petruchio.

Nesse meio-tempo, Petruchio cogitava em como lhe faria a corte, ensaiando consigo mesmo:

— Farei algum hábil cumprimento quando ela chegar. Se ralhar comigo, direi que é mais melodiosa do que um rouxinol; se fechar a cara, que é tão fresca como as rosas recém-orvalhadas. Se mantiver o silêncio, louvarei a eloquência de sua linguagem. E, se me mandar embora, agradecerei, como se tivesse me permitido ficar com ela por uma semana.

Nisso, entrou a altiva Catarina e Petruchio assim se lhe dirigiu:

— Bom dia, Kate, pois assim te chamas, pelo que ouvi dizer.

Detestando esse tratamento, Catarina falou com desdém:

— Quem me fala chama-me de Catarina.

— Mentes — replicou o enamorado. — Todos te chamam simplesmente de Kate, a bela Kate. Às vezes, de Kate, a Megera. Mas tu, Kate, és a mais formosa Kate de toda a cristandade. Por isso, Kate, tendo ouvido louvar teu bom gênio em todas as cidades, aqui estou para solicitar tua mão.

Foi uma estranha corte aquela. Ela, em altas vozes, a mostrar o quanto merecia o apelido de Megera; e Petruchio a louvar suas doces e corteses palavras, até que, ouvindo o pai aproximar-se, ele resolveu abreviar ao máximo essas preliminares:

— Querida Catarina, deixemos de palavras ociosas, pois teu pai consentiu em que sejas minha esposa. Teu dote já está estipulado e, quer queiras quer não, casarei contigo.

Quando Batista entrou, Petruchio informou que sua filha o acolhera afavelmente e prometera casar com ele no próximo domingo. Catarina desmentiu-o, dizendo que preferia vê-lo enforcado naquele mesmo domingo, e censurou o pai por pretender casá-la com um rufião da laia de Petruchio. Este recomendou a Batista que não reparasse em tais expressões, pois haviam combinado que ela se mostraria relutante na presença do pai, mas que, quando estavam a sós, se havia mostrado bastante amável e carinhosa. E disse a Catarina:

— Dá-me tua mão, Kate! Irei a Veneza comprar-te um lindo enxoval de bodas. Prepare a festa, pai, e distribua os convites. Hei de trazer anéis, adornos e ricos vestidos, para que minha Catarina se apresente o melhor possível. Beija-me, Kate, pois nós nos casaremos no próximo domingo.

No domingo aprazado, estavam todos os convidados reunidos, mas tiveram de esperar muito pelo noivo. Catarina chorava de vexame, pensando que Petruchio estivera apenas a troçar dela. Finalmente, ele apareceu, mas nada trazia do fino enxoval que prometera a Catarina, nem ele próprio estava vestido como convinha a um noivo. Usava um esquisito traje em desalinho, como se considerasse uma brincadeira o sério passo que ia dar. Mesmo seu criado e os cavalos que montavam tinham o aspecto da maior penúria.

Ninguém pôde convencer Petruchio a mudar de roupa. Alegou que Catarina ia casar-se com ele, não com sua roupa. Vendo que era inútil insistir, dirigiram-se todos para a igreja, continuando o noivo empenhado em se comportar mal, como adiante se verá. Quando o padre lhe perguntou se aceitava Catarina por esposa, respondeu que sim num tamanho brado que o padre, zonzo, deixou cair o livro. E, enquanto o padre apanhava o livro, deu-lhe o desmiolado noivo tamanha bofetada que padre e livro foram para o chão.

Durante toda a cerimônia, ele sapateou e praguejou de tal maneira que a valente Catarina tremia de medo. No final, ainda na igreja, reclamou vinho, bebendo um grande trago à saúde dos assistentes e atirando o resto do copo à cara do sacristão — justificou o estranho ato dando como motivo que a barba do homem era tão esquálida que parecia pedir que a regassem. Certamente, nunca houve um casamento assim. Mas, se Petruchio se atirava a tais selvagerias, era para melhor levar a cabo o plano que concebera para domar a megera de sua mulher.

Batista organizara um suntuoso festim de bodas, mas, quando voltavam da igreja, Petruchio apoderou-se de Catarina, declarando que a levaria para casa no mesmo instante. Nem as censuras do sogro, nem os raivosos protestos de Catarina puderam demovê-lo desse intento. Alegou seus direitos maritais de dispor da esposa como bem entendesse e carregou às pressas Catarina: tão perigoso e resoluto parecia que ninguém se atreveu a detê-lo.

Fez a esposa montar num miserável e esquelético cavalo, que desentocara para tal fim, e ele próprio e o criado não seguiram em melhor montaria. Viajaram por íngremes e lamacentas estradas, e cada vez que o cavalo de Catarina tropeçava, ele avançava sobre a pobre besta, praguejando e moendo-a de bordoadas, como se fosse o maior apaixonado do mundo.

Afinal, após uma exaustiva jornada, em que Catarina não ouvira mais do que as pragas de Petruchio contra o criado e os cavalos, chegaram a seu lar. A mesa estava posta e logo foi servida a ceia. Petruchio, porém, apontou defeitos em cada prato, e atirou a comida ao chão, ordenando aos criados que carregassem tudo dali. Disse que fazia tal coisa por amor de Catarina, para que ela não comesse nada que não fosse bem preparado. E quando Catarina, exausta e com fome, retirou-se para o quarto, ele achou o mesmo defeito na cama, arremessando ao chão os travesseiros e cobertas, de modo que ela foi obrigada a ficar sentada em uma cadeira, onde, quando lhe sucedia adormecer, era logo despertada pelo vozeirão do marido, a tempestear contra os criados, por haverem preparado tão mal o leito de noivado da esposa.

No dia seguinte, prosseguiu Petruchio com a mesma manobra. Dirigia amabilidades a Catarina, mas quando ela fazia menção de comer, ele, achando tudo ruim, arremessou o almoço ao chão, como fizera no dia anterior com a ceia. E a altiva Catarina viu-se obrigada a pedir aos criados que lhe dessem secretamente um pouco de comida. Orientados por Petruchio, eles replicaram que não ousavam dar-lhe coisa alguma às ocultas de seu amo.

— Ah! — exclamou Catarina. — Então casou comigo para me matar de fome? Aos mendigos que batiam à porta de meu pai não era negado alimento. Mas eu, que nunca soube o que fosse pedir, estou a morrer por falta de comida e de sono. Seus ralhos não me deixam dormir e só de pragas me alimento. O que mais me aborrece é que ele faz tudo isso sob o pretexto de um amor perfeito. Parece que, se comer ou dormir, corro um perigo de morte.

Esse monólogo foi interrompido pela entrada de Petruchio. Não querendo que ela morresse de fome, ele lhe trouxera uma pequena porção de carne:

— Como vai, minha querida Kate? Olha, amor, como cuido de ti: eu mesmo te preparei a carne. Estou certo de que esta gentileza merece agradecimentos. Como? Nem uma palavra? Então não gostas de carne e de nada serviu todo o trabalho que tive?

Ordenou então ao criado que levasse o prato embora.

A extrema fome, que abatera o orgulho de Catarina, obrigou-a a pedir, embora a rebentar de cólera:

— Deixe ficar o prato!

Mas não era só o que Petruchio pretendia obter dela. E ele replicou:

— O mais humilde serviço é pago com um agradecimento, e assim tens de fazer antes de tocar na comida.

A isto, Catarina respondeu um relutante "Obrigada, senhor".

Só então, Petruchio permitiu-lhe fazer a parca refeição, dizendo:

— Que isso faça bem ao teu amável coração, Kate. Come depressa. Agora, meu doce amor, voltaremos à casa de teu pai, onde te apresentarás o melhor possível, com capas de seda, chapéus e anéis de ouro, com rendas, fitas e leques, todas as coisas mais finas. — Para convencê-la de que realmente tencionava dar-lhe todo esse luxo, mandou chamar um alfaiate e um lojista, que trouxeram todas as encomendas feitas. Mas, antes que ela tivesse saciado a fome, ele entregou o prato ao criado, com fingida admiração: — Como?! Já comeste?

O lojista apresentou um chapéu, dizendo:

— Aqui está o chapéu que Vossa Senhoria encomendou.

Nisso, Petruchio começou a esbravejar, afirmando que o chapéu fora moldado numa tigela e não era maior do que uma casca de noz. Mandou o homem levá-lo de volta e aumentá-lo.

— Mas eu quero este! — protestou Catarina. — Todas as damas distintas usam chapéus assim.

— Quando fores distinta — replicou Petruchio —, terás um também. Mas, por enquanto, não.

O alimento que Catarina ingerira havia lhe reavivado um pouco o decaído ânimo e ela replicou:

— Ora, senhor, acredito que tenho todo o direito de falar, e vou falar! Gente muito melhor do que o senhor tem ouvido o que me apraz dizer. Se não quiser ouvir-me, é melhor tapar os ouvidos.

Petruchio não deu atenção a essas raivosas palavras, pois felizmente descobrira um meio melhor de conduzir a mulher do que discutir com ela. Por conseguinte, assim lhe falou:

— Tens razão. É um chapéu miserável, e gosto de ti por não gostares dele.

— Gostes ou não de mim, eu gosto do chapéu e quero este ou nenhum.

— Ah, queres ver o vestuário? — indagou Petruchio, fazendo-se de desentendido.

O alfaiate mostrou então o fino vestido que fizera para ela. Petruchio, cuja intenção era não lhe dar nem chapéu nem vestido, achou-lhe mil defeitos.

— Meu Deus, que monstrengo! Chamais isto de manga? Mais parece um pedaço de canhão. E ainda por cima toda retalhada que nem uma torta!

— Mas o senhor recomendou que o fizesse à última moda — defendeu-se o alfaiate. E Catarina, por sua vez, disse que nunca vira um vestido mais elegante.

Isso bastou a Petruchio, que (embora mandando pagar secretamente aqueles homens, com desculpas pela acolhida que lhes dera) pôs a ambos no olho da rua, com palavrões e gestos desabridos. Voltando-se depois para Catarina, declarou:

— Bem, minha Kate, vamos à casa de teu pai com as mesmas roupas que temos.

E mandou selar os cavalos, afirmando que chegariam à casa de Batista pela hora do jantar, pois eram apenas sete da manhã. Como já não era de manhã, ela observou discretamente, quase dominada pela veemência das suas maneiras:

— Permita-me dizer-lhe, senhor, que são duas da tarde e já terá passado a hora do jantar quando chegarmos.

Mas Petruchio, antes de levá-la à casa do pai, pretendia que Catarina ficasse submissa a ponto de concordar com qualquer coisa. E, como se fosse dono do sol e pudesse mandar no tempo, afirmou que seriam as horas que ele quisesse, sob pena de não irem a lugar algum.

— Tudo o que eu digo, tu logo contradizes — acrescentou ele. — Por isso, não irei hoje. Quando lá formos, será na hora que eu quiser que seja.

No dia seguinte, Catarina viu-se forçada a praticar sua recente obediência. E enquanto não levou seu orgulhoso espírito à tão perfeita submissão que ela não se atrevesse nem a pensar que existia a palavra "contradizer", Petruchio não a deixou visitar o pai. Mesmo quando iam a meio caminho, ele esteve em risco de retroceder, somente por sugerir que era o sol, quando ele afirmava que era a lua que brilhava em pleno meio-dia.

— Pelo filho de minha mãe, que sou eu mesmo — disse ele —, há de ser a lua, ou as estrelas, ou o que eu bem entender. Senão, não vamos à casa de teu pai.

E fingiu que ia voltar para casa. Mas Catarina, não mais Catarina, a Megera, e sim a obediente esposa, disse:

— Vamos adiante, peço-lhe, já que viajamos tanto. E que seja o sol, ou a lua, ou o que lhe aprouver. Se acaso achar o senhor que aquilo é uma lanterna ambulante, a mesma coisa acharei.

Era isso que ele queria experimentar e, assim, continuou:

— Pois eu digo que é a lua.

— Bem sei que é a lua — replicou Catarina.

— Mentes, é o bendito sol — contrariou Petruchio.

— Então é o bendito sol — concordou Catarina —, mas não o é quando o senhor disser que não. Qualquer nome que lhe dê, por esse nome o chamará Catarina.

Petruchio permitiu então a continuidade da viagem. Mais adiante, porém, resolveu testar se ela continuava na mesma cordura e dirigiu-se a um ancião com que depararam na estrada, como se o homem fosse uma linda moça.

— Bom dia, gentil senhora! — Perguntou a Catarina se ela já vira jovem mais bela, louvando as faces rosadas do velho e comparando-lhe os olhos a duas estrelas brilhantes. E dirigiu-se de novo ao homem: — Mais uma vez, bom dia, encantadora moça. — E disse à esposa: — Encantadora Catarina, beija-a por amor de sua beleza.

Completamente vencida, Catarina adotou a opinião do esposo e dirigiu-se ao velho da mesma forma:

— Ó linda virgem em botão, és formosa, fresca e encantadora. Aonde vais e onde moras? Felizes os pais que tal filha tem!

— Que é isso, Kate? — interrompeu Petruchio. — Estarás louca? Não vês que é um homem, velho, curvado e encarquilhado, e não uma rapariga, como tu dizes?

Disse, então, Catarina:

— Perdoe-me, velho senhor. Tanto o sol castigou meus olhos que tudo me parece verde. Vejo agora que o senhor é um respeitável pai de família e espero que me perdoe o louco equívoco.

— Queira perdoar-lhe, venerável senhor — disse Petruchio. — E diga-nos para que lado vai. Teremos grande prazer em viajar na sua companhia.

— Meu caro senhor e minha jovial senhora — respondeu o velho —, este nosso encontro foi uma grande surpresa. Chamo-me Vicentio e vou visitar um filho que mora em Pádua.

Então Petruchio ficou sabendo que o velho era pai de Lucentio, o jovem que ia casar com Bianca, a filha mais moça de Batista, e deu ao velho uma grande alegria, contando-lhe o rico casamento que o filho ia fazer.

Juntos, viajaram alegremente até a casa de Batista, onde havia uma grande reunião para celebrar o casamento de Bianca e Lucentio, pois Batista logo consentiu em casar Bianca, depois de se desfazer de Catarina.

Ao chegarem, Batista recebeu-os no festim, a que estava presente também um outro par de recém-casados.

Lucentio, o marido de Bianca, e Hortensio, o outro recente marido, não podiam deixar de se divertir, à socapa, do gênio da mulher de Petruchio. Pareciam encantados com a meiguice das mulheres que haviam escolhido, rindo-se à custa de Petruchio, por causa da sua escolha infeliz. Petruchio não deu atenção às ironias, até que as senhoras se retiraram após o jantar, quando viu então que o próprio Batista se associara aos que dele riam. Foi aí que afirmou que sua esposa era mais obediente do que as outras.

— Com franqueza, bom Petruchio, acho que escolheste a pior de todas, infelizmente — disse o pai de Catarina.

— Pois afirmo que não. E para provar que falo a verdade, proponho que cada um de nós mande chamar sua mulher. Aquele cuja esposa se mostrar mais solícita em atender ao chamado, este ganhará a aposta que se fizer.

Os outros dois maridos concordaram de bom grado, certos de que as suas dóceis esposas se mostrariam mais obedientes do que a azeda Catarina. E propuseram uma aposta de vinte coroas. Petruchio retrucou que apostaria tal quantia no seu falcão ou no seu cachorro, mas que na sua mulher só podia ser vinte vezes mais.

Lucentio e Hortensio elevaram então a aposta a cem coroas. E foi Lucentio quem primeiro mandou o criado chamar Bianca. Logo o criado voltou, dizendo:

— Senhor, a patroa manda dizer que está muito ocupada e não pode vir.

— Como! — exclamou Petruchio. — Então diz ela que está muito ocupada e não pode vir? É isto resposta que se dê a um marido?

Os outros dois riram da observação de Petruchio e garantiram que ele teria sorte se Catarina não lhe mandasse resposta muito pior.

Aí foi a vez de Hortensio mandar chamar sua esposa:

— Vai dizer à minha mulher que faça o favor de vir aqui.

— Oh, oh! Que faça o favor?! — exclamou Petruchio. — Mande-lhe dizer que venha e pronto!

— Com esse seu método, senhor Petruchio — observou Hortensio —, acho que sua esposa não se mostrará disposta a obedecer.

Mas esse delicado esposo empalideceu ao ver o criado voltar sem a patroa.

— Como é isso? — estranhou ele. — Onde está minha esposa?

— Senhor — respondeu o criado —, a patroa manda dizer que com certeza está caçoando dela e por isso ela não vem. Diz que vá lá o senhor.

— Cada vez pior! — comentou Petruchio. E falou para o criado: — Anda cá, patife. Vai dizer à tua patroa que eu lhe ordeno que venha falar comigo.

Mal haviam os outros começado a pensar que Catarina não obedeceria a tal ordem, quando Batista, no cúmulo do espanto, anunciou:

— Caramba! Lá vem Catarina!

E ela, com efeito, chegou, dizendo amavelmente a Petruchio:

— Que deseja de mim, senhor, para me mandar chamar?

— Onde estão tua irmã e a esposa de Hortensio? — perguntou ele.

— Conversam junto à lareira da sala — respondeu Catarina.

— Vá buscá-las! — ordenou Petruchio.

Sem uma réplica, Catarina se retirou para cumprir a ordem do marido.

— Eis um verdadeiro prodígio! — exclamou Lucentio.

— Assim é — confirmou Hortensio. — Que significa tal coisa?

— Por Deus, significa paz — disse Petruchio. — Significa amor, vida tranquila e a verdadeira preponderância, enfim, tudo quanto há de doçura e felicidade.

Radiante com a transformação da filha, o pai de Catarina exultou:

— Tens sorte, Petruchio! Ganhaste a aposta e, além disso, vou acrescentar outras vinte mil coroas ao dote de Catarina, como se ela fosse na verdade outra filha, pois está agora como nunca foi.

— Pois ainda vou ganhar melhor a aposta — disse Petruchio — e apresentar novas provas da recente obediência e virtude de Catarina.

Como Catarina agora entrasse com as companheiras, ele se dirigiu aos dois maridos:

— Olhai como vem ela, trazendo vossas insolentes esposas cativas de sua persuasão. — E virou-se para a mulher: — Catarina, esse chapéu não te assenta bem. Tira isso e joga-o fora.

Ela imediatamente tirou o chapéu e jogou-o fora.

— Meu Deus! — exclamou a esposa de Hortensio. — Que eu nunca chegue a tão estúpida condição!

Bianca também se revoltou:

— Meu Deus, que sujeição mais tola!

Ao que o marido dela retrucou:

— Eu desejaria que tua sujeição fosse tão tola assim. A sensatez que julgas ter, minha linda Bianca, custou-me cem coroas depois do jantar.

— O maior tolo és tu — replicou Bianca —, por apostares dinheiro sobre minha obediência.

— Catarina — disse então Petruchio —, encarrego-te de dizeres a essas cabeçudas esposas qual a obediência que elas devem aos seus senhores e maridos.

Para espanto de todos, a arrependida megera falou com a maior eloquência sobre os deveres e obediência das esposas, tais como ela os começara a praticar numa rápida submissão à vontade de Petruchio.

Mais uma vez, Catarina tornou-se famosa na cidade, não como a megera de antigamente, mas como a mais obediente e compenetrada esposa de Pádua.

A COMÉDIA DOS ERROS

Estando em desavença os Estados de Éfeso e Siracusa, foi promulgada uma lei em Éfeso, pela qual todo comerciante de Siracusa ali surpreendido seria condenado à morte, a menos que pagasse mil moedas de resgate.

Nas ruas de Éfeso foi descoberto um dia Egeão, velho comerciante de Siracusa, e levado à presença do duque, para pagar a pesada multa ou receber a sentença de morte.

Egeão não possuía dinheiro para o resgate, e o duque, antes de pronunciar a sentença de morte, pediu-lhe que relatasse a história de sua vida e o motivo pelo qual se aventurara a ir até Éfeso, sabendo que isso seria fatal para qualquer comerciante de Siracusa.

Egeão disse que não temia a morte, pois os desgostos o haviam desenganado da vida, mas que não podia haver pena mais pesada do que ser obrigado a relatar os acontecimentos de sua infeliz existência. Então começou sua história, nos seguintes termos:

"Nasci em Siracusa e dediquei-me ao comércio. Casei-me e vivia feliz com minha esposa, quando, sendo obrigado a ir a Epidamnum a negócios, ali fiquei retido por seis meses. Depois, vendo que seria obrigado a demorar ainda mais, mandei buscar minha mulher, que, mal chegou, deu à luz dois meninos, de tão perfeita semelhança, que era impossível distinguir um do outro. Ao mesmo tempo que minha mulher tinha os gêmeos, nasciam de uma pobre mulher, e na mesma hospedaria, outros dois gêmeos, tão parecidos um com o outro quanto os meus filhos entre si. Como os pais daquelas crianças fossem extremamente pobres, comprei os dois meninos e resolvi criá-los para servirem a meus filhos.

Meus filhos eram bonitos, e minha mulher orgulhava-se deles. Diariamente, ela falava em voltarmos para casa, no que eu de mau grado consenti, e em má hora embarcamos. Não estávamos a uma légua de Epidamnum, quando rebentou uma terrível tempestade. Os marinheiros, não vendo jeito de salvar o navio, meteram-se num escaler, para salvar as próprias vidas. Nós ficamos sozinhos no navio, que a todo momento parecia soçobrar sob a fúria da tempestade.

O pranto incessante de minha mulher e o pungente choro das lindas crianças, que, não sabendo o que temer, choravam por ver a mãe chorar, encheram-me de angústia, embora por mim mesmo não temesse a morte. Todos os meus pensamentos se concentravam em descobrir um meio de salvá-los.

Atei meu filho mais novo à extremidade de uma tábua, dessas de que se previnem os marinheiros para o caso de naufrágio; na outra extremidade amarrei o mais novo dos dois escravos gêmeos. Ao mesmo tempo, ensinei minha mulher a amarrar as duas outras crianças, de igual maneira, em outra tábua. Encarregada ela dos dois pequenos mais velhos e eu dos mais novos, amarramo-nos separadamente às tábuas em que estavam as crianças. E, se não fosse por isso, estaríamos todos perdidos, pois o navio se despedaçou de encontro a um rochedo. Presos às estreitas tábuas, mantivemo-nos à tona d'água. Mas eu, preocupado com as duas crianças, não podia atender ao mesmo tempo à minha mulher, que logo foi afastada pelas águas. Enquanto se achavam ainda à minha vista, ela e os dois meninos foram socorridos por um barco de pescadores de Corinto (como eu supunha). Vendo-os a salvo, tratei apenas de lutar com as selvagens ondas, para salvar meu querido filho e o escravo mais jovem. Até que, enfim, também fomos recolhidos a bordo de um navio, cujos tripulantes, que me conheciam, nos prestaram boa acolhida e assistência, levando-nos em segurança para Siracusa. Desde essa maldita hora, porém, nunca mais soube o que foi feito de minha esposa e do meu filho mais velho.

Meu filho mais novo, e agora o meu único cuidado, ao chegar aos dezoito anos, começou a se preocupar com o destino da mãe e do irmão. Muitas vezes, instou comigo para que eu o deixasse partir com o jovem escravo, que também perdera o irmão, em busca deles pelo mundo. Contrariado, afinal consenti. Embora desejasse ansiosamente saber notícias de meu filho e de minha mulher, a verdade é que, enviando o único filho que me restava, arriscava-me também a perdê-lo. Agora, faz sete anos que ele me deixou; e há cinco viajo pelo mundo em busca dele. Estive nos pontos mais remotos da Grécia e nos confins da Ásia. Agora, de volta à minha cidade, resolvi desembarcar em Éfeso, para não deixar nenhum local sem esquadrinhar. Mas este dia deve rematar a história. E feliz eu morreria, se tivesse certeza de que minha mulher e meus filhos se acham vivos."

Assim concluiu o desgraçado Egeão a história dos seus infortúnios. E o duque, condoído daquele pobre pai, que afrontara tão grande risco por amor do filho perdido, declarou que, se não fosse contra as leis (que seu juramento e dignidade não permitiam alterar), de bom grado lhe perdoaria tudo. Mas, em vez de lhe dar a morte imediata, como o requeria a estrita letra da lei, concedia-lhe aquele dia, a fim de que pudesse procurar quem lhe desse ou emprestasse dinheiro para o pagamento da multa.

Esse dia de graça não pareceu a Egeão grande favor. Como não conhecia ninguém em Éfeso, achava pouco provável que qualquer estranho lhe emprestasse ou desse as mil moedas de que tanto necessitava. Sem nenhuma esperança de socorro, retirou-se da presença do duque, sob a guarda de um carcereiro.

Egeão supunha não conhecer ninguém em Éfeso. Acontece que, na própria ocasião em que ele arriscava a vida em busca do filho, este mesmo filho e o irmão achavam-se na cidade de Éfeso.

Além de idênticos de rosto e corpo, os filhos de Egeão tinham ambos o mesmo nome de Antífolo. E os dois escravos gêmeos também se chamavam igualmente Drômio. O gêmeo mais novo, Antífolo de Siracusa, aquele que Egeão fora procurar em Éfeso, chegara à cidade com seu escravo Drômio no mesmo dia que o pai. Como também era negociante em Siracusa, teria passado pelo mesmo perigo em que estava o pai, se não tivesse a sorte de encontrar um amigo, o qual lhe contara a situação em que se achava um velho negociante de Siracusa e o aconselhara a se fazer passar por um negociante de Epidamnum. Assim fez Antífolo, pesaroso de que um concidadão seu estivesse em tal perigo, embora nem de longe suspeitasse que aquele velho negociante era seu próprio pai.

O filho mais velho de Egeão (a quem chamaremos Antífolo de Éfeso para diferenciá-lo do irmão) havia vinte anos morava em Éfeso e, sendo rico, bem podia pagar o resgate pela vida do pai. Mas Antífolo nada sabia do pai, pois era demasiado criança quando os pescadores o recolheram do mar com a mãe. Sabia somente como fora salvo e não guardava lembrança alguma do pai ou da mãe, visto que os referidos pescadores haviam arrebatado os dois meninos à infeliz mulher, com a intenção de vendê-los.

Antífolo e Drômio foram comprados pelo duque Menafon, famoso guerreiro que era tio do duque de Éfeso e levara os rapazes para a cidade, quando em visita ao duque seu sobrinho.

O duque de Éfeso simpatizou com o jovem Antífolo e nomeou-o mais tarde oficial de seu exército, tendo ele se distinguido por sua grande bravura na guerra, chegando certa vez a salvar a vida do próprio duque. Este o recompensou, casando-o com Adriana, uma rica dama de Éfeso, com quem ele vivia, servido ainda por seu escravo Drômio.

Ao se despedir do amigo que o aconselhara a dizer-se natural de Epidamnum, Antífolo de Siracusa deu ao seu escravo Drômio algum dinheiro para que o levasse até a estalagem onde tencionava jantar, dizendo-lhe que iria antes dar uma volta pela cidade, para observar os costumes do povo.

Drômio era de gênio alegre. E Antífolo, quando se achava melancólico, costumava distrair-se com as graças e brincadeiras do escravo, de modo que a liberdade de linguagem que permitia a Drômio era maior do que a usual entre amos e servos.

Depois de mandar Drômio em serviço, Antífolo de Siracusa ficou a refletir sobre suas solitárias excursões em busca da mãe e do irmão, dos quais em lugar algum descobrira o mínimo rastro. Dizia tristemente a si mesmo: "Sou como uma gota de água no oceano, que, procurando a gota irmã, perde-se no vasto mar. Assim eu, desgraçadamente, para achar uma mãe e um irmão, perdi a mim mesmo".

Enquanto refletia sobre suas penosas viagens, que até aquele dia tão inúteis haviam sido, Drômio (como ele julgava) veio ao seu encontro. Antífolo, espantado de vê-lo voltar tão cedo, perguntou-lhe o que fizera do dinheiro. Sucedia, porém, que não era ao seu próprio Drômio que ele falava, mas ao irmão gêmeo de seu escravo, que vivia com Antífolo de Éfeso. Os dois Drômios e os dois Antífolos continuavam ainda tão parecidos como Egeão afirmara que eram na infância. Não admira pois que Antífolo pensasse que era seu próprio escravo que estava de volta e lhe perguntasse como pudera vir tão cedo.

Drômio replicou:

— A patroa manda-lhe dizer que vá jantar. O frango está torrando, o leitão está a cair do espeto e a carne esfriará se o senhor não voltar para casa.

— Essas brincadeiras são fora de propósito — disse Antífolo. — Que fizeste do dinheiro?

Drômio insistiu em afirmar que sua patroa ordenara que viesse chamar Antífolo para o jantar.

— Mas que patroa? — indagou Antífolo.

— Ora essa, a esposa de Vossa Senhoria.

Antífolo, que não tinha esposa, ficou furioso com Drômio:

— Então, como converso familiarmente contigo, achas que podes te permitir tais brincadeiras? Não estou para gracinhas agora. Que é feito do dinheiro? Nós aqui somos estrangeiros, como ousas te desincumbir tão levianamente de encargo tão sério?

Ouvindo o amo (como ele o julgara) referir-se à sua condição de estrangeiros, Drômio julgou que Antífolo apenas gracejasse e replicou jovialmente:

— Por favor, senhor, guarde essas graças para quando estiver à mesa. Estou apenas encarregado de vir buscá-lo para jantar com sua senhora e sua cunhada.

Perdendo o resto da paciência, Antífolo esmurrou Drômio, que correu para casa e contou à ama que o patrão se recusava a ir jantar e dizia não ter esposa.

Ciumenta, Adriana, a esposa de Antífolo de Éfeso, ficou furiosa ao saber que o marido dissera não ter mulher. Achou que ele queria mostrar com isso que amava a outra mulher mais do que a ela. Começou a esbravejar, com raivosas expressões de ciúme e censura, enquanto sua irmã Luciana, que com ela morava, tentava em vão dissuadi-la dessas suspeitas infundadas.

Antífolo de Siracusa foi à estalagem e lá encontrou Drômio com o dinheiro. Ao avistá-lo, ia de novo ralhar com ele por causa de suas brincadeiras, quando Adriana veio ao seu encontro. Não duvidando que era o próprio marido, começou a censurá-lo por fingir que não a conhecia (pudera, se ele nunca vira antes tão raivosa mulher!) e lembrou-lhe o quanto ele a amava antes do casamento, lançando-lhe em rosto que ele agora amava outra mulher.

— Como pode ser isso, meu esposo? Como posso ter perdido teu amor?

— Fala comigo, formosa senhora? — indagou Antífolo, pasmado.

Foi em vão que ele disse não ser seu marido e que fazia apenas duas horas que se encontrava em Éfeso. Ela insistiu em levá-lo para casa, até que Antífolo, incapaz de encontrar uma saída, dirigiu-se com ela até a casa do irmão. Ali jantou com Adriana e Luciana, uma a chamá-lo de esposo, a outra de cunhado, e ele no cúmulo do espanto, pensando que devia ter casado enquanto dormia, ou que ainda estivesse a dormir. Drômio, que os seguira, não estava menos espantado, pois a cozinheira, que era esposa de seu irmão, também o tratava por marido.

Enquanto Antífolo de Siracusa jantava com a esposa do irmão, sucedeu que este último, o verdadeiro marido, regressou à casa, com seu escravo Drômio, a fim de jantar. Mas as criadas não quiseram abrir a porta, pois as amas lhes haviam ordenado que não recebessem mais ninguém. Como eles insistissem em bater, declarando que eram Antífolo e Drômio, as criadas riram e disseram-lhes que Antífolo jantava com sua ama e que Drômio se achava na cozinha. Embora quase pusessem a porta abaixo, não conseguiram ser recebidos, até que Antífolo se retirou, no auge da indignação, e pasmado de saber que havia um homem com sua esposa.

No final do jantar, Antífolo de Siracusa continuava perplexo de ver a senhora ainda insistindo em chamá-lo de marido e de Drômio ser igualmente tratado pela cozinheira — ambos deixaram a casa, assim que encontraram um pretexto para sair. Embora Antífolo muito se agradasse de Luciana, a irmã, nada simpatizava com a ciumenta Adriana, nem estava Drômio melhor impressionado com sua esposa da cozinha. Assim, amo e criado se deram por contentes de ficar livres, o mais depressa possível, das novas esposas.

No momento em que deixava a casa, Antífolo de Siracusa encontrou um ourives que, tomando-o por Antífolo de Éfeso e chamando-o pelo nome, entregou-lhe uma corrente de ouro. Quando Antífolo recusou a corrente, alegando que ela não lhe pertencia, o ourives retrucou que a fizera por encomenda dele. Dito isso, retirou-se, deixando-lhe a corrente nas mãos. Antífolo ordenou a Drômio que levasse imediatamente suas coisas para bordo de um navio. Não queria ficar um instante mais num lugar onde tão estranhas aventuras lhe aconteciam — julgava-se até enfeitiçado.

O ourives, que entregara a corrente ao Antífolo errado, foi preso pouco depois, por dívidas. E sucedeu que Antífolo, o irmão casado, passava exatamente pelo local onde se efetuava a prisão do ourives a quem encomendara a corrente. Ao avistá-lo, o homem pediu a Antífolo que pagasse a corrente de ouro que lhe entregara, cujo preço quase atingia o montante da dívida pela qual era preso. Antífolo negava ter recebido a corrente, e o ourives insistia em declarar que a entregara poucos minutos antes. Começaram a discutir longamente, ambos convencidos de estarem com a razão. Por fim, o policial levou o ourives para a prisão, por causa da sua dívida, e prendeu também Antífolo, acusado pelo primeiro de se recusar a pagar a corrente — ou seja, a conclusão da disputa foi ambos irem para a cadeia.

Enquanto seguia preso, Antífolo encontrou Drômio de Siracusa, o escravo do irmão, e, tomando-o por seu servo, mandou-o à casa de Adriana, pedir-lhe o dinheiro necessário para evitar sua prisão. Drômio, mesmo espantado de que o amo o enviasse à estranha casa onde havia jantado e de onde recentemente mostrara tanta pressa de partir, não se atreveu a replicar. Viera avisar Antífolo de que o navio estava prestes a partir, pois bem sabia o estado de humor do amo. E partiu, resmungando de voltar à casa de Adriana, "onde", dizia ele, "a cozinheira teima em me chamar de marido; mas preciso ir, porque os criados devem obedecer às ordens dos patrões".

Adriana deu-lhe o dinheiro e, quando Drômio vinha de volta, encontrou Antífolo de Siracusa, ainda atônito com as surpreendentes aventuras que vinham lhe acontecendo. Como o irmão era muito bem relacionado em Éfeso, raramente ele encontrava um homem na rua que não o saudasse como velho conhecido. Alguns entregavam dinheiro que diziam lhe dever, outros convidavam-no a ir visitá-los e uns terceiros agradeciam os favores que lhes prestara. Um alfaiate até mostrou as sedas que comprara especialmente para ele e insistiu em lhe tomar as medidas.

Antífolo começou a pensar que se achava num país de feiticeiros e bruxas, e o encontro com Drômio em nada contribuiu para libertá-lo de tais pensamentos, principalmente quando o escravo lhe perguntou como se livrara dos policiais que o levavam preso.

As palavras de Drômio e a bolsa de ouro que este lhe entregou da parte de Adriana acabaram por desconcertar completamente Antífolo:

— Drômio está louco, sem dúvida. E nós andamos aqui em plena alucinação. — Depois, aterrorizado com os próprios pensamentos, exclamou: — Que algum bendito poder nos liberte deste estranho lugar!

Nisso, foi abordado por uma dama desconhecida, que também o chamou pelo nome e, lembrando que haviam jantado juntos naquele dia, perguntou pela corrente de ouro que ele lhe prometera. Antífolo, então, perdeu toda a paciência. Chamando-a de feiticeira, afirmou que jamais lhe prometera corrente alguma, que não jantara com ela e nunca a vira antes daquele momento. A dama insistiu nas suas afirmativas e, como Antífolo continuasse a desmenti-la, ela disse afinal que lhe dera um valioso anel e que, se não quisesse retribuir com a corrente, ele que devolvesse o anel. Perdendo completamente as estribeiras, Antífolo chamou-a novamente de bruxa e negou qualquer conhecimento dela e do seu anel. Depois, saiu correndo de sua presença, deixando-a espantada com aquelas palavras e atitudes estranhas. Nada parecia mais certo à mulher do que o fato de ter jantado com Antífolo e lhe dado um anel em troca de uma corrente de ouro. É que ela incidira no mesmo engano dos outros e atribuía a esse Antífolo tudo quanto fizera o Antífolo casado.

Este último, quando não pudera entrar em sua própria casa, saíra enraivecido, julgando tudo aquilo mais um dos tantos caprichos de sua ciumenta esposa. Lembrando que ela seguidamente o acusava, sem razão, de manter relações com outras mulheres, ele resolvera se vingar jantando com aquela dama, que o recebeu de modo muito amável. Para maior desforra das ofensas feitas pela esposa, Antífolo prometera à referida dama a corrente de ouro que encomendara de presente para Adriana. Era a mesma corrente que o ourives entregara por engano a seu irmão. Tão encantada ficara a dama com a ideia de possuir uma fina corrente de ouro que dera um anel ao Antífolo casado. Quando, tomando um irmão pelo outro, ela viu que Antífolo negava tais fatos e dizia nem sequer conhecê-la, deixando-a num acesso de fúria, a dama pôs-se a achar que ele perdera a razão. Resolveu, daí, avisar Adriana que o marido dela estava louco.

Enquanto falava com Adriana, chegou o marido, acompanhado do carcereiro. Vinha buscar o dinheiro que Adriana mandara por Drômio e que este entregara ao outro Antífolo.

Adriana facilmente acreditou que o marido estava mesmo louco, quando ele a censurou por lhe ter vedado a entrada na própria casa. Confirmou a convicção dessa loucura ao lembrar dos protestos dele durante o jantar, ao dizer que não era seu marido e que nunca estivera em Éfeso antes. Pagou ao carcereiro e, tendo-o despachado, ordenou aos criados que amarrassem o marido com cordas e o encerrassem num quarto escuro, enquanto mandava chamar um doutor que o tratasse. Durante todo o tempo, Antífolo protestou veementemente contra as falsas acusações. Mas sua cólera só serviu para reforçar a crença de que estava efetivamente louco. Como Drômio insistisse na mesma história, também o amarraram, encerrando-o junto com o amo.

Logo depois de Adriana pôr o marido em isolamento, um criado veio avisá-la de que Antífolo e Drômio deviam ter escapado, pois estavam passeando em liberdade numa rua próxima. Adriana correu para lá, disposta a trazer o marido para casa. Fez-se acompanhar por algumas pessoas, para ajudá-la a segurar o marido, inclusive sua irmã. Ao chegarem às portas de um convento das vizinhanças, avistaram Antífolo e Drômio.

Ainda às voltas com as complicações que sua parecença com o irmão gêmeo lhe acarretara, Antífolo de Siracusa trazia no pescoço a corrente que o ourives lhe dera, e este o acusava de se haver negado a pagá-la. Antífolo afirmava que o ourives lhe dera a joia por livre e espontânea vontade naquela manhã e que, desde então, não tornara a vê-lo.

Nisso, chegou Adriana para apanhá-lo. Os homens que ela trouxera consigo já iam agarrando Antífolo e Drômio, quando eles correram para o interior do convento, onde pediram guarida à abadessa.

A abadessa, então, saiu à rua para indagar a causa de tais distúrbios. Era uma dama grave e venerável, experiente o bastante para julgar o que via e nada disposta a entregar precipitadamente o homem que lhe pedira proteção.

Assim, inquiriu meticulosamente a esposa acerca da loucura do marido:

— Qual é a causa da súbita loucura de seu marido? Perdeu ele a fortuna no mar? Ou a morte de um amigo querido perturbou-lhe o espírito?

Adriana replicou que nenhuma dessas desgraças fora a causa.

— Talvez — sugeriu a abadessa — ele tenha fixado o afeto em outra mulher, que não sua esposa. E isso, decerto, levou-o a tal estado.

Adriana confessou suas suspeitas de que o amor de outra mulher fosse a causa das frequentes ausências do marido.

A verdade, porém, é que não era o amor por outra mulher, mas o insuportável ciúme da esposa que, tantas vezes, obrigava Antífolo a se ausentar de casa.

Suspeitando de tal coisa pela veemência de Adriana, a abadessa, para saber a verdade, insistiu:

— E não o repreendeu por isso?

— Naturalmente que o repreendi.

— Mas com certeza não o repreendeu o suficiente.

Querendo convencer a abadessa de que falara o suficiente a Antífolo sobre o assunto, Adriana retrucou:

— Esse era o tema constante das nossas conversações. Na cama, eu não o deixava dormir para falar a respeito. À mesa, idem. Quando ficava a sós com ele, eu não lhe falava de outra coisa e, na presença de outras pessoas, dirigia-lhe frequentes indiretas. Sempre mostrei a ele o quanto era torpe e vil amar outra mulher mais do que a mim.

Tendo arrancado essa confissão completa da ciumenta Adriana, a abadessa falou:

— Eis o motivo da loucura de seu marido. As súplicas de uma mulher ciumenta são um veneno mais fatal do que o dente de um cão raivoso. Parece que até o sono dele era perturbado por suas·críticas. Não admira, pois, que seu juízo o haja transtornado. A comida dele era temperada com censuras. Inquieta refeição traz má digestão. E isso contribuiu para deixá-lo assim. Diz a senhora que também o perturbava nos momentos de lazer. Privado das distrações da sociedade, que mais lhe poderia advir senão a pesada melancolia e o inquieto desespero? Minha conclusão é que foram os seus ciúmes que fizeram seu marido enlouquecer.

Tentando isentar a irmã de culpa, Luciana argumentou que esta sempre repreendera o marido com moderação. E disse a Adriana:

— Por que ouves tais coisas sem retrucar?

Mas a abadessa lhe fizera compreender tão completamente sua falta que ela apenas respondeu:

— A irmã me fez incorrer em minha própria reprovação.

Apesar de envergonhada do próprio procedimento, Adriana ainda insistiu em que lhe entregassem o marido. Mas a abadessa não consentiu em que ninguém entrasse no convento, nem quis entregar o infeliz aos cuidados da esposa ciumenta. Resolvida a se utilizar de meios brandos para fazê-lo recuperar o juízo, retirou-se para o convento, mandando cerrar as portas.

Com o decorrer desse acidentado dia, em que a semelhança dos gêmeos tantos equívocos originara, também foi passando o prazo concedido ao velho Egeão. O sol já se punha e, ao cair da noite, ele seria executado, se não pagasse o resgate.

O local da execução ficava próximo do convento. E ali ele chegou exatamente no instante em que a abadessa se recolhia. O duque comparecera em pessoa, para ver se ainda era possível perdoar o condenado, caso alguém se dispusesse a pagar o resgate na última hora.

Fazendo parar o melancólico cortejo, Adriana pediu justiça ao duque, contando que a abadessa se recusara a entregar aos seus cuidados o marido louco. Enquanto ela falava, seu verdadeiro marido e o criado Drômio, que haviam conseguido escapar, também compareceram perante o duque. Ele também pedia justiça, alegando que a esposa o sequestrara sob a falsa acusação de loucura e contou de que modo iludira a vigilância dos guardas para fugir. Adriana ficou pasmada ao vê-lo, pois o julgava no interior do convento.

Ao ver o filho, Egeão julgou que se tratava daquele que o deixara para ir em busca da mãe e do irmão, o querido filho que logo se prontificaria a entrar com o dinheiro exigido para o resgate. Falou, pois, a Antífolo com afeto paternal, na alegre esperança de ser resgatado. Mas, para seu espanto, o filho negou conhecê-lo — o que era verdade, pois esse Antífolo não via o pai desde que se separara dele na infância, por ocasião do naufrágio. Foi em vão que o velho procurou fazer com que o filho o reconhecesse. Ou os trabalhos e desgostos, pensava ele, tanto o haviam mudado que nem seu filho o identificava, ou este se envergonhava de reconhecer o pai naquela miséria. Para aumentar a perplexidade geral, surgiu a abadessa, acompanhada do outro Antífolo e do outro Drômio.

Finalmente, os complicados equívocos que tanto haviam pasmado a todos foram esclarecidos. Ao ver os dois Antífolos e os dois Drômios tão exatamente iguais, o duque imediatamente descobriu a chave daqueles aparentes mistérios. Recordando a história que Egeão lhe contara pela manhã, explicou que aqueles homens deviam ser os dois filhos de Egeão e seus escravos gêmeos.

Essa inesperada alegria veio completar a história de Egeão. A história que, pela manhã, ele contara cheio de tristeza e sob ameaça de morte, chegava, antes do pôr do sol, a um feliz desenlace. Mais feliz ainda porque a venerável abadessa deu-se a conhecer como sua esposa, a mãe dos dois Antífolos.

Quando os pescadores lhe arrebataram o filho mais velho, ela entrara para um convento e, por seus predicados e virtudes, ascendera à condição de abadessa. Desempenhando os ritos da hospitalidade para com um infeliz desconhecido, ela havia protegido, sem saber, o próprio filho.

As alegres congratulações e troca de cumprimentos entre aqueles pais e filhos por tanto tempo separados fizeram com que, por um momento, a sentença de morte de Egeão ficasse esquecida. Mas, quando lhes voltou um pouco de calma, Antífolo de Éfeso ofereceu ao duque o dinheiro para resgatar a vida do pai. Sem receber o dinheiro, o duque perdoou a Egeão. Dirigiu-se depois, com a abadessa e seus recém-achados marido e filhos, para o convento, a fim de ouvir a feliz família falar do abençoado fim das suas desventuras. Cumpre não esquecer a humilde alegria dos dois Drômios: cada qual cumprimentou alegremente o irmão pela bela aparência, encantado de ver a própria pessoa tão lindamente refletida na do outro, como num espelho.

Tão bem aproveitou Adriana os bons conselhos da sogra que nunca mais alimentou injustas suspeitas nem teve ciúmes do marido.

Antífolo de Siracusa desposou a bela Luciana, irmã da cunhada. E o bom Egeão viveu por muitos anos em Éfeso, na companhia da esposa e dos filhos. Não que o esclarecimento de tais complicações tivesse removido para o futuro quaisquer causas de engano. Às vezes, para lembrá-los das aventuras passadas, aconteciam cômicos equívocos, e um dos Antífolos ou um dos Drômios era tomado pelo outro, dando ensejo a uma alegre e divertida comédia de erros.

OLHO POR OLHO

Na cidade de Viena, reinava certa vez um duque de gênio tão brando e benévolo que consentia em que seus súditos negligenciassem impunemente as leis. Havia particularmente uma lei, cuja existência fora quase esquecida, visto que o duque não a pusera em vigor durante todo o seu reinado. A referida lei condenava à morte todo homem que vivesse com uma mulher que não fosse sua esposa. E como, devido à brandura do duque, essa lei nunca era respeitada, começou a decair a sagrada instituição do matrimônio. A cada dia, mais pais vienenses queixavam-se ao duque de que as filhas haviam sido raptadas e estavam vivendo em companhia de homens solteiros.

O bom duque percebia com mágoa esse crescente mal entre os súditos. Mas pensava que uma mudança súbita — da indulgência, que até então mostrara, para a estrita severidade necessária para debelar o abuso — faria com que seu povo (que até então o amara) começasse a considerá-lo um tirano. Resolveu, pois, ausentar-se por algum tempo do ducado e colocar outro no poder, a fim de que a lei contra os amantes fosse executada, sem prejudicar sua imagem com uma desusada severidade.

Ângelo, um homem de vida rígida e severa, gozava em Viena da reputação de santo. Foi o escolhido pelo duque como a pessoa mais digna de preencher o importante cargo. Quando o duque comunicou seu desígnio a Éscalo, seu primeiro conselheiro, este respondeu: "Se há um homem em Viena digno de tamanha honra, é, sem dúvida, Ângelo".

Então, sob o pretexto de uma viagem à Polônia, o duque partiu, deixando Ângelo como substituto durante sua ausência. A viagem do duque, porém, era fingida. Secretamente, ele voltou a Viena, disfarçado de frade, com o intuito de averiguar, incógnito, o procedimento de Ângelo.

Justamente quando Ângelo foi investido da nova função, um cavalheiro, de nome Cláudio, raptou uma jovem. Por tal crime e por ordem do novo duque, Cláudio foi levado para a prisão. Em virtude da velha lei, por tanto tempo negligenciada, Ângelo condenou-o à morte. Movimentaram-se as maiores influências em prol do perdão do jovem Cláudio, e o próprio Éscalo intercedeu por ele:

— O cavalheiro que quero salvar tem um venerando pai, em atenção ao qual rogo perdão para a falta do filho.

— Não devemos fazer da lei um espantalho, armado para afugentar as aves de rapina, até que estas, acostumando-se a ele e vendo-o inofensivo, transformem-no em seu poleiro, não em seu terror — replicou Ângelo. — Senhor, Cláudio deve morrer.

Lúcio, um amigo de Cláudio, foi visitá-lo na prisão. E Cláudio lhe disse:

— Peço-te, Lúcio, que me prestes um grande serviço. Vai ter com minha irmã Isabel, que hoje entra para o convento de Santa Clara, conta-lhe o perigo em que me encontro e roga-lhe que vá falar com Ângelo. Tenho grande esperança nisso, pois ela fala com arte e sabe persuadir. Além disso, a muda eloquência que existe na mágoa de uma jovem comove o coração dos homens.

Com a intenção de tomar o véu depois das provas do noviciado, Isabel, a irmã de Cláudio, entrara naquele dia para um convento, e estava a inquirir uma das monjas quanto às regras do convento, quando ouviram a voz de Lúcio, entrando no recinto:

— A paz esteja nesta casa!

— Quem é que fala? — perguntou Isabel.

— É uma voz de homem — replicou a monja. — Gentil Isabel, vais tu atendê-lo. Tu podes ir, mas eu não. Depois que tomares o véu, não poderás falar com nenhum homem sem a presença da prioresa. Mesmo então, se falares, não deves mostrar a face; ou se mostrares a face, não podes falar.

— E vós, as monjas, não tendes outros privilégios?

— Não são estes suficientes?

— Na verdade, sim. Só falei almejando mais severidade para as irmãs de Santa Clara.

De novo, ouviram a voz de Lúcio, e a monja disse:

— Ele chama outra vez. Faze o favor de ir atendê-lo.

Isabel então foi ter com Lúcio e respondeu-lhe a saudação:

— Paz e felicidade! Quem é que fala?

Lúcio aproximou-se com reverência:

— Salve, virgem, se tal o sois, como o proclamam as rosas de vossas faces! Podeis levar-me à presença de Isabel, uma noviça deste convento e encantadora irmã do infeliz Cláudio?

— Por que infeliz? Permiti que vos pergunte, pois sou Isabel, sua irmã.

— Encantadora e gentil dama — replicou Lúcio —, vosso irmão vos manda saudar por meu intermédio. Ele se acha na prisão.

— Ai de mim! Por quê?

Lúcio, então, explicou que Cláudio fora preso por ter seduzido uma donzela.

— Ai! Eu temo que seja minha prima Julieta.

Julieta e Isabel não tinham parentesco, mas se chamavam de primas, em lembrança da amizade dos tempos de escola. Como Isabel sabia que Julieta amava Cláudio, temia que ela fosse levada por seu amor a esse mau passo.

— Ela mesma — replicou Lúcio.

— Então que meu irmão despose Julieta.

Lúcio explicou que Cláudio se casaria de bom grado com Julieta, mas que o governador interino o sentenciara à morte pelo seu crime.

— A menos — acrescentou ele — que vós, com os vossos rogos, possais abrandar a Ângelo. Este é o recado que trago, da parte de vosso pobre irmão.

— Oh, Deus! Que habilidades posso ter para conseguir tal prodígio? Duvido que eu tenha poder para demover Ângelo.

— As dúvidas são traiçoeiras: fazem-nos perder, pelo receio de tentar, o bem que muitas vezes podíamos alcançar. Ide ter com Ângelo! Quando as donzelas imploram, ajoelham-se e choram, os homens são como deuses.

— Verei o que posso fazer. Demoro-me apenas o necessário para comunicar à priora o que se passa e imediatamente irei falar com Ângelo. Recomendai-me a meu irmão. Logo à noite, mandarei comunicar o resultado de minha tentativa.

Correndo ao palácio, Isabel caiu de joelhos perante Ângelo, dizendo:

— Sou uma humilde suplicante de Vossa Graça, se Vossa Graça se dignar ouvir-me.

— Bem. Que me pedis? — perguntou Ângelo.

Ela lhe rogou, nas frases mais comovedoras, pela vida do irmão. Mas Ângelo ficou impassível:

— Menina, não há remédio. Vosso irmão foi sentenciado e tem de morrer.

— Ó justa, mas severa lei! Então já não tenho irmão. Que o Céu conserve Vossa Graça!

Ela já se dispunha a partir, mas Lúcio, que a acompanhava, insistiu:

— Não deixeis isto assim. Voltai de novo a ele, rogai-lhe, ajoelhai-vos, segurai-lhe o manto. Fostes demasiado fria. Se necessitasses de um alfinete, não o pedirias mais brandamente.

Então Isabel, outra vez de joelhos, implorou perdão.

— Ele está sentenciado — disse Ângelo. — É demasiado tarde.

— Demasiado tarde? Não! Eu que profiro uma palavra, posso muito bem proferir outra que a anule. Acreditai-me, senhor, nenhum atributo enaltece mais os grandes do que o perdão. Nem coroa de rei, nem espada de duque, nem bastão de marechal ou toga de juiz valem metade da graça que emana do perdão.

— Peço-vos que vos retireis — disse Ângelo.

Mas Isabel insistiu nas suas súplicas:

— Se meu irmão fosse como vós, e vós como ele, bem poderíeis ter pecado como ele, mas ele não seria tão severo como vós. Queria estar em vosso lugar e que vós fosseis

Isabel. Seria então assim? Não. Eu vos ensinaria o que é um juiz e o que é um prisioneiro.

— Conformai-vos, formosa menina. É a lei, e não eu, que condena vosso irmão. Fosse ele meu parente, meu irmão, ou meu filho, o mesmo lhe sucederia. Ele deve morrer amanhã.

— Amanhã? Oh! É cedo demais. Poupai-o, poupai-o. Ele não está preparado para a morte. Até em nossas cozinhas esperamos a ocasião propícia para matar as aves. Devemos servir a Deus com menos respeito do que o que mostramos por nossas próprias pessoas? Considerai, senhor, que até hoje ninguém foi levado à morte pelo delito que cometeu meu irmão, embora muitos tenham nele incorrido. Assim, seríeis vós o primeiro a proferir tal sentença e ele o primeiro a sofrê-la. Ide a vosso próprio coração, senhor, batei-lhe à porta e consultai-o sobre o delito de meu irmão; se ele o considerar uma falta natural, como na verdade é, nada dirá contra a vida de Cláudio.

Estas últimas palavras moveram Ângelo mais do que tudo que ela dissera antes, pois a beleza de Isabel lhe despertara no coração uma paixão pecaminosa e ele começou a formular pensamentos de desonesto amor, em tudo iguais aos que induziram Cláudio à sua falta. A luta que se travava em seu espírito fê-lo afastar-se de Isabel. Ela, porém, chamou-o, exclamando:

— Meu bom senhor, voltai, que eu vos quero subornar! Voltai, meu bom senhor!

— Como? Subornar-me! — bradou Ângelo, espantado de ela pensar em tal coisa.

— Sim, e com tais presentes que o próprio Céu os dividirá convosco; não com montes de ouro, nem com essas fulgurantes pedras cujo preço é muito alto ou muito baixo, conforme as aquilata a fantasia, mas com preces verdadeiras, que subirão ao Céu antes do sol; preces de almas puras e de virgens penitentes, cujo espírito não está preso a nada deste mundo.

— Bem, vinde cá amanhã.

Por esse curto adiamento da vida do irmão e pela permissão que obtivera de ser ouvida novamente, ela o deixou com a esperança de conseguir afinal abrandar sua índole severa.

— Que Deus guarde vossa honra! — desejou ela ao se retirar.

Ao ouvir tal coisa, disse Ângelo consigo:

— Amém! Eu desejaria era ser guardado de ti e das tuas virtudes. — Depois, assustado com os próprios pensamentos, acrescentou: — Mas que é isto? Acaso a amo eu, para desejar ouvi-la de novo e alegrar-me com seus olhos? Que coisas estou sonhando? O astuto inimigo da humanidade, para pescar um santo, isca com santas seu anzol. Nunca uma mulher sem recato conseguiu abrasar meus sentidos, mas esta virtuosa jovem me subjuga inteiramente. Até agora, sempre me ri dos homens que se apaixonam.

Nas terríveis lutas que se travaram em seu espírito, Ângelo sofreu mais aquela noite do que o prisioneiro a quem tão severamente condenara. Na prisão, Cláudio foi visitado pelo duque, o qual, sob o hábito de frade, ensinou ao jovem o caminho do Céu, pregando-lhe palavras de penitência e paz. Ângelo, porém, sofreu todas as torturas da irresolução. Ora desejava afastar Isabel do caminho da inocência e da honra, ora tremia de horror e remorso ante a premeditação desse crime. Afinal, prevaleceram os maus pensamentos. E aquele que pouco antes se indignara com a oferta de um suborno, resolveu subornar aquela virgem com um presente tão alto que ela não pudesse resistir, mesmo que fosse o inestimável presente da vida de seu irmão.

Quando Isabel chegou pela manhã, Ângelo quis ficar a sós com ela. Falou então que, se ela lhe entregasse a honra virginal, como fizera Julieta com Cláudio, ele lhe concederia a vida do irmão.

— Pois eu te amo, Isabel — acrescentou ele.

— Também meu irmão — retrucou Isabel — amava Julieta e vós dizeis que por isso mesmo é que ele vai morrer.

— Mas Cláudio não morrerá, se consentirdes em me visitar de noite, como Julieta, que deixou a casa paterna para ir ter com Cláudio.

Atônita por ele tentar induzi-la à mesma falta pela qual condenara seu irmão à morte, Isabel declarou:

— Eu faria tanto por meu pobre irmão quanto por mim mesma. Mas, se eu estivesse condenada à morte, deixaria que me retalhassem as carnes a chicote, suportaria as maiores torturas e iria para a morte como para um leito ansiado, antes de descer a tal baixeza.

Em seguida, ela declarou que esperava que Ângelo somente tivesse dito tais palavras para experimentar sua virtude. Mas ele negou:

— Acredita-me, sob minha honra, as palavras que falei exprimem minhas intenções.

Indignada de ouvi-lo pronunciar a palavra "honra" para expressar propósitos tão indignos, Isabel disse:

— Pouca honra ganharás com isso! Mas de uma coisa eu te advirto, Ângelo: assina imediatamente o perdão de meu irmão ou revelarei ao mundo o homem que tu és!

— Quem te acreditará, Isabel? O meu nome impoluto, a austeridade de minha vida, será minha palavra contraposta à tua, tudo isso destruirá as tuas acusações. Salva o teu irmão, cedendo à minha vontade, ou ele morrerá amanhã. Quanto a ti, digas o que quiseres, minha mentira sobrepujará tua verdade. Amanhã espero tua resposta.

"A quem me queixarei? Se eu disser tais coisas, quem me acreditará?", pensava Isabel, enquanto se dirigia à lúgubre prisão onde Cláudio se achava encarcerado. Quando ali chegou, encontrou o irmão em piedosa conversação com o duque, o qual, no seu hábito de frade, também visitara Julieta, conseguindo trazer os dois culpados amantes ao reconhecimento de sua falta. A infeliz Julieta, com lágrimas de verdadeiro remorso, confessara ser ainda mais culpada do que Cláudio, por ter cedido às suas desonrosas solicitações.

Ao entrar na cela de Cláudio, Isabel disse:

— A paz esteja aqui, a graça e boa companhia.

— Quem está aí? — perguntou o disfarçado duque. — Entrai. Vossa saudação merece boas-vindas.

— Pretendo dizer algumas palavras a Cláudio — respondeu Isabel.

O duque deixou-os a sós, mas arranjou com o carcereiro responsável pelos prisioneiros um lugar de onde pudesse ouvir a conversa, sem ser visto.

— E então, irmã, que consolo me trazes? — indagou Cláudio.

Isabel avisou-o de que devia se preparar para morrer no dia seguinte.

— Não há solução? — perguntou Cláudio.

— Sim, irmão, há. Mas de tal natureza que, se consentisses nela, viverias sem honra.

— Conte-me o que houve.

— Eu temo por ti, Cláudio! Receio que mais respeites a ninharia de seis ou sete invernos acrescentados à tua vida do que a honra eterna! Temes a morte? A dor da morte está na apreensão. Por isso, o pobre inseto que esmagamos com o pé sente a mesma dor de um gigante ao morrer.

— Por que me envergonhas assim? Pensas que eu faria qualquer coisa inspirado pela delicadeza das flores? Se tiver de morrer, tomarei as trevas por minha noiva.

— Agora reconheço meu irmão, agora a memória de meu pai faz ouvir sua voz. Sim, tu tens de morrer. O delegado do duque, de tão santa aparência, me garantiu tua vida se eu lhe entregasse minha virgindade. Oh, caso se tratasse apenas de minha vida, eu a entregaria por ti com o mesmo desprendimento com que daria um alfinete!

— Obrigado, querida Isabel!

— Prepara-te para morrer amanhã.

— A morte é uma coisa terrível.

— E a vida vergonhosa, algo abominável.

Logo, o medo da morte venceu a firmeza de Cláudio. Os terrores, como só os conhecem os criminosos próximos do fim, assaltaram-no a ponto de fazê-lo implorar:

— Querida irmã, deixa-me viver! O pecado que cometeres para salvar a vida de teu irmão, de tal modo o desculpa a natureza que o transforma em virtude.

— Ó covarde, ó torpe miserável! Queres salvar tua vida à custa da vergonha de tua irmã? Basta! Pensei que possuísses tanta honra que, se tivesses vinte cabeças para entregar a vinte cepos, tu as sacrificarias todas, antes de permitires que tua irmã descesse a tal desonra.

— Escuta-me, Isabel — pediu Cláudio.

Mas o que quer que ele tivesse para dizer em desculpa

de sua fraqueza de desejar viver à custa da honra da virtuosa irmã foi interrompido pela entrada do duque.

— Cláudio, ouvi o que se passou entre tua irmã e tu. Ângelo nunca teve a intenção de corrompê-la; o que ele disse foi unicamente para experimentar a virtude dela. Sendo verdadeiramente honesta, ela lhe deu a recusa com que ele tanto folgou. Não há esperança de ele te perdoar. Passa, pois, em oração as horas que te restam e prepara-te para a morte.

Ao ouvir o duque, Cláudio arrependeu-se da própria fraqueza:

— Deixai-me pedir perdão à minha irmã. Estou tão desgostoso da vida que anseio por sair dela.

Acabrunhado de vergonha e pesar por sua falta, Cláudio recolheu-se. Ao ficar a sós com Isabel, o duque louvou-lhe a resolução:

— A mão que te fez bela também te fez virtuosa.

— Oh! Como o bom duque está enganado com Ângelo! Se ele voltasse e eu lhe pudesse falar, haveria de lhe revelar tudo.

Isabel não sabia que, naquele momento, já fazia as revelações que prometia para mais tarde.

— Não seria mau — replicou o duque —, mas, no pé em que estão as coisas, Ângelo refutará tuas acusações. Presta, pois, atenção aos meus conselhos. Creio que podes fazer a uma pobre senhora, injustamente abandonada, um merecido benefício, sem prejuízo para tua graciosa pessoa e com grande alegria do duque ausente, se porventura ele tiver conhecimento deste caso.

Isabel garantiu que tinha coragem de fazer tudo o que ele desejasse, contanto que não fosse nada de mau.

— A virtude é ousada, nunca temerosa — afirmou o duque.

Perguntou-lhe então se ela já ouvira falar em Mariana, a irmã de Frederico, o grande soldado que morrera num naufrágio.

— Sim — confirmou Isabel —, e sempre com grandes louvores.

— Esta senhora é esposa de Ângelo. Seu dote vinha a bordo do navio em que o irmão pereceu. Vê agora a situação dessa pobre dama! Além da perda de um nobre e famoso irmão, que muito a estimava, ela, com o naufrágio de sua fortuna, perdeu também o afeto do marido. Esse Ângelo, de tão honrada aparência, pretextando descobrir algum ato desonesto em sua virtuosa esposa (quando o verdadeiro motivo era a perda do dote), deixou-a entregue às suas lágrimas, sem enxugar uma só com seu conforto. Tal injusta crueldade, que, com toda a razão, deveria extinguir o amor de Mariana, tornou-o tão impetuoso quanto um tronco entregue à correnteza. Mariana ama seu cruel marido com toda a dedicação do primeiro afeto.

O duque, então, lhe revelou seu plano: Isabel iria encontrar-se com Ângelo e fingiria consentir em visitá-lo à meia-noite, como ele desejava e, dessa forma, obteria dele o prometido perdão para Cláudio. Só que Mariana iria ao encontro em seu lugar, fazendo-se passar, no escuro, por Isabel.

— Não temas, cara filha. Ângelo é marido dela, e não há mal em promover um encontro entre ambos.

De acordo com o tal plano, Isabel partiu para fazer o que lhe mandavam, enquanto ele ia comunicar a Mariana a intenção de ambos. Já antes a visitara, no seu piedoso disfarce, dando-lhe a assistência da religião e seu consolo amigo, e, então, ouvira a sua triste história dos seus próprios lábios. E ela, que o tinha na conta de um santo, prontamente consentiu em fazer o que ele agora determinava.

Quando Isabel, de volta da entrevista com Ângelo, chegou à casa de Mariana, onde combinara encontrar-se com o duque, este lhe perguntou:

— E então, que novas me trazes daquele excelente delegado?

Isabel explicou como ambos haviam preparado a secreta entrevista.

— Ângelo tem um jardim cercado por um muro de tijolo, em cujo lado ocidental há uma vinha e nesta vinha um portão. — Mostrando ao duque e à Mariana as duas chaves que Ângelo lhe dera, prosseguiu: — Esta chave maior abre o portão da vinha e, esta outra, uma pequena porta que dá acesso ao jardim. Foi aí que prometi encontrar-me com ele à noite, sob a promessa de ele me conceder o perdão de Cláudio. Tomei devida nota do local e ele solicitamente me ensinou por duas vezes o caminho.

— Não combinaram outros sinais, que Mariana deva observar? — interrogou o duque.

— Não, nenhum. Basta ir quando estiver escuro. Eu avisei que dispunha de pouco tempo e o fiz acreditar que estaria acompanhada de uma criada, a qual estaria persuadida de que eu iria encontrar-me com meu irmão.

O duque elogiou o discreto plano que ela arquitetara. E Isabel, voltando-se para Mariana, disse:

— Pouco tendes de dizer a Ângelo, na despedida. Apenas murmure, baixinho, estas palavras: "Lembra-te agora de meu irmão!".

Naquela noite, Mariana foi conduzida ao local combinado, por Isabel, que se regozijava de salvar, com tal estratégia, a vida de seu irmão e sua própria honra. Mas o duque não estava certo de que a vida de Cláudio se achava a salvo e, por isso, voltou à prisão à meia-noite. E bom foi para Cláudio que ele assim o fizesse, senão o jovem teria sido executado naquela mesma noite. Logo depois que o duque penetrou na prisão, chegou uma ordem do cruel delegado, ordenando que executassem Cláudio e que sua cabeça lhe fosse enviada às cinco da manhã. Mas o duque persuadiu o guarda a adiar a execução de Cláudio e enganar Ângelo, enviando-lhe a cabeça de um homem que falecera na prisão naquela manhã. Para convencê-lo a fazer tal coisa, o duque, que o outro supunha ser um mero frade, mostrou uma carta escrita pelo punho do próprio duque e carimbada com seu sinete. Convenceu-se, pois, o guarda de que o frade trazia uma ordem secreta do duque ausente e consentiu em poupar Cláudio. Cortou a cabeça do morto e remeteu-a a Ângelo.

Depois o duque, em seu próprio nome, escreveu uma carta a Ângelo, comunicando que certos acidentes o tinham obrigado a interromper a viagem, devendo ele se achar em Viena na manhã seguinte. Recomendava a Ângelo que fosse esperá-lo à entrada da cidade, a fim de lhe transmitir seus poderes. Ordenara-lhe também que mandasse proclamar o seguinte: "Se algum súdito tivesse alguma injustiça a reclamar, devia apresentar suas petições ao duque no momento de sua entrada na cidade".

De manhã cedo, veio Isabel à prisão, e o duque, que ali a esperava, resolveu, por secretas razões, dizer-lhe que Cláudio fora executado. Assim, quando Isabel lhe perguntou se Ângelo enviara o perdão a Cláudio, ele respondeu:

— Ângelo libertou Cláudio deste mundo. Sua cabeça foi cortada e enviada ao delegado do duque.

— Ó infeliz Cláudio! — exclamou a irmã desesperada. — Triste Isabel! Indigno mundo! Maldito Ângelo!

O falso frade tratou de consolá-la e, quando ela se mostrou um pouco mais calma, comunicou-lhe a chegada do duque e recomendou-lhe a melhor maneira de apresentar suas queixas contra Ângelo. Avisou-a para não se assustar se as coisas, por um momento, parecessem voltar-se contra ela.

Deixando Isabel suficientemente instruída do que devia fazer, dirigiu-se à casa de Mariana, a quem deu também as necessárias instruções.

Então, despiu o hábito de frade e, nas suas próprias vestes reais, em meio a uma alegre multidão de súditos fiéis, reunidos para saudá-lo, o duque entrou na cidade de Viena, onde se encontrou com Ângelo, que lhe fez a transmissão de poderes.

Nisso, apareceu Isabel, para fazer sua petição:

— Justiça, real duque! — pediu ela. — Sou irmã de um certo Cláudio, que, por haver seduzido uma donzela, foi condenado à morte. Implorei de Ângelo a vida de meu irmão. Escusado seria dizer-vos como lhe supliquei, como ele repeliu, como insisti nos meus rogos, pois levaria muito tempo. Só vos direi, com a maior dor e vergonha, a conclusão do caso: Ângelo só consentiu em perdoar meu irmão, se eu acedesse aos seus vergonhosos desejos. Depois de muito lutar comigo mesma, minha dor de irmã venceu minha virtude e consenti em sua proposta. Mas, na manhã seguinte, Ângelo, quebrando sua promessa, mandou cortar a cabeça de meu irmão!

O duque fingiu não acreditar em tal história. E Ângelo declarou que o pesar pela morte do irmão, legalmente executado, fizera decerto com que ela perdesse o juízo.

Aí, aproximou-se outra solicitante, que era Mariana, dizendo:

— Nobre príncipe, assim como a luz vem do céu e a verdade da inspiração, assim como há sentido na verdade e verdade na virtude, assim sou a esposa deste homem e as palavras de Isabel são falsas, pois na noite em que ela diz ter estado com

Ângelo, passei-a eu com ele, na casa do jardim. Como o que digo é verdade, deixai que eu me retire, ou então seja aqui mesmo meu túmulo.

Isabel invocou então, em testemunho do que dissera, o frade Ludovico, pois este era o nome que o duque adotara em seu disfarce. Isabel e Mariana haviam obedecido ambas às suas instruções no que diziam, pois o duque queria que a inocência de Isabel ficasse publicamente provada, perante a cidade de Viena.

Ângelo, porém, não pensava que fosse esse o motivo de elas divergirem nas suas afirmações. E resolveu tomar partido de tal contradição para se isentar das acusações de Isabel. Assumindo um ar de inocência ultrajada, declarou:

— Até agora, meu bom senhor, tenho-me limitado a sorrir, mas minha paciência se esgota e começo a compreender que essas pobres loucas são apenas o instrumento de alguém mais importante, que as maneja em segredo. Deixai-me, senhor, esclarecer isso tudo.

— Sim, de todo o coração, e castigai os culpados como vos aprouver. Vós, nobre Éscalo, auxiliai o nobre Ângelo a desmascarar tal abuso. Mandai chamar o frade e, quando ele vier, dai às injúrias o devido castigo. Vou retirar-me por um momento, mas vós, nobre Ângelo, não vos retireis enquanto não houverdes esclarecido tudo.

O duque então se retirou, deixando Ângelo satisfeito por ficar de juiz e árbitro em sua própria causa.

No entanto, o duque esteve ausente apenas enquanto trocava os trajes reais pelo hábito de frade. Nesse disfarce, compareceu perante Ângelo e Éscalo. E o bom velho Éscalo, que pensava que Ângelo fora falsamente acusado, perguntou ao suposto frade:

— Senhor, fostes vós quem mandastes estas mulheres caluniar o nobre Ângelo?

— Onde está o duque? — replicou o frade. — Ele é quem me deve ouvir.

— O duque está representado por nós — informou Éscalo. — E nós vos ouviremos. Falai com verdade!

— Com coragem, decerto — retrucou o frade.

Depois, censurou o duque por deixar a causa de Isabel nas mãos de quem ela acusava e falou tão livremente das corrupções que observara enquanto estivera como espectador em Viena que Éscalo o ameaçou de tortura por falar contra o Estado e censurar o procedimento do duque. Aí, deu-lhe ordem de prisão.

Para espanto de todos os presentes e suprema confusão de Ângelo, eis que o suposto frade lança fora seu disfarce e todos veem que se trata do próprio duque.

Primeiro, ele se dirigiu a Isabel, dizendo:

— Vem, Isabel. Teu frade é agora teu príncipe, mas, com meu hábito, não mudei meu coração. Continuo devotado a teu serviço.

— Oh, perdoai-me! Eu, vossa vassala, importunei vossa desconhecida soberania.

O duque respondeu que mais necessidade tinha ele do perdão de Isabel, por não haver evitado a morte de seu irmão (não queria ainda revelar que Cláudio estava vivo, para melhor experimentar a bondade da jovem).

Ângelo, que agora sabia ter sido o duque testemunha secreta das suas ações, exclamou:

— Ó temível senhor, eu seria mais culpado do que minha própria culpa, se pensasse que podia deixar de ser descoberto, quando vejo que Vossa Graça, como um poder divino, vigiou todas as minhas ações. Assim, meu bom príncipe, não prolongueis mais minha vergonha, mas seja meu julgamento minha própria confissão. Imediata sentença de morte é toda a graça que vos peço.

— Ângelo, as tuas culpas são evidentes. Nós te condenamos ao mesmo cepo onde Cláudio encontrou a morte. Seja ele executado com igual pressa. Quanto aos seus bens, Mariana, ficareis com todos eles, para arranjardes um marido melhor.

— Ó meu bom senhor, não quero outro homem. — Então, de joelhos, tal como Isabel pedira pela vida de Cláudio, aquela excelente esposa de um ingrato marido rogou pela vida de Ângelo: — Meu soberano e bom senhor! E tu, querida Isabel, roga também por mim. Ajoelha-te comigo e toda minha vida te pertencerá!

— É uma insensatez importuná-la assim — replicou o duque. — Se Isabel se ajoelhasse, implorando por Ângelo, o espectro de seu irmão quebraria o leito de pedra e viria, cheio de horror, arrancá-la daqui.

Mariana, porém, insistia:

— Querida Isabel, ajoelha-te apenas comigo, levanta a mão e não digas nada. Eu falarei tudo. Os melhores homens são moldados pelas suas faltas. E geralmente os que se tornam melhores são os que têm algum pequeno defeito. Ó Isabel, não queres dobrar um joelho?

O duque declarou então:

— Ele morre por Cláudio.

Mas muito contente ficou o duque quando sua Isabel, de quem esperava as mais graciosas e dignas ações, ajoelhou-se à sua frente, dizendo:

— Boníssimo senhor, considerai, vos peço, esse condenado como se meu irmão fosse vivo. Creio que a devida sinceridade governou seus atos até o momento em que ele me viu. Se assim for, não o deixeis morrer! A meu irmão apenas foi feita justiça, pois de fato ele cometeu o crime pelo qual foi executado.

O duque, como a melhor resposta que podia dar àquela que tão nobremente pedia pela vida do inimigo, mandou buscar Cláudio na prisão onde ele ainda jazia, incerto do seu destino, e, apresentando a Isabel o irmão vivo, pediu:

— Concede-me tua mão, Isabel. Por teu amor, perdoo Cláudio. Dize que serás minha, e ele será meu irmão também.

Nesse momento, Ângelo compreendeu que estava salvo e, vendo o duque certo brilho em seu olhar, falou:

— Ângelo, tratai de amar vossa mulher; a ela deveis vosso perdão. Alegrai-vos, Mariana! Amai-a, Ângelo! Eu a confessei e conheço sua virtude.

Ângelo reconheceu o quanto fora duro de coração, quando investido de uma breve autoridade, e sentiu como era doce o perdão.

O duque obrigou Cláudio a casar com Julieta e ofereceu-se de novo para receber como esposa a Isabel, aquela cujas virtudes e nobre conduta haviam conquistado o coração de seu próprio príncipe. Isabel, que ainda não tomara véu, estava livre para se casar. E a assistência amiga que, sob os disfarces de um humilde frade, o nobre duque lhe prestara, fê-la aceitar com júbilo a honra que ele agora lhe oferecia. Ao se tornar duquesa de Viena, com seu excelente exemplo, a virtuosa Isabel operou tão completa transformação entre as jovens da cidade que, desde essa época, nenhuma outra incidiu na transgressão de Julieta, a arrependida esposa do regenerado Cláudio. O compassivo duque reinou por muito tempo ainda com sua amada Isabel, como o mais feliz dos maridos e dos príncipes.

NOITE DE REIS

Sebastião e sua irmã Viola, dois jovens de Messalina, eram gêmeos, e o que a todos maravilhava era que, desde o nascimento, se pareciam tanto que, a não ser pela diferença de trajes, ninguém distinguiria um do outro. Além de nascerem na mesma hora, viram-se ambos na mesma hora em perigo de morte, pois naufragaram na costa da Ilíria, enquanto faziam juntos uma viagem por mar. O navio a bordo do qual viajavam deu de encontro com uma rocha, durante uma violenta tempestade, e pouquíssimos passageiros escaparam vivos. O capitão do navio e alguns dos marinheiros salvos alcançaram a terra num pequeno bote, levando Viola consigo. Ali, a pobre moça, em vez de se regozijar por ter sido salva, começou a lamentar a perda do irmão. Mas o capitão consolou-a, assegurando-lhe que vira seu irmão, quando o navio afundara, agarrado a um forte mastro, sobre o qual se mantivera à tona d'água, pelo menos até onde ele o pudera avistar à distância. Confortada com as esperanças que lhe trouxeram tais palavras, Viola começou então a considerar o que seria de si própria num país estranho, tão longe da sua terra. E perguntou ao capitão se conhecia alguém na Ilíria.

— Sim, minha senhora. Nasci a menos de três horas de viagem daqui.

— E quem governa esta terra? — indagou Viola.

Disse-lhe o capitão que a Ilíria era governada por Orsino, um duque nobre tanto por natureza quanto por sua dignidade. Viola afirmou que já ouvira o pai falar de Orsino, o qual era então solteiro.

— E ainda o é — informou o capitão —, ou pelo menos o era há um mês, quando parti. Diziam então (pois, como sabeis, o que os grandes fazem os pequenos comentam) que Orsino era pretendente da linda Olívia, virtuosa donzela, filha de um conde falecido um ano antes e que a deixara sob a proteção de seu filho, o qual pouco depois também falecera. E, por amor desse irmão, diziam, desistira ela da vista e do convívio com os homens.

Também pesarosa pela morte do irmão, Viola desejou viver em companhia da referida dama, que tão ternamente chorava a morte de um parente. Perguntou ao capitão se podia apresentá-la a Olívia, dizendo ter a intenção de servir a essa senhora. Ele replicou que seria difícil, pois Olívia não recebia ninguém desde a morte do irmão, nem mesmo ao duque.

Viola então esboçou um novo plano, que era o de se vestir de homem e ir servir de pajem ao duque Orsino. Era uma estranha fantasia da parte de uma jovem, fazer-se assim passar por rapaz. Mas o desamparo em que se achava Viola, tão moça, tão linda e sozinha num país estranho, bem justificava tal ideia.

Notando o interesse amigo que lhe demonstrava o capitão, ela o comunicou de seu projeto, oferecendo-se ele prontamente a auxiliá-la. Viola deu-lhe dinheiro para fazer as compras necessárias, recomendando que seus trajes fossem da mesma cor e aspecto daqueles que Sebastião usava. E, depois de envergar o vestuário masculino, tão exatamente ela se parecia com seu irmão que isso ocasionou alguns estranhos equívocos, devido a serem tomados um pelo outro — como adiante se verá, também Sebastião fora salvo.

O bom amigo de Viola, o capitão, depois de transformar a linda moça em rapaz, conseguiu apresentá-la a Orsino sob o falso nome de Cesário. O duque ficou encantado com o desembaraço e graça daquele belo jovem e fez de Cesário um dos seus pajens, exatamente o ofício que Viola desejava obter. E tão bem ela preencheu os deveres de sua nova função, mostrando-se tão atenta e devotada a seu senhor, que logo se transformou no seu serviçal favorito. Contou ele a Cesário a longa e infeliz corte que fazia àquela que, rejeitando seus longos serviços e sua pessoa, recusava-se a admiti-lo em sua presença. Por amor dessa dama que tão desumanamente o tratava, o nobre Orsino esquecia os esportes ao ar livre e todos os exercícios varonis com que costumava distrair-se. Passava as horas em ignóbil ociosidade, ouvindo afeminadas e doces músicas, graciosas árias e apaixonados cantos de amor. Negligenciando a companhia dos ponderados senhores com quem costumava ficar, passava agora o dia conversando com o jovem Cesário. Tão graves cortesãos passaram, então, a achar imprópria tal companhia ao seu nobre amo, o grande duque Orsino.

É perigoso para as donzelas serem confidentes de lindos e jovens duques. Foi o que Viola logo descobriu, para mágoa sua, pois tudo o que Orsino lhe dizia sentir por Olívia sentia ela agora pelo duque. O que mais a espantava era que Olívia fosse tão desatenta com seu incomparável senhor e amo, a quem achava impossível alguém contemplar sem a mais profunda admiração. Gentilmente, sugeriu a Orsino que achava uma pena ele amar uma dama tão cega às suas altas qualidades. E acrescentou:

— Se uma dama vos amasse, meu senhor, como amais a Olívia (e talvez haja uma), vós não lhe diríeis ser-vos impossível amá-la? Não deveria ela, então, contentar-se com tal resposta?

Mas Orsino não admitia tal raciocínio. Achava impossível que alguma mulher pudesse amar como ele amava. Disse que nenhum coração feminino comportava tamanho amor e, por isso, não era cabível comparar a paixão que alguma mulher lhe dedicasse aos sentimentos dele por Olívia. Embora Viola tivesse a maior deferência pelas opiniões do duque, não acreditava que isso fosse verdade. Sentia o próprio coração tão cheio de amor quanto o de Orsino. E então, disse:

— Ah, mas eu sei, meu senhor...

— Que sabes tu, Cesário?

— Bem sei que amor dedicam as mulheres aos homens. São tão sinceras de coração como nós. Meu pai tinha uma filha que amava a um homem, como eu, se fosse mulher, talvez vos amasse...

— Como terminou tal história? — indagou Orsino.

— Nada houve, meu senhor. Ela nunca declarou seu amor. Deixou-o secretamente, como um verme num botão, corroer sua face de damasco. Penou em silêncio e, com melancolia, deixou-se ficar, como a Paciência sobre o túmulo a sorrir para a Dor.

O duque indagou se a referida moça morrera de amor, mas Viola respondeu evasivamente. Só inventara a história para externar em palavras o secreto amor e o silencioso pesar que sofria por Orsino.

Enquanto falavam, entrou o mensageiro que o duque enviara a Olívia:

— Saiba, senhor, que não fui recebido pela dama. Apenas sua criada voltou com a seguinte resposta: "Durante sete anos, nem o próprio ar veria a face de sua dama. Como uma monja, ela andaria velada, regando o quarto com suas lágrimas, como triste tributo à memória do irmão".

— Oh, que coração ela possui, para pagar tal tributo de amor a um irmão falecido! Quanto não há de amar, quando a flecha de ouro lhe tocar o coração! — exclamou o duque. Depois, virou-se para Viola: — Bem sabes, Cesário, que tenho revelado a ti todos os segredos do meu coração. Portanto, meu bom rapaz, vai tu à casa de Olívia. Não te importes se não te deixarem entrar. Fica ali postado à sua porta e manda-lhe dizer que não arredarás pé até que sejas recebido.

— Se eu falar a ela, meu senhor, que lhe direi?

— Revela-lhe a paixão de meu amor. Fala-lhe longamente de minha sinceridade. Ninguém melhor do que tu para expor o meu penar, pois ela te prestará mais atenção do que a outro mensageiro de aspecto mais grave.

Viola partiu, mas não de boa vontade, para convencer a dama a se tornar esposa daquele com quem ela própria desejava casar-se. Já que aceitara o encargo, porém, tratou de desempenhá-lo fielmente. Olívia logo soube que estava à sua porta um jovem que insistia em ser admitido à sua presença:

— Eu lhe disse — contou a criada — que a senhora estava doente. Ele respondeu que o sabia e por isso vinha falar-lhe. Falei que a senhora dormia. Ele também parecia sabê-lo e alegou que, ainda assim, precisava falar-lhe. Que devo fazer, senhora? Ele parece preparado contra todas as recusas e teima em lhe falar, quer a senhora queira ou não.

Curiosa por ver tão decidido mensageiro, Olívia mandou que o deixassem entrar e, cobrindo-se com um véu, preparou-se para, mais uma vez, ver-se às voltas com um embaixador de Orsino — deduzia, pela insistência, que tal enviado só podia vir da parte do duque.

Ao entrar, Viola assumiu o ar mais varonil que pôde e, afetando a preciosa linguagem cortesã dos pajens dos grão-senhores, dirigiu-se à dama velada:

— Radiante e imaculada beleza, peço-vos dizerdes se sois a senhora desta casa, pois eu muito sentiria desperdiçar meu discurso com outra pessoa. Além de ter sido excelentemente composto, muito trabalho tive em decorá-lo.

— De onde vindes, senhor? — perguntou Olívia.

— Pouco mais posso dizer do que aquilo que estudei, e essa pergunta não faz parte do meu papel.

— Sois um comediante?

— Não, embora eu não seja o que aparento — replicou Viola, querendo dizer que, sendo mulher, fingia-se de homem.

E de novo perguntou a Olívia se ela era a senhora da casa. Olívia afirmou que sim. Então Viola, curiosa para ver as feições de sua rival e sem pressa de comunicar a mensagem do amo, pediu:

— Senhora, deixai-me ver vossa face.

Esse ousado pedido, Olívia não se sentiu disposta a recusar, pois aquela altiva beleza, a quem o duque de Orsino por tanto tempo amara em vão, logo à primeira vista se enamorara do suposto pajem, o humilde Cesário.

E quando Viola pediu para lhe ver o rosto, Olívia retrucou:

— Estais acaso encarregado por vosso amo e senhor de negociar com meu rosto? — Depois, esquecendo a determinação de se manter velada por sete longos anos, ergueu o véu: — Eu correrei a cortina e mostrarei o quadro. Não está bem-feito?

— Tudo está perfeitamente composto. O vermelho e o branco foram mesclados nas vossas faces pela hábil mão da própria Natureza. Sois a mais cruel dama que existe, se levardes tais graças para a sepultura, sem deixar cópia ao mundo.

— Ó senhor, não serei tão cruel. O mundo pode ter um inventário de minha beleza. Assim, teremos dois lábios, igualmente vermelhos; dois olhos cinzentos e as correspondentes pálpebras; um pescoço; um queixo; e daí por diante. Fostes mandado aqui para louvar-me?

— Bem vejo o que sois: demasiadamente orgulhosa, mas linda. Meu amo e senhor vos ama. E tão grande amor devia ser recompensado, embora fôsseis coroada a rainha das belas. Orsino vos ama com adoração e lágrimas, com soluços e suspiros.

— Vosso amo bem sabes o que penso. Não posso amá-lo, embora o saiba virtuoso e conheça sua nobreza, posição e sua valente e imaculada juventude. Todas as vozes o proclamam sábio, cortês e valoroso. Contudo, não posso amá-lo. Ele devia ter recebido esta resposta há muito tempo.

— Se eu vos amasse como vos ama o meu senhor, construiria uma cabana de salgueiro à vossa porta e chamaria por vosso nome. Escreveria sonetos de louvor a Olívia e os cantaria nas horas mortas da noite. Vosso nome soaria por entre as colinas e eu faria o Eco, esse tagarela do espaço, repetir: Olívia, Olívia. Oh! Não poderíeis descansar entre os elementos da terra e do ar, mas teríeis piedade de mim.

— Que família é a vossa?

— Acima da minha condição. Mas minha linhagem é boa. Sou um cavaleiro.

Olívia então despediu pesarosamente Viola com estas palavras:

— Dizei a vosso amo que não posso amá-lo. Que não torne mais a mandar mensageiros, a não ser que, por acaso, volteis aqui para me dizer como acolheu minha resposta.

Chamando-a, à despedida, de Bela Crueldade, Viola partiu. Depois que ela se foi, Olívia repetiu mentalmente as palavras: "Acima da minha condição. Mas minha linhagem é boa. Sou um cavaleiro". E acrescentou em voz alta:

— Sim, eu juraria que o é. Sua linguagem, seu rosto, seu porte, seu espírito bem denotam que é um cavaleiro.

Então, teve pena de que Cesário não fosse o duque. E, percebendo o lugar que ele ocupava em seu afeto, censurou-se por aquele súbito amor. Mas as gentis censuras que fazemos às nossas próprias faltas não criam raízes profundas. E Olívia depressa esqueceu a desigualdade entre sua condição e a do falso pajem. Esqueceu também o recato, que é o maior ornamento de uma dama, e resolveu conquistar o amor do jovem Cesário. Mandou um criado em seu encalço, com um anel de diamante, sob o pretexto de que Cesário o deixara com ela, como presente de Orsino. Dando, com esse artifício, o anel a Cesário, esperava fazer-lhe alguma demonstração dos seus sentimentos. Na verdade, Viola o suspeitou. Sabia que nenhum anel Orsino lhe mandara e recordou os significativos olhares e modos de Olívia, chegando à conclusão de que a amada de seu amor se apaixonara por ela.

— Ai! Para a pobre senhora é o mesmo que amar a um sonho. Vejo que o disfarce é coisa má, pois faz Olívia suspirar em vão por mim, como eu suspiro por Orsino.

De volta ao palácio de Orsino, Viola relatou o insucesso de sua missão e repetiu a ordem de Olívia, de que o duque não mais a importunasse. Apesar disso, o duque teve esperanças de que o gentil Cesário, com o tempo, conseguisse persuadi-la a mostrar alguma compaixão e ordenou-lhe que fosse vê-la no dia seguinte.

No entanto, a fim de passar o aborrecido intervalo, quis ouvir uma canção que muito apreciava:

— Bom Cesário, quando a ouvi na noite passada, pareceu-me que suavizava minha paixão. Cantam-na as fiandeiras, quando trabalham ao sol. É tola, mas gosto dela, pois fala da inocência do amor nos tempos antigos.

Canção
Ó morte, ó minha morte, vem agora,
Sob o cipreste já me vou deitar;
Precioso alento, deves já cessar,
Que me feriu uma cruel senhora.
A mortalha de teixos entrançada,
Minha mortalha, preparai-a agora,
Pois ninguém, por esse mundo afora,
Mereceu tanto a morte desejada,
Nenhuma flor, nenhuma suave flor,
Acaso esparzam sobre meu caixão.
Nenhum amigo vá chorar de dor,
Onde os meus pobres ossos jazerão.
Para poupar suspiros mil, magoados,
Abri minha cova num lugar
Onde nunca os amantes desgraçados,
Um dia a encontrem, para ali chorar.

Viola notou que as palavras da velha canção, com tão verdadeira simplicidade, descreviam as penas de um amor não correspondido. E, por sua fisionomia, bem demonstrou ela o que aquela canção lhe significava. Orsino observou sua reação e comentou:

— Aposto minha vida, Cesário, que embora tão jovem, teus olhos já pousaram num rosto a que ficaram amando. Não é verdade, rapaz?

— Um pouco — replicou Viola.

— E que espécie de mulher? Que idade ela tem?

— Da vossa idade e com vosso aspecto.

O duque sorriu ao ouvir que o belo moço amava uma mulher muito mais velha do que ele e ainda parecida com homem. Claro que, secretamente, Viola referia-se a Orsino e não a uma mulher parecida com ele.

Em sua segunda visita a Olívia, Viola não teve dificuldade para ser levada à sua presença. Os criados logo descobrem quando as amas gostam de conversar com um belo e jovem mensageiro. Assim que Viola chegou, abriram-se as portas de par em par, e o pajem do duque foi introduzido com grande respeito nos aposentos de Olívia. Quando Viola informou que fora mais uma vez advogar a causa de seu senhor, Olívia respondeu:

— Não quero ouvir falar mais nele. Mas, se vos aventurásseis a outros galanteios, eu preferia ouvir vossas súplicas a escutar a música das estrelas.

Claro era o sentido de tais palavras, mas Olívia logo se explicou mais claramente, confessando abertamente seu amor. Ao ver o espanto e a contrariedade desenhados nas faces de Viola, ela disse:

— Oh! Como até o desprezo parece lindo no descontentamento e cólera dos seus hábitos. Cesário, pelas rosas da primavera, pela pureza virginal, pela honra e pela verdade, juro que te amo tanto que, a despeito de teu orgulho, não tenho razão para ocultar minha paixão.

Em vão a dama se confessou: Viola apressou-se em fugir de sua presença, ameaçando nunca mais voltar para falar do amor de Orsino. A única resposta que deu às apaixonadas solicitações de Olívia foi declarar sua firme resolução de "nunca amar mulher nenhuma".

Logo que Viola deixou a casa da dama, porém, fizeram-lhe uma provocação. Um cavalheiro, pretendente rejeitado de Olívia, que soubera como a dama favorecia o mensageiro do duque, desafiou-a para um duelo. Que podia Viola fazer, ela que, embora vestida de homem, possuía coração de mulher e tinha medo de olhar para a própria espada?

Ao ver seu temível adversário avançar de espada em punho, pensou em confessar que era mulher. Mas viu-se ao mesmo tempo libertada dos seus temores e da vergonha de tal revelação por um transeunte desconhecido, o qual, como se há muito a conhecesse e fosse seu mais caro amigo, interferiu na contenda:

— Se este jovem cavalheiro vos fez alguma ofensa, eu me responsabilizo por sua falta; e, se vós o ofendestes, sou eu que vos desafio em lugar dele.

Antes que Viola tivesse tempo de agradecer a intervenção, ou inquirir dos motivos dessa bondosa interferência, seu novo amigo deparou com o adversário, contra o qual de nada serviu sua bravura: os oficiais de justiça, chegando naquele exato momento, prenderam o desconhecido em nome do duque, para responder por um delito cometido alguns anos antes. E ele disse então a Viola:

— Isto é o resultado de eu vir em tua procura. — E, pedindo-lhe a bolsa, acrescentou: — Agora a necessidade me obriga a reclamar minha bolsa. E muito me penaliza que eu não possa fazer por ti mais do que isso que me está acontecendo. Estás confuso, mas tranquiliza-te.

Essas palavras confundiram Viola, que protestou não conhecer o homem, nem dever-lhe dinheiro. Mas, devido à bondade que ele demonstrara, ofereceu-lhe uma pequena soma, que era quase tudo o que possuía. Então o desconhecido, cheio de ira, acusou-a de ingratidão e desumanidade.

— Este jovem que aqui vedes — argumentava ele —, eu o arranquei às garras da morte. Só por sua causa é que vim à Ilíria e me vejo nesta situação.

Mas os oficiais pouco se importaram com suas queixas e levaram-no, dizendo:

— Que temos nós com isso?

Enquanto era levado preso, o desconhecido chamava Viola pelo nome de Sebastião, censurando-o por renegar um amigo. Ao ouvi-lo, Viola conjecturou que todo aquele mistério provinha de ter sido confundida com seu irmão e encheu-se de esperanças de que fosse o próprio Sebastião o jovem cuja vida aquele homem alegava ter salvo. Entretanto, ele fora levado muito depressa para que ela pudesse pedir explicações.

De fato, assim acontecera. O desconhecido, chamado Antônio, era um capitão. Recolhera Sebastião em seu navio, quando o jovem, quase morto de fadiga, flutuava à deriva com o mastro a que se amarrara durante a tempestade. Antônio se tomara de tamanha amizade por Sebastião que resolvera acompanhá-lo aonde quer que ele fosse. Quando o jovem manifestou curiosidade de visitar a corte de Orsino, Antônio, não querendo separar-se dele, viajou à Ilíria, embora soubesse que, se fosse descoberto, a sua vida corria perigo, por haver há tempos ferido gravemente um sobrinho do duque. Por tal motivo é que era levado prisioneiro.

Antônio e Sebastião haviam desembarcado poucas horas antes de Antônio encontrar-se com Viola. Tinha este emprestado sua bolsa a Sebastião, dizendo-lhe que dispusesse dela à vontade, caso desejasse comprar alguma coisa. Ficara à espera na estalagem, enquanto Sebastião dava uma volta pela cidade. Mas, como Sebastião não voltara no prazo combinado, Antônio se aventurara a sair em sua procura. Como Viola estava vestida da mesma forma que o irmão e sendo idênticas as feições de ambos, Antônio logo sacara da espada em defesa do jovem a quem salvara. Quando Sebastião (como ele pensava) dissera desconhecê-lo e lhe negara sua própria bolsa, não admira que Antônio o acusasse de ingratidão.

Depois que Antônio partiu e temendo um segundo desafio, Viola correu para casa o mais depressa que pôde. Não passara muito tempo, quando seu adversário julgou vê-la de volta. Mas era seu irmão Sebastião, que chegara por acaso àquele mesmo lugar.

— Então torno a te encontrar? — zombou o adversário de Viola. — Aí tens para ti.

E deu-lhe um murro. Sebastião, que não era nenhum covarde, devolveu-lhe o murro e puxou da espada.

Uma dama pôs termo a esse duelo. Saindo de casa, Olívia tomou Sebastião por Cesário e convidou-o a entrar em sua residência, expressando pesar pela rude agressão que ele sofrera. Embora surpreso com a amabilidade da dama e a rudeza do desconhecido atacante, Sebastião entrou de bom grado na casa. Encantada, Olívia acreditou que Cesário tornava-se mais acessível às suas atenções. Embora as feições dele permanecessem as mesmas, nada havia nelas do desprezo e descontentamento que tanto a haviam magoado quando lhe confessara seu amor.

Sebastião não se mostrou contrário às solicitudes da dama. Parecia aceitá-las com agrado. Mas não compreendia coisa alguma daquilo tudo e sentia-se inclinado a achar que Olívia não estivesse no pleno gozo das suas faculdades mentais. Entretanto, ao perceber que ela era dona de uma bela vivenda, dava ordens, dirigia sensatamente sua casa e, a não ser pelo súbito amor por ele, aparentava o mais perfeito juízo, Sebastião deixou-se cativar por seus galanteios. Vendo-o em tão excelente disposição e temendo que ele mudasse de humor, Olívia propôs, visto ter um sacerdote em casa, que se casassem imediatamente. Sebastião concordou e, finda a cerimônia, deixou a esposa por um momento, para contar a seu amigo Antônio a boa sorte que lhe sucedera.

Nesse meio-tempo, veio Orsino visitar Olívia. No momento em que chegava à casa da dama, os oficiais de justiça trouxeram o prisioneiro Antônio à sua presença. Em companhia dele, vinha Viola, como seu pajem. E Antônio, quando a viu, contou ao duque a maneira como salvara aquele jovem dos perigos do mar. Lembrou o quanto fora bondoso para Sebastião e terminou suas queixas dizendo que por três meses, dia e noite, aquele ingrato vivera com ele.

Eis, então, que a senhora Olívia sai de casa e o duque não mais prestou ouvidos a Antônio.

— Aí vem a condessa — anunciou ele. — Agora, o Céu caminha sobre a Terra! Quanto a ti, criatura, tuas palavras não têm nexo, pois faz três meses que este jovem está a meu serviço.

Assim, ordenou aos guardas que levassem Antônio.

Mas a adorada condessa de Orsino logo deu motivos ao duque para acusar Cesário de ingratidão, pois tudo que ele ouviu de Olívia foram palavras de carinho para Cesário. Quando viu que o pajem obtivera tão alto lugar no coração de Olívia, ele o ameaçou com todos os terrores da sua justa vingança. Ao se retirar, chamou Viola:

— Vem comigo, rapaz. Meus pensamentos estão maduros para o mal.

Embora parecesse que, na sua ciumenta cólera, ele fosse dar morte instantânea a Viola, esta, fortalecida por seu amor, nenhum temor sentiu. Declarou que sofreria alegremente a morte para trazer tranquilidade ao seu amo.

Mas Olívia não queria perder o marido e gritou:

— Aonde vai meu Cesário?

— Sigo aquele a quem amei mais do que minha própria vida — replicou Viola.

Olívia, no entanto, impediu-lhe a partida. Proclamou que Cesário era seu esposo e mandou chamar o padre, o qual declarou que mal tinham passado duas horas do momento em que ele casara Olívia com aquele jovem.

Foi inútil Viola protestar que não se casara com Olívia. O testemunho da dama e do sacerdote convenceram Orsino de que o pajem lhe roubara o tesouro que ele prezava acima da própria vida. Mas, considerando que agora não havia mais remédio, começou a se despedir de sua infiel senhora e do jovem hipócrita, seu marido — como ele chamou Viola —, recomendando-lhe que nunca mais aparecesse à sua vista.

De repente, aconteceu um milagre: outro Cesário chegou e dirigiu-se a Olívia como à sua esposa. O novo Cesário era Sebastião, o verdadeiro marido de Olívia. E quando arrefeceu um pouco o espanto de verem duas pessoas com o mesmo rosto, a mesma voz e a mesma roupa, o irmão e a irmã começaram a se interrogar um ao outro. Viola mal podia acreditar que o irmão estivesse vivo, e Sebastião não atinava como a irmã, que ele supunha afogada, era agora encontrada vestida de homem. Então, Viola declarou que era, na verdade, sua irmã disfarçada de pajem.

Quando todos os equívocos ficaram esclarecidos, muito riram da senhora Olívia pelo divertido engano em que caíra, apaixonando-se por uma mulher. Olívia não mostrou nenhum desgosto pela troca, quando viu que casara com o irmão, e não com a irmã.

As esperanças de Orsino estavam agora para sempre mortas com o casamento de Olívia e, com elas, também pareceu desvanecer-se seu inútil amor. Todos os seus pensamentos fixaram-se no fato de o seu favorito, o jovem Cesário, haver-se transformado numa linda moça. Contemplou Viola com atenção e, lembrando como sempre achara bonito o jovem Cesário, concluiu que muito mais bonito pareceria vestido de mulher. Recordou as vezes em que Viola lhe dissera "que o amava", coisa que então considerara apenas como as solícitas expressões de um pajem fiel. Só agora descobria seu real significado. Assim, todas aquelas lindas frases, que eram como enigmas para ele, lhe voltaram ao espírito e ele resolveu fazer de Viola sua esposa:

— Rapaz — disse, pois ainda não se habituara a tratá-la como mulher —, mil vezes disseste que nunca amarias uma mulher como amavas a mim. Assim, pelos fiéis serviços que me prestaste, tão inadequados às tuas delicadas forças, e já que por tanto tempo me chamaste de senhor, serás agora a senhora de teu senhor e legítima duquesa de Orsino.

Vendo Orsino oferecer a Viola o coração que ela tanto

rejeitara, Olívia convidou-os a entrar em sua casa e ofereceu-lhes os serviços do bom padre que a casara pela manhã com Sebastião, para realizar a mesma cerimônia, no final do dia, com Orsino e Viola.

Assim, os dois irmãos gêmeos casaram no mesmo dia. E a tempestade e o naufrágio que os separaram serviram também para elevá-los à mais alta e brilhante situação. Viola agora era esposa de Orsino, duque da Ilíria; e Sebastião, marido da nobre e opulenta condessa Olívia.

TIMÃO DE ATENAS

Timão, um senhor de Atenas, dono de principesca fortuna, dava largas a uma liberalidade sem limites. Sua quase infinita riqueza não se derramava de mansinho — ele a espalhava, sem medida, por todo tipo de gente. Não só os pobres desfrutavam de sua bondade; mesmo outros grandes senhores colocavam-se entre seus dependentes e agregados. Sua mesa, sortida dos mais nababescos manjares, e sua casa estavam sempre disponíveis a todos que passassem por Atenas. Essa riqueza imensa, somada a uma natureza pródiga e franca, lhe cativava todos os corações. Os homens mais diferentes ofereciam seus serviços a Timão, desde o adulador, cuja face reflete como um espelho o humor do patrão, até o cínico, que, embora votando desdém aos homens e indiferença ao mundo, não deixava de se render às graciosas maneiras e ao espírito magnificente desse senhor. Contrariando a própria índole, esses cínicos vinham partilhar dos majestosos divertimentos de Timão e se sentiam mais elevados na própria estima ao receberem dele um aceno ou saudação.

Se um poeta escrevesse um poema e precisasse de uma recomendação para se apresentar ao público, bastava dedicá-lo a Timão, para que o poema tivesse a venda assegurada e ainda lhe rendesse uma bolsa do patrono e o acesso diário à sua casa e mesa.

Se um pintor estivesse com um quadro para vender, era só levá-lo a Timão, sob o pretexto de consultá-lo quanto ao mérito da obra, para persuadir o magnânimo senhor a comprar a tela.

Se um joalheiro possuísse uma pedra de custo elevado, ou um mercador ricos tecidos, cujos preços altos lhes dificultavam a venda, a casa de Timão era um mercado sempre aberto. Ali, podiam oferecer seus artigos pelo preço que quisessem, e o bom senhor ainda lhes agradeceria pelo negócio, como se lhe tivessem feito uma gentileza ao oferecer coisas tão preciosas.

Consequentemente, a casa de Timão vivia abarrotada de aquisições supérfluas, que só denotavam uma incômoda ostentação. Também sua pessoa vivia inconvenientemente cercada por uma turba de visitantes ociosos, falsos poetas, pintores sem talento, negociantes suspeitos, cavalheiros, damas e cortesãos necessitados. Esses solicitantes, que continuamente lotavam suas salas, enchiam-lhe de lisonjas os ouvidos. Tratavam-no como a um deus, considerando sagrado até o estribo pelo qual ele montava, e pareciam só respirar graças à sua permissão.

Alguns eram jovens de boas famílias que, sem meios condizentes com suas extravagâncias, tinham sido presos por dívidas e libertados por Timão. Esses jovens pródigos e perdulários nunca o largavam, unidos a ele por uma estranha afinidade. Sem poderem competir com Timão em riqueza, não hesitavam em ajudá-lo a gastar o que não lhes pertencia. Entre tais parasitas, destacava-se Ventídio, por cujas dívidas, levianamente contraídas, Timão pagara recentemente a quantia de cinco talentos.

Nessa turba de visitantes, eram especialmente dignos de nota os presenteadores. Para esses, era uma felicidade que Timão elogiasse um cão, um cavalo ou algum móvel barato que lhes pertencesse. Qualquer que fosse o objeto louvado, na manhã seguinte era enviado a Timão, com desculpas pela insignificância do presente. Assim, o cão, o cavalo ou o que quer que fosse rendiam (graças à bondade de Timão, que não queria ficar atrás em matéria de presentes) outros vinte cães ou cavalos, em doações de muito mais valor. Como bem sabiam os falsos presenteadores, era o mesmo que aplicar dinheiro a juros elevadíssimos. Desse modo, o astuto Lúcio ultimamente presenteara Timão com quatro cavalos brancos ajaezados de prata, os quais Timão gabara em certa ocasião; da mesma forma, um outro senhor, Lúculo, lhe dera de presente um par de galgos, cuja elegância e agilidade Timão havia elogiado com entusiasmo. Tais presentes, o bom senhor os aceitava, sem suspeitar das intenções dos obsequiadores, os quais recebiam, como retribuição, um diamante ou qualquer outra joia de valor vinte vezes superior ao das falsas e mercenárias prendas.

Às vezes, tais criaturas agiam mais diretamente e, com um grosseiro e palpável artifício, que só o cego Timão não via, afetavam admirar e louvar qualquer coisa que Timão possuísse ou alguma das suas recentes aquisições. Logo, o bondoso senhor lhes presenteava o objeto admirado, em troca de uma barata e óbvia lisonja, pois bem sabia que ninguém elogia algo que não deseje possuir. Foi assim que Timão dera a um desses espertalhões o cavalo baio de sua montaria, só porque o outro se dignara dizer que o animal era de bela estampa. Ele aquilatava pela sua a afeição dos amigos. E tanto gostava de dar que poderia, sem nunca se cansar, distribuir reinos entre esses pretensos amigos.

Não que a fortuna de Timão só servisse para enriquecer aos aduladores. Ela também lhe permitia praticar ações nobres e louváveis. Quando, por exemplo, um empregado seu se enamorou de uma rica ateniense, mas não esperava consegui-la devido à diferença de posição e fortuna, Timão doou-lhe generosamente três talentos atenienses, perfazendo o dote exigido pelo pai da jovem. Mas, em geral, eram os velhacos e parasitas que mais dispunham de sua fortuna, falsos amigos, que Timão considerava verdadeiros, por viverem continuamente em sua companhia. E, como lhe sorriam e o adulavam, esse senhor estava certo de que seu modo de viver recebia os aplausos de todos os homens de bem. Quando se banqueteava no meio de todos aqueles aduladores, quando eles lhe devoravam a fortuna bebendo à sua saúde os vinhos mais preciosos, Timão não sabia diferenciar um amigo de um lisonjeador. Aos seus olhos iludidos, desvanecidos com o espetáculo, parecia-lhe consolador possuir tantos amigos, que fraternalmente lhe queriam bem e bebiam à sua saúde, mesmo que fosse à sua custa.

Enquanto ele assim prodigalizava suas bondades, enquanto assim procedia numa sucessão de orgias, sem cuidado nem pausa, tão insensato nas despesas que nem se dava ao trabalho de questionar como poderia sustentá-las, suas riquezas, que não eram infinitas, se iam naturalmente diluindo. Mas quem o alertaria disso? Seus aduladores? A estes interessava lhe fechar os olhos.

Em vão, seu honesto mordomo, Flávio, tentou fazê-lo ver a situação em que se encontrava, pondo-lhe as contas diante dos olhos e rogando-lhe, com lágrimas, numa impertinência que em qualquer outra ocasião pareceria descabida num criado, que examinasse o estado dos seus negócios. Sem lhe dar ouvidos, Timão mudou de assunto: ninguém é mais cego do que um rico que empobrece, ninguém é tão relutante em aceitar um fracasso. Muitas vezes, quando pelas salas do palácio de Timão ainda vibravam os rumores da orgia dos que se divertiam à sua custa, quando os soalhos ainda estavam úmidos do vinho derramado, quando por toda parte ainda ardiam as luzes e ressoavam as músicas, aquele bom mordomo, aquela honesta criatura, retirava-se para algum solitário recanto e chorava lágrimas mais copiosas do que o vinho que nos banquetes manara. Percebia a louca bondade do amo, sabia que, quando se esgotassem os meios que lhe traziam a adulação de toda casta de gente, logo se calariam aquelas bocas agora pródigas em louvores. Todas aquelas pessoas se dissipariam, como as moscas acossadas por um aguaceiro de inverno.

Finalmente chegou o momento em que Timão já não podia tapar os ouvidos às ponderações do fiel mordomo. Precisava de dinheiro. E quando mandou vender umas terras, Flávio, como muitas vezes tentara fazer, informou-o de que suas propriedades estavam na maior parte já vendidas ou penhoradas e que tudo o que ele possuía não chegava para pagar metade das suas dívidas. Cheio de pasmo ante essa revelação, Timão imediatamente respondeu:

— Minhas terras se estendiam de Atenas à Lacedemônia.

— Ó bom senhor — replicou Flávio —, o mundo é mundo e tem limites. Fosse ele todo vosso, há muito tempo já o teríeis perdido.

Timão consolou-se com a ideia de que sempre fora bom e que, se dissipara insensatamente sua riqueza, não fora para satisfazer os próprios vícios, mas para obsequiar os amigos. Assegurou ao devotado mordomo (o qual chorava) que se tranquilizasse. Tinha certeza de que nunca lhe faltariam meios enquanto possuísse tantos amigos. Imaginava que bastaria pedir emprestado àqueles que sempre haviam fruído de sua bondade para se utilizar das fortunas deles tão francamente como de sua própria. Então, de semblante alegre e confiando no êxito, mandou mensageiros aos senhores Lúcio, Lúculo e Semprônio — homens aos quais, sem conta nem medida, outrora cumulara de favores. Mandou também recado a Ventídio, a quem recém-libertara da prisão, pagando-lhe as dívidas, e que, por morte do pai, herdara considerável fortuna, estando apto, pois, a retribuir o favor de Timão. A Ventídio pediu a devolução dos cinco talentos que por ele pagara e a cada um daqueles nobres senhores um empréstimo de cinquenta talentos. Não duvidava de que a gratidão dos amigos supriria suas necessidades com quinhentas vezes cinquenta talentos.

Lúculo foi o primeiro a ser procurado. Esse mesquinho senhor sonhara à noite com uma bacia e um jarro de prata e, quando lhe anunciaram o criado de Timão, seu sórdido espírito lhe sugeriu que certamente o sonho iria se realizar e que Timão lhe mandava o presente sonhado. Quando se desenganou e compreendeu que Timão precisava de dinheiro, logo se revelou o verdadeiro aspecto de sua fingida e inócua amizade. Com mil protestos, garantiu ao criado que há muito previra a ruína de seu amo. Alegou que muitas vezes fora jantar com ele de propósito, para o prevenir, e até voltara outras noites, a fim de persuadi-lo, durante a ceia, a gastar menos, mas que Timão não se dignara a ouvi-lo. Verdade era que fora um constante conviva dos festins de Timão, mas que lá fosse com a intenção de lhe dar conselhos, isso era uma deslavada mentira. Tanto que ele ofereceu dinheiro ao criado para que dissesse ao amo que não o encontrara em casa.

Não foi melhor sucedido o emissário enviado a Lúcio. Esse mentiroso, que tanto comera à custa de Timão e enriquecera com seus valiosos presentes, ao ver que o vento mudara e subitamente secara o manancial de tantos favores, a princípio mal pôde acreditar nos seus ouvidos. Ante a confirmação da catástrofe, fingiu grande pesar por não estar em condições de acudir a Timão, pois infelizmente (o que era mentira) fizera na véspera uma vultosa compra, que o deixara completamente desprevenido de dinheiro. Para melhor representar seu papel, classificou a si mesmo de estúpido, por se haver impossibilitado de servir a um amigo tão prestativo, o que constituiria um dos maiores desgostos de sua vida.

Quem pode chamar de amigo a quem consigo come do mesmo prato? Todo adulador é dessa mesma têmpera. Todos sabiam que Timão fora um verdadeiro pai para Lúcio. Pagara-lhe as dívidas, os criados e os operários que construíram as lindas casas que sua vaidade reclamava. Mas que monstro faz do homem a ingratidão! Esse mesmo Lúcio negava agora a Timão uma quantia que, comparada ao que Timão com ele despendera, representava menos do que a esmola dada aos mendigos pelas pessoas caridosas.

Semprônio e cada qual dos mercenários senhores a quem Timão recorreu deram a mesma resposta evasiva ou uma recusa formal. Até Ventídio, a quem Timão salvara da prisão e era agora rico, esquivou-se de auxiliá-lo com o empréstimo dos cinco talentos que Timão lhe dera generosamente quando o vira em penúria.

Agora, Timão via-se tão evitado em sua pobreza, quanto fora procurado e requisitado na sua riqueza. Agora, as mesmas bocas que tão exaltados elogios lhe haviam feito, enaltecendo-o como bondoso, franco e liberal, não se envergonhavam de taxar de loucura sua bondade e de dissipação sua liberalidade — quando a verdadeira loucura estava, não na prática da bondade, mas na escolha de criaturas tão indignas para seu objeto. Ninguém agora visitava a residência senhorial de Timão, que passou a ser um lugar evitado e odiado. Já não era aquela casa acolhedora e festiva, onde outrora todos paravam para comer e beber à vontade. Agora, em vez de a frequentarem alegres e ruidosos convivas, assediavam-na credores impacientes e resmungões, usurários e agiotas, ferozes e inexoráveis nas suas exigências, reclamando dívidas, juros, penhores, homens de coração de pedra que não admitiam evasivas nem adiamentos. A casa de Timão transformara-se para ele num cárcere insuportável. Não podia sair nem entrar sem que o assaltasse o implacável bando dos seus algozes: um a exigir cinco talentos, outro a apresentar uma conta de cinco mil coroas e outros, outros mais, tantos, que se lhes entregasse seu sangue, gota a gota, não conseguiria satisfazê-los.

Mas eis que, nessa situação desesperada e irremediável como parecia, os olhares de todos foram subitamente ofuscados por um insólito fulgor daquele sol no ocaso: Timão anunciou uma festa, para a qual convidou as pessoas de costume, cavalheiros, damas, as personagens mais distintas de Atenas.

Já ali se achavam, entre outros, Lúcio, Lúculo, Ventídio e Semprônio. Pesarosos e arrependidos, esses vis aduladores pensavam que a pobreza de Timão não passava de um estratagema, planejado tão somente para pôr à prova suas dedicações. Remoíam-se por não terem tido a perspicácia de desvendar o ardil, captando então, por um barato obséquio, as eternas boas graças do opulento senhor. Ao mesmo tempo, rejubilavam-se por encontrar de novo, fresco e caudaloso, o manancial daquela nobre bondade, que julgavam seco e extinto.

Compareceram, assim, cabisbaixos e dissimulados, afetando o mais profundo pesar por terem tido a infelicidade de estar desprevenidos quando Timão recorrera a eles. Timão tranquilizou-os, recomendando que não se preocupassem com ninharias, pois já esquecera completamente o caso. Apesar de haverem lhe negado dinheiro na hora adversa, esses torpes bajuladores não puderam recusar sua presença àquela nova irradiação da reatada prosperidade. A andorinha não segue mais pressurosamente o verão do que os homens desse feitio seguem a prosperidade dos grandes, nem aquela se apressa mais a fugir do inverno do que esses dos primeiros rebates dum revés — nisto se parecem os homens com as aves de arribação.

Com música e grande pompa, teve início o banquete. Os pratos fumegavam nas mesas suntuosas. Os convivas quedaram-se um momento atônitos ante aquele esplendor. Não sabiam onde podia o arruinado Timão ir buscar dinheiro para um festim tão dispendioso; havia quem duvidasse da realidade da cena, mal podendo acreditar nos próprios olhos.

Nisso, a um dado sinal, os pratos foram descobertos e surgiu a surpresa de Timão, finalidade única do banquete. Em lugar das finas iguarias que a mesa de Timão prodigamente apresentava nos tempos idos, aparecia agora nos pratos uma preparação mais adequada à pobreza dele: fumo e água morna. Nada mais.

Sem dúvida, não havia iguaria mais apropriada para aqueles amigos de boca, convivas infalíveis das horas felizes, cujos protestos de amizade eram, efetivamente, fumo, e cujos corações eram mornos e fugazes como a água com que Timão agora os recebia, gritando:

— Destapai, cães, e lambei!

Antes que eles voltassem a si da surpresa, Timão atirou-lhes a água à cara com os pratos e tudo, para que se fartassem, e acuou-os porta fora. Escorraçou-os, chamando-os do que na verdade eram: suaves e sorridentes parasitas, assassinos mascarados de cortesãos, lobos afáveis, bondosos ursos, bobos da fortuna, amigos de mesa, moscas de ocasião.

Os convivas, atropelando-se para fugir, deixaram a casa com mais vontade do que nela entraram, uns perdendo, com a pressa, chapéus e capas, outros as suas joias, dando-se por contentes de escaparem da fúria daquele doido e do ridículo escárnio de seu banquete.

Essa foi a derradeira festa que Timão ofereceu, sua despedida de Atenas e do convívio com os homens.

Dando as costas à odiada cidade e à humanidade inteira, Timão procurou então o refúgio dos bosques. Desejava que ruíssem os muros da detestada cidade e que as casas desmoronassem sobre seus proprietários. Desejava que todas as pragas que infestam a humanidade — a guerra, a opressão, a pobreza, a peste — assolassem os atenienses e pedia aos justos deuses que confundissem a todos, jovens e velhos, grandes e pequenos. Assim, adentrou os bosques, onde, dizia, havia de verificar que os animais ferozes são muito mais humanos do que os homens. Despiu-se completamente, para nada conservar dos hábitos humanos. Abriu uma caverna para morar e nela viveu solitário, como um animal, comendo raízes e bebendo água, fugindo da face de seu semelhante e preferindo acamaradar-se com as feras, mais inofensivas e amigas do que o homem.

Que diferença do rico senhor Timão, deleite da humanidade, para Timão, o nu, Timão, o misantropo! Onde estavam agora seus aduladores? Onde estavam seus servidores? Onde estava sua comitiva? Poderia o ar, esse turbulento servo, ser seu camareiro e aquecer-lhe a camisa? Poderiam as frondosas árvores tornar-se jovens e aéreos pajens que levassem seus recados quando ordenasse? Poderia o frio regato, enregelado pelo inverno, ministrar-lhe caldos quentes e gemadas quando estivesse enfermo? Poderiam os animais que viviam naquelas selvas vir lamber-lhe as mãos e adulá-lo?

Um dia, cavando à cata de raízes, Timão bateu com a pá numa coisa dura: ouro. Era um montão de ouro que algum avarento ali enterrara, pensando vir buscar mais tarde, mas a quem a morte surpreendera primeiro. Nas entranhas da terra, sua mãe, o tesouro jazia, sem fazer bem nem mal, como se dali nunca houvesse saído, até que a pá de Timão o trouxe de novo à luz.

Tão valioso era o achado que, se houvesse conservado sua antiga feição de espírito, Timão teria mais do que o suficiente para de novo granjear amigos e bajuladores. Porém, ele estava farto desse mundo falso, e o ouro, aos seus olhos, representava um veneno. Pensou em restituí-lo à terra, mas, considerando as infinitas desgraças que, por causa do ouro, sucedem à humanidade — os roubos, as opressões, a injustiça, os subornos, a violência, as mortes que a sede de ouro causa entre os homens —, sentiu prazer em imaginar, tamanho era o ódio que nutria, que daquele tesouro que jazia aos seus pés poderia sair algum flagelo para a humanidade.

Sucedeu que naquele momento passavam por ali uns soldados, pertencentes às tropas do capitão ateniense Alcibíades, o qual, ressentido com os senadores de Atenas (os atenienses sempre foram conhecidos como ingratos e propensos a desgostar seus generais e melhores amigos), marchava à frente de seu exército triunfante, a fim de combater aqueles que no princípio defendera. Simpatizando com a atitude de Alcibíades, Timão entregou-lhe então o ouro para pagar aos soldados. Apenas um favor pediu em troca: que ele, Alcibíades, com seu exército triunfante, arrasasse Atenas, e queimasse, chacinasse, matasse todos os seus habitantes. Não poupasse nem aos velhos por suas barbas brancas, pois eram usurários, nem às criancinhas, por seus inocentes sorrisos, pois viriam mais tarde a ser traidores. Cerrasse os olhos e os ouvidos a tudo quanto pudesse despertar compaixão. E que, da total chacina da cidade, não o demovessem os clamores das virgens, das crianças ou das mães. Intimamente, Timão pedia também aos deuses que, quando Alcibíades tivesse vencido, fosse ele, o conquistador, derrotado — tanto era seu ódio por Atenas, pelos atenienses e por toda a humanidade.

Timão viveu assim, nesse abandono, passando uma vida mais de bruto do que de humano, até o dia em que foi surpreendido com o aparecimento de um homem, que parou, em atitude de espanto, à entrada da caverna. Era Flávio, o honesto mordomo, que, levado pela dedicação e carinho que sempre votara ao amo, fora ter com ele em sua mísera morada e oferecer-lhe seus préstimos. Quando viu seu senhor, o outrora nobre Timão, vivendo como um bruto entre brutos, mais parecendo uma triste ruína e o próprio monumento de sua miséria, tão confrangido sentiu-se o fiel servidor que se quedou sem fala, transido de horror e confusão. Quando afinal pôde falar, as lágrimas de tal modo lhe turbavam a voz que Timão demorou para reconhecê-lo e saber quem era aquele que vinha, tão ao contrário da experiência que tinha dos homens, oferecer-lhe algo. Pelo simples fato de Flávio ser um homem, Timão tomou-o por traidor e classificou suas lágrimas de falsas. Mas o bom servo provou a sinceridade de sua dedicação, argumentando que apenas seu dever e amizade ali o traziam, obrigando Timão a reconhecer que o mundo tinha um homem honrado. Mas a aparência humana de Flávio fazia com que Timão se aborrecesse sempre que olhava para sua face e sentisse repugnância a cada palavra proferida por seus lábios.

Logo, visitantes de mais alta condição que um pobre mordomo viriam interromper a selvagem solidão de Timão. Era chegado o dia em que os ingratos senhores de Atenas amargamente se arrependeriam da injustiça feita ao nobre Timão. Alcibíades, como um javali assanhado, raivava às portas da cidade e, com seu cerco apertado, ameaçava reduzir Atenas a pó. Voltou então, aos esquecidos espíritos dos senhores locais, a lembrança do valor militar de Timão, que em tempos idos fora general e agora era considerado o único capaz de afrontar um exército tão poderoso como o que os ameaçava, repelindo as furiosas investidas de Alcibíades.

Em tal emergência, foi escolhida uma delegação de senadores para visitar Timão. Nessa hora difícil, recorriam àquele a quem haviam abandonado na adversidade, como se pudessem esperar gratidão e cortesias de um homem a quem haviam renegado e tratado com grosserias.

Imploraram-lhe, com lágrimas nos olhos, que salvasse a cidade de onde a ingratidão o escorraçara. Ofereceram-lhe riquezas, poder, dignidades, reparações a passadas ofensas, honras e dedicação públicas. Suas pessoas, suas vidas, seus bens estariam à disposição dele, se consentisse em voltar para salvá-los. Mas Timão, o nu, Timão, o misantropo, não era mais o senhor Timão, o senhor de bondade, a flor da coragem, sua defesa na guerra, seu ornamento na paz. Que importava a Timão se Alcibíades matasse aos seus patrícios? Se ele saqueasse Atenas, matando velhos e crianças, Timão só podia regozijar-se. Assim falou ele, acrescentando que não havia uma lâmina no acampamento de guerra que ele não considerasse acima da mais importante garganta de Atenas.

Foi a única resposta que deu aos chorosos e desapontados senadores. Ao despedi-los, pediu-lhes que o recomendassem aos seus patrícios e disse que, para aliviá-los das suas dores e angústias e prevenir as consequências da cólera de Alcibíades, restava um meio. Ele o ensinaria em nome da afeição que nutria por seus patrícios e que o levava a prestar-lhes um bom serviço antes de morrer. Tais palavras reanimaram os senadores, esperançosos de que lhe houvesse voltado a antiga afeição pela cidade. Então, Timão disse que havia uma árvore perto da caverna, a qual, em breve, abateria. Convidava a todos os seus amigos de Atenas, grandes ou pequenos, de qualquer condição, a virem experimentar sua árvore antes que ele a cortasse. Sugeria, assim, que se enforcasse nela quem quisesse escapar às suas aflições.

Essa foi a última fineza de Timão para com a humanidade e a última vez em que o viram. Dali a poucos dias, um pobre soldado, passando pela costa marítima próxima do bosque onde Timão vivia, encontrou uma tumba à beira-mar. Uma inscrição dizia tratar-se da sepultura de Timão, o misantropo, que "enquanto viveu, odiou a todos os viventes, e, ao morrer, desejou que uma praga destruísse a todos os vilões restantes"!

Se pusera termo violento aos seus dias, ou se o mero desgosto da vida e sua repugnância pela humanidade lhe apressaram a morte, nunca ficou claro, embora todos admirassem a propriedade do seu epitáfio e a coerência de seu fim. Timão morreu como vivera: odiando a humanidade. E houve quem imaginasse propositado o local que ele escolhera para repousar, ali onde o vasto mar choraria para sempre sobre sua sepultura, como em desafio às lágrimas efêmeras e frívolas da hipócrita humanidade.

ROMEU E JULIETA

As duas principais famílias de Verona eram os ricos Capuletos e os Montequios. Havia entre ambas uma velha pendência, a qual chegara a ponto de criar uma mortal inimizade, que se estendia aos mais remotos parentes e a todos os seus dependentes e servidores. De modo que um criado da casa dos Montequios não podia encontrar um criado da casa de um Capuleto, nem um Capuleto encontrar por acaso com um Montequio sem que houvesse violenta troca de palavras e até derramamento de sangue. Frequentes eram os conflitos originados por esses encontros casuais, o que perturbava a feliz quietude das ruas de Verona.

O velho senhor Capuleto deu uma grande ceia, para a qual foram convidadas muitas damas formosas e altas personalidades da nobreza. Achavam-se presentes as maiores belezas de Verona, e todos os que chegavam recebiam a melhor acolhida, desde que não pertencessem à casa dos Montequios. A tal festim, compareceu também Rosalina, a amada de Romeu, filho do velho senhor Montequio. Embora fosse perigoso para um Montequio ser visto naquela reunião, Benvólio, um amigo de Romeu, persuadiu o jovem senhor a comparecer mascarado, para ver sua Rosalina e compará-la com algumas escolhidas belezas de Verona, o que (assegurava ele) faria com que Romeu considerasse seu cisne um corvo. Pouca fé tinha Romeu nas palavras de Benvólio; contudo, por amor de Rosalina, resolveu ir. Romeu era um sincero apaixonado: não dormia, por amor, e fugia do convívio com outras pessoas para ficar só, pensando em Rosalina, que o desdenhava e não lhe correspondia com a mínima mostra de cortesia ou afeto. Mostrando-lhe outras damas, Benvólio pretendia curar o amigo daquele amor.

Mascarados, compareceram ao festim dos Capuletos o jovem Romeu, Benvólio e seu amigo Mercúcio. O velho Capuleto deu-lhes as boas-vindas, dizendo que as damas que não tivessem calos podiam dançar com eles. De bom humor e muito divertido, o velho contou que, quando jovem, também usara máscaras e segredara histórias ao ouvido de formosas damas. Entrando no salão de baile, Romeu sentiu-se subitamente fulminado pela beleza de uma dama que ali dançava e que parecia ensinar os candelabros a brilhar. Parecia uma rica joia usada por um negro: beleza demasiado fina e elevada para este mundo. Lembrava uma pomba branca no meio de corvos, dizia ele, referindo-se ao modo como sua beleza e encantos fulguravam acima das jovens companheiras.

Enquanto desfiava tais louvores, foi ouvido por Teobaldo, um sobrinho do senhor Capuleto, que descobriu, pela voz, que se tratava de Romeu. Altivo e de gênio arrebatado, Teobaldo não pôde tolerar que um Montequio viesse, coberto por uma máscara, rir-se e escarnecer, como ele dizia, das suas solenidades. Esbravejou e enfureceu-se a ponto de querer matar o jovem Romeu. Mas seu tio, o velho Capuleto, não consentiu que fizesse tal agressão, não só em atenção aos convidados presentes, como também porque Romeu era um perfeito cavalheiro, sendo louvado por todos os veronenses como um jovem virtuoso e educado. Forçado a controlar seu desejo, Teobaldo jurou que aquele vil Montequio pagaria na primeira oportunidade por sua intrusão.

Terminada a dança, Romeu espreitou o lugar para onde se dirigia a dama. Protegido pela máscara, que podia em parte desculpar-lhe a liberdade, atreveu-se da mais gentil maneira a tomar-lhe a mão, à qual chamou de relicário, sendo ele um peregrino. E se acaso o peregrino houvesse profanado o relicário, tocando-o, estava disposto a beijá-lo, para se redimir da culpa.

— Bom peregrino — respondeu a dama —, vossa devoção é demasiado delicada e cortês. Os santos têm mãos, que os peregrinos podem tocar, mas não beijar.

— Não têm lábios os santos e os peregrinos também? — retrucou Romeu.

— Sim, lábios que devem ser usados para a prece.

— Oh, então, minha santa, ouvi a minha prece e atendei-a, para eu não me desesperar.

Estavam ambos nessas divagações e amorosas frases, quando a dama foi chamada para junto da mãe. Indagando quem era a mãe dela, Romeu descobriu que aquela cuja incomparável beleza o subjugara era a jovem Julieta, filha e herdeira do senhor Capuleto, o grande inimigo dos Montequios. Viu que, sem saber, entregara o coração ao inimigo. Se isso o perturbou, não o dissuadiu contudo de seu amor. O mesmo desassossego perturbou Julieta, quando descobriu que aquele com quem estivera conversando era Romeu, um Montequio, pois também fora tomada pela súbita e irrefletida paixão que inspirara Romeu. Parecia-lhe um prodígio o nascimento daquele amor por um inimigo, a quem as considerações de família deviam induzir a detestar.

Pela meia-noite, Romeu partiu com seus companheiros. Mas estes logo o perderam de vista, pois Romeu, não podendo estar longe da casa onde deixara o coração, escalara o muro do pomar que havia nos fundos do solar de Julieta. Não fazia muito que ali se achava, cogitando do seu novo amor, quando Julieta apareceu a uma janela, na qual sua beleza surgia como a luz do sol no Oriente. A lua, que iluminava debilmente o pomar, pareceu a Romeu enferma e pálida, como que pesarosa do esplendor daquele novo sol. Ao vê-la apoiar o rosto na mão, Romeu desejou ardentemente ser uma luva naquela mão, para lhe tocar a face. Julgando-se sozinha, Julieta suspirou profundamente e exclamou:

— Ai de mim!

Enlevado de escutar-lhe a voz, Romeu pediu baixinho, sem que ela ouvisse:

— Fala de novo, anjo radiante! Tal me pareces tu, acima de minha cabeça, como um alado mensageiro do Céu, de quem os mortais guardam distância para melhor contemplar.

Ignorando ser ouvida e cheia da paixão que a aventura daquela noite lhe insuflara, Julieta chamou pelo nome o amado, que ela supunha ausente:

— Romeu! Romeu! Onde estás, Romeu? Renega teu pai e abjura teu nome, por meu amor. Ou, se não quiseres, sê apenas meu sagrado amor e não serei mais uma Capuleto.

Ouvindo tal coisa, Romeu sentiu-se tentado a falar, mas não o fez, devido ao desejo de ouvir mais. Falando para si mesma, ela exprobrou Romeu por ser um Montequio e desejou que ele tivesse outro nome ou daquele se desfizesse. Em troca do nome, que não era parte de si mesmo, ele ganharia toda a sua Julieta.

Diante dessa declaração, Romeu não se conteve e, abrindo o diálogo, como se as palavras de Julieta fossem dirigidas pessoalmente a ele e não a ela própria, respondeu-lhe que o chamasse então de Amor, ou de qualquer outro nome que lhe aprouvesse, pois não seria mais Romeu, se esse nome não fosse de seu agrado.

Alarmada por ouvir uma voz de homem no jardim, Julieta não atinou a princípio quem seria aquele que, oculto na escuridão da noite, surpreendera o seu segredo. Mas quando ele falou, tão sutil é o ouvido de quem ama que Julieta logo descobriu que se tratava do jovem Romeu. Censurou-o pelo perigo a que se expunha galgando os muros da casa e alertou que, se algum parente dela ali o encontrasse, imediatamente o mataria, por ser um Montequio.

— Pobre de mim! — disse Romeu. — Há mais perigo nos teus olhos do que em vinte espadas. Basta que me olhes com carinho, e me sentirei escudado contra qualquer vingança. Antes morrer pelas espadas deles do que prolongar esta triste vida sem teu amor.

— Como chegaste aqui? Por indicação de quem?

— Foi o amor quem me guiou. Se estivesses tão longe de mim quanto uma longínqua praia banhada pelo mar mais remoto, ainda assim eu me aventuraria a encontrar teu porto.

Um rubor coloriu as faces de Julieta, embora Romeu não o notasse devido à noite, quando ela lembrou a revelação que, sem querer, fizera de seu amor. Bem gostaria de se desdizer, mas era impossível. Quisera manter seu amado à distância, pois é costume das mulheres recatadas fingirem rispidez e desprezo, fazendo recusas aos seus pretendentes e simulando indiferença, para que os namorados não as julguem demasiado levianas ou fáceis de conquistar. Por mais que amem, sabem que a dificuldade da posse encarece o valor do objeto.

No entanto, Romeu ouvira dos seus lábios, quando ela nem sonhava com sua proximidade, uma completa confissão de amor. Assim, com uma franqueza que só o inédito da situação permitia, ela confirmou a verdade do que Romeu ouvira. Tratando-o por "belo Montequio" (pois o amor pode adoçar um nome amargo), pediu-lhe que não atribuísse sua falsa rendição à leviandade ou a uma alma indigna. A culpa, se culpa havia, cabia antes à noite, que tão estranhamente pusera a descoberto os seus pensamentos. E embora seu procedimento para com ele não fosse muito prudente, segundo os costumes de seu sexo, ela se mostraria mais verdadeira do que muitas, cuja prudência era dissimulação e o recato não passava de um ardil.

Começava Romeu a invocar o Céu como testemunha de que estava longe de seu pensamento imputar a mais leve sombra de desonra a uma dama tão alta, quando ela o interrompeu, pedindo-lhe que nada jurasse. Embora se sentisse feliz por havê-lo encontrado, só inquietude lhe causara o compromisso daquela noite: fora demasiado precipitado, demasiado súbito e imprevisto. Como Romeu insistisse para trocarem um juramento de amor naquela noite, ela disse que já o fizera antes que ele pedisse, referindo-se à confissão que Romeu às ocultas surpreendera. No entanto, logo desejaria retratar-se do que dissera, só pelo prazer de confessar seu amor de novo, pois sua bondade era infinita como o mar e seu amor igualmente profundo.

Desse diálogo de amor, veio arrancá-la a velha ama, que com ela dormia, dizendo que eram horas de ir para a cama, pois estava próximo o raiar do dia. Antes de se retirar, Julieta murmurou apressadamente mais algumas palavras a Romeu. Disse que, se o amor dele era honrado e tinha como propósito o casamento, ela lhe mandaria no dia seguinte um mensageiro para marcarem a data da cerimônia. A partir de então, poria todo o seu destino aos pés dele e o seguiria como a um senhor pelo mundo.

Enquanto combinavam essa união, Julieta era repetidamente chamada pela ama. Várias vezes, retirou-se e voltou, pois tanto lhe custava separar-se de Romeu quanto a uma menina de seu passarinho, ao qual solta um momento da mão e novamente retém por um fio de seda. A Romeu, igualmente doía a separação, pois a mais doce música para os namorados é o som da voz amada à noite. Quando afinal se separaram, desejaram-se mutuamente um sono suave e repouso.

Raiava o dia quando se separaram. E Romeu, ainda excitado com o feliz encontro, logo viu que seria impossível dormir. Em vez de ir para casa, dirigiu-se a um mosteiro próximo, a fim de falar com frei Lourenço. O bom monge, já entregue às suas devoções, ao ver o jovem Romeu em hora tão matinal, acertadamente concluiu que este ainda não dormira e que alguma aventura própria da juventude o mantivera em vigília. Acertou ao atribuir a causa daquilo tudo ao amor, mas não quanto ao seu objeto: imaginava que fora o amor de Rosalina que o impedira de dormir.

Quando Romeu revelou sua paixão por Julieta e rogou ao padre que os casasse naquele mesmo dia, o santo homem ergueu as mãos e o olhar, espantado da súbita mudança nos afetos de Romeu. Fora confidente de seu amor por Rosalina e das suas inúmeras queixas pelo desdém dela e falou que o amor dos jovens não reside no coração, mas nos olhos.

Romeu replicou, lembrando que o próprio frade muitas vezes o censurara por amar Rosalina, quando esta não lhe retribuía o sentimento, e acrescentou que Julieta não só era amada como também o amava. De certo modo, o frade concordou com as suas razões e refletiu que uma aliança entre Julieta e Romeu poderia pôr um feliz termo à velha rixa entre Capuletos e Montequios, coisa que ninguém mais do que ele lamentava, por ser amigo de ambas as famílias, tendo até muitas vezes tentado reconciliá-las sem efeito. Em parte movido por política, em parte por amizade ao jovem Romeu, a quem nada sabia negar, o velho monge consentiu em efetuar o casamento de ambos.

Romeu agora era deveras feliz, e Julieta, que soube de seu intento pelo mensageiro que enviara, compareceu logo cedo à cela de frei Lourenço, onde suas mãos foram unidas em matrimônio. O bom monge rogou ao Céu que abençoasse aquele ato e que a união do jovem Montequio com a jovem Capuleto enterrasse a velha contenda entre as duas famílias.

Finda a cerimônia, Julieta apressou-se em ir para casa, onde esperou impaciente a chegada da noite. Romeu prometera ir ter com ela no mesmo lugar onde haviam se encontrado na noite anterior. As horas lhe pareciam aborrecidas, como a véspera de uma grande festa parece interminável a uma criança impaciente, que vai estrear um vestuário novo e só de manhã poderá vesti-lo.

Por volta do meio-dia, Benvólio e Mercúcio, amigos de Romeu, passeavam pelas ruas de Verona, quando depararam com um grupo dos Capuletos, tendo o impetuoso Teobaldo à frente — o mesmo arrebatado Teobaldo que quisera bater-se com Romeu na festa do velho Capuleto. Ao ver Mercúcio, acusou-o violentamente de se associar a Romeu, um Montequio. De sangue tão exaltado quanto o outro, Mercúcio replicou à altura. Apesar das tentativas de Benvólio de abrandar a fúria de ambos, travou-se uma violenta disputa. Como Romeu passava por ali, o rixento Teobaldo deixou Mercúcio e dirigiu-se a ele, chamando-o de vilão. Entre todos os homens, aquele com quem menos Romeu desejava brigar era precisamente Teobaldo, por ser parente de Julieta e muito estimado por ela. Além disso, o jovem Montequio, com sua índole ponderada e amável, nunca tomara parte ativa na querela entre as famílias; agora o nome de Capuleto, por lembrá-lo da amada, parecia-lhe mais um encanto para alienar ressentimentos do que uma senha para excitar o ódio. Assim, tentou entender-se com Teobaldo, a quem chamou gentilmente de "bom Capuleto", como se, embora fosse um Montequio, sentisse um prazer secreto em dizer tal nome. Mas Teobaldo, que odiava a todos os Montequios como odiava ao inferno, não quis ouvi-lo e puxou da espada. Desconhecendo o secreto motivo de Romeu para desejar a paz, Mercúcio considerou a atitude do amigo uma desonrosa submissão. Então, com duras palavras, incitou Teobaldo a continuar a querela que antes haviam encetado. Bateram-se em duelo, e Mercúcio caiu mortalmente ferido, enquanto Romeu e Benvólio tentavam em vão separar os combatentes. Morto Mercúcio, Romeu não pôde conter-se e devolveu o injurioso tratamento de vilão que lhe dera Teobaldo. Mais um duelo, e Teobaldo foi morto por Romeu.

Tendo a fatal rixa se travado no centro de Verona, ao meio-dia, logo se juntou ali uma enorme multidão, no meio da qual se achavam os velhos senhores Capuleto e Montequio, com as esposas. Pouco depois, chegou o próprio príncipe, que, sendo parente do falecido Mercúcio, e tendo a paz de seu governo tantas vezes perturbada pelas querelas entre Montequios e Capuletos, vinha disposto a aplicar severamente a lei.

Benvólio, que fora testemunha ocular do fato, recebeu ordem do príncipe para relatar a rixa, o que ele fez cingindo-se à verdade o mais possível, sem comprometer Romeu e atenuando a participação dos amigos.

A senhora Capuleto, cujo pesar pela perda de Teobaldo não opunha limites aos seus sentimentos de vingança, exortou o príncipe a proceder rigorosamente contra o assassino, sem dar atenção ao depoimento de Benvólio que, sendo amigo de Romeu e um Montequio, falava com parcialidade. Pôs-se então a vociferar contra o próprio genro, ignorando que Romeu agora fosse esposo de Julieta.

Por outro lado, a senhora Montequio pleiteava pela vida do filho, argumentando, com razão, que Romeu nada fizera passível de castigo ao tirar a vida de Teobaldo, o qual já se achava sob a alçada da lei pelo assassinato de Mercúcio.

Insensível às apaixonadas exclamações das duas mulheres, após detido exame dos fatos, o príncipe pronunciou sua sentença, banindo Romeu de Verona.

Tristes novas para Julieta, esposa há tão poucas horas e, por tal sentença, divorciada para sempre! Ao saber dos fatos, primeiro deu expansão à cólera contra Romeu, por ter matado seu caro primo. Chamou-o de belo tirano, anjo diabólico, pombo de rapina, coração de serpente sob a mais bela aparência, e outros nomes contraditórios que bem refletiam a luta que se travava no seu espírito entre o amor e o ressentimento. Afinal, o amor venceu. As lágrimas que derramava por Romeu matar seu primo mudaram-se para lágrimas de alegria por estar vivo seu esposo, a quem Teobaldo quisera matar. Brotaram-lhe depois novas lágrimas, essas de dor pelo banimento de Romeu — para ela, fato mais terrível do que a morte de mil Teobaldos.

Após o duelo, Romeu refugiou-se na cela de frei Lourenço, onde foi informado da sentença do príncipe, que lhe pareceu muito mais terrível do que a morte. Parecia-lhe que não havia mundo além dos muros de Verona, nem vida fora da vista de Julieta. O céu era onde Julieta vivia; todo o resto lhe parecia purgatório, tortura, inferno. Tentava o bom monge incutir-lhe o consolo da filosofia, mas o desvairado jovem nada queria ouvir. Como um louco, puxava os cabelos e jogava-se de comprido no chão, para, como dizia, tirar a medida de sua cova.

Arrancou-o do desespero uma mensagem de sua querida senhora, que o reanimou. Então, o padre censurou-o pela fraqueza pouco varonil que ele demonstrava. Matara a Teobaldo, mas queria também matar-se a si mesmo, matar sua querida senhora, que só da vida dele vivia. A lei fora benevolente com ele: em vez da pena de morte em que incorrera, condenara-o, pela boca do príncipe, a um simples banimento. Matara Teobaldo, mas Teobaldo quisera matá-lo antes — havia certa felicidade em tal fato. Julieta estava viva e, contra todas as esperanças, tornara-se sua esposa. Ele era, portanto, o mais feliz possível. Em seu desespero, porém, Romeu não reconhecia nenhuma dessas bênçãos, como as chamava o monge.

Depois que Romeu se acalmou um pouco, frei Lourenço aconselhou-o a ir naquela noite despedir-se secretamente de Julieta. Em seguida, partiria para Mântua, onde devia permanecer até o frade encontrar ocasião propícia para tornar público seu casamento, o que seria um feliz meio de reconciliar as duas famílias. Não havia dúvidas de que, então, o príncipe estaria inclinado a perdoá-lo e que a alegria de seu regresso seria vinte vezes maior do que a mágoa da partida. Convencido pelos sensatos conselhos do frade, Romeu foi encontrar sua amada, na intenção de passar com ela a noite e partir, ao romper do dia, sozinho, para Mântua, onde aguardaria as cartas do padre, informando-o do estado das coisas em Verona.

Romeu ficou a noite inteira com sua querida esposa. Do pomar em que ouvira sua confissão de amor na véspera, subiu furtivamente ao quarto dela. Foi uma noite de arrebatamento e alegria. No entanto, os prazeres da noite e o júbilo de estarem juntos estavam tristemente empanados pela perspectiva da separação e a lembrança dos fatais acontecimentos do dia. A maldita aurora pareceu despontar demasiado cedo e, quando Julieta ouviu o matinal canto da cotovia, quis persuadir a si mesma de que era o rouxinol, pássaro noturno. Mas era bem verdade que se tratava da cotovia e nunca seu canto pareceu tão dissonante e desagradável. As primeiras raias do dia indicavam que era tempo de se separarem. Romeu despediu-se com o coração pesado e prometeu escrever de Mântua a cada hora do dia. Quando ele desceu pela janela do quarto, parando um último instante no pomar, pareceu, aos angustiados olhos de Julieta, ver um morto no fundo do túmulo. Por mais que lhe custasse, porém, Romeu era obrigado a partir depressa: ser encontrado naquele dia dentro dos muros de Verona significaria a morte para ele.

Foi o começo da tragédia desses malfadados amantes. Não fazia muito que Romeu partira, quando o velho Capuleto propôs um casamento para Julieta. O marido que o pai lhe escolhera e que nem sonhava que fosse ela já casada era o conde Páris, elegante, jovem e nobre cavalheiro, em nada indigno de Julieta, se esta nunca tivesse visto Romeu.

A aterrorizada Julieta ficou na maior confusão com a proposta do pai. Alegou ser ainda muito jovem para casar, invocou a recente morte de Teobaldo, que lhe deixara o espírito conturbado e incapaz de mostrar semblante alegre a um marido, e fez ver que seria indecoroso para os Capuletos celebrar uma festa nupcial quando mal haviam terminado as solenidades fúnebres. Recorreu a todas as razões contra o casamento, só deixando de lado a verdadeira: que já estava casada. O velho Capuleto, porém, mostrou-se surdo a todas essas evasivas e ordenou peremptoriamente que ela se preparasse, pois na próxima quinta-feira casaria com Páris. Tendo-lhe encontrado um marido rico, jovem e nobre, que as mais altivas moças de Verona alegremente aceitariam, ele não suportava que, por uma afetada timidez, como julgava, Julieta colocasse obstáculos à própria sorte.

Desesperada, Julieta apelou a frei Lourenço, seu eterno conselheiro nos momentos de aflição. O frade perguntou-lhe se tinha coragem bastante para recorrer a uma solução desesperada e ela respondeu que preferia ir para o túmulo a se casar com Páris, estando vivo seu querido esposo. Aconselhou-a, então, a voltar para casa, fingir-se alegre e consentir no casamento desejado por seu pai. Na noite seguinte, véspera do casamento, ela deveria beber o conteúdo do frasco que então lhe deu. Aquela beberagem lhe emprestaria, durante quarenta e duas horas, todas as características de um cadáver. Quando o noivo fosse procurá-la pela manhã, encontrá-la-ia aparentemente morta. Então, segundo o costume da terra, a transportariam num caixão descoberto, para ser sepultada no jazigo da família. Se conseguisse desprender-se do medo e se submetesse à terrível prova, quarenta e duas horas após haver ingerido o líquido (tão certo era seu

CONTOS DE SHAKESPEARE 295

efeito), ela acordaria como de um sonho. Antes de seu despertar, o frade comunicaria tudo a Romeu, que viria à noite e a levaria consigo para Mântua. O amor por Romeu e o pavor de casar com Páris deram forças a Julieta para se submeter a tão terrível prova. E ela guardou o frasco, prometendo seguir as instruções do frade.

De volta do mosteiro, encontrou o jovem conde Páris e, dissimulando, prometeu tornar-se sua esposa. Foi uma alegria para Capuleto e a mulher. O velho parecia remoçado, e Julieta, que tanto o aborrecera por recusar o conde, era de novo sua querida. Com a aproximação das núpcias, toda a casa ficou em polvorosa. Não se pouparam despesas para preparar uma festa como Verona nunca presenciara.

Na quarta-feira à noite, Julieta preparou-se para ingerir a poção. Suspeitava que o frade, temeroso de havê-la casado com Romeu, dera-lhe veneno; mas logo retrucava a si mesma que ele sempre fora considerado um santo. Temia ainda acordar antes do momento em que Romeu devia vir buscá-la. Quem sabe se o terror do lugar, uma abóbada cheia de ossos dos Capuletos e onde, todo ensanguentado, jazia Teobaldo, não bastaria para fazê-la enlouquecer? Voltavam-lhe à memória todas as velhas histórias de espíritos que frequentavam os lugares onde seus corpos se achavam enterrados. Mas logo tornaram a alentá-la o amor por Romeu e a aversão a Páris. Desesperadamente, ela bebeu o frasco de um só trago e perdeu os sentidos.

Quando o jovem Páris apareceu de manhã cedo com música para acordar a noiva, em vez de uma Julieta viva, deparou-se com o funéreo espetáculo de um corpo inanimado. Que morte para suas esperanças! Que confusão se armou então pela casa! O pobre Páris lamentava a noiva, de quem a hedionda morte o separara, divorciando-os para sempre, antes mesmo de unirem suas mãos. O mais lamentável, porém, eram os lamentos do casal Capuleto. Possuíam apenas aquela amada filha para alegrá-los e consolá-los e a viam arrebatada dos seus olhos exatamente no instante em que se rejubilavam pelo vantajoso casamento que ela ia contrair.

Todos os preparativos para as núpcias foram aproveitados no funeral. O banquete de bodas serviu de triste repasto fúnebre; os hinos nupciais foram transformados em tristes endechas; os festivos instrumentos, em melancólicos sinos; e as flores, que deviam juncar o caminho trilhado pela noiva, serviam agora para adornar seu cadáver. Em vez de um padre para casá-la, era preciso um padre para enterrá-la. E ela foi na verdade levada para a igreja, não para aumentar as esperanças dos vivos, mas para elevar a lúgubre multidão dos mortos. As más notícias voam sempre mais depressa do que as boas. Assim, Romeu soube em Mântua da morte de Julieta antes da chegada do mensageiro enviado por frei Lourenço para avisá-lo de que os funerais eram falsos, que tudo fora uma representação de morte e que sua querida jazia no túmulo apenas por pouco tempo, à espera de que ele fosse libertá-la da fúnebre mansão. Momentos antes, ele sentia-se feliz com um sonho que tivera à noite. Sonhara que Julieta o encontrara morto, mas tal vida lhe insuflara com os beijos que lhe dera nos lábios, que ele ressuscitara e era um imperador. Quando viu chegar alguém de Verona, presumiu que certamente trazia boas notícias. Ao saber que sua esposa na verdade morrera e que jamais poderia ressuscitá-la com beijos, mandou aprestar os cavalos, decidido a partir naquela mesma noite para Verona e ver sua querida no túmulo.

E, como o mal se insinua facilmente nos corações desesperados, lembrou-se de um pobre boticário, por cujo estabelecimento em Mântua passara ultimamente. Pelo miserável aspecto do homem, que parecia morrer de fome, e a pobreza de sua casa, cheia de caixas vazias alinhadas em sujas prateleiras e outros sinais de extrema penúria, dissera então consigo mesmo, como se tivesse um pressentimento do fim que levaria sua angustiada vida: "Se alguém precisasse de veneno, que, pelas leis de Mântua, é proibido vender sob pena de morte, aqui está um pobre-diabo que se arriscaria a vendê-lo". Lembrando disso, Romeu foi ter com o boticário e ofereceu-lhe uma quantia a que sua pobreza não pudesse resistir. Após alguns escrúpulos, o homem vendeu-lhe um veneno, dizendo que, ainda que Romeu fosse tão forte quanto vinte homens, logo tombaria morto ao ingeri-lo.

De posse da droga fatal, partiu para Verona, a fim de ver sua querida no túmulo e, depois de se saciar com essa visão, tomar o veneno e morrer ao seu lado. Alcançou Verona à meia-noite e dirigiu-se ao cemitério, no meio do qual se erguia o antigo túmulo dos Capuletos. Munira-se de lanterna, pá e alavanca, e achava-se empenhado em arrombar o monumento, quando foi interrompido por uma voz que, chamando-o de "vil Montequio", ordenou-lhe que desistisse de seu intento criminoso. Era o jovem conde Páris que fora, àquela hora insólita, levar flores para Julieta e chorar aquela que iria ser sua esposa. Desconhecia ele que interesse podia ter Romeu pela morta, mas, sabendo-o um Montequio e (como o supunha) inimigo mortal de todos os Capuletos, supôs que ali fora apenas para profanar os cadáveres. Como se tratava de um criminoso sujeito à pena máxima se fosse encontrado dentro dos muros da cidade, Páris quis prendê-lo.

Romeu insistiu com Páris para que o largasse e pediu-lhe, invocando o destino de Teobaldo que ali jazia morto, que não provocasse sua cólera e não lhe acarretasse mais um pecado, obrigando-o a matá-lo. Mas o conde se recusou altaneiramente a ouvi-lo e deitou-lhe as mãos, como a um criminoso. Batendo-se ambos, Páris tombou sem vida. Quando Romeu, com o auxílio de uma luz, resolveu verificar a quem matara e descobriu que se tratava de Páris, apertou a mão do morto, como a de alguém cujo infortúnio fizera companheiro seu, e disse-lhe que o encerraria num túmulo triunfal. Abriu então o túmulo de Julieta. Ali jazia sua amada e parecia que a morte não tivera poder para alterar um único traço de sua beleza; continuava radiante de frescor, tal como adormecera ao ingerir o narcótico. Era como se a morte estivesse enamorada dela e quisesse conservá-la intacta para seu encanto. A seu lado jazia Teobaldo, em sua mortalha ensanguentada. Ao avistá-lo, Romeu pediu perdão, chamando-o de primo, e disse que estava prestes a fazer-lhe um favor, matando seu inimigo.

Deu então um derradeiro adeus a Julieta, beijando-a nos lábios. Depois, bebeu de um trago o veneno que lhe vendera o boticário e cuja ação era fatal e verdadeira, não simulada como a poção de Julieta, cujo efeito estava quase a expirar, devendo ela acordar dali a pouco para lamentar que Romeu tivesse chegado demasiado cedo.

Chegava a hora na qual o monge prometera que ela acordaria. E frei Lourenço, sabendo que as cartas que remetera a Mântua, por algum fatal transtorno, não haviam chegado ao destino, foi pessoalmente, munido de uma picareta e de uma lanterna, livrar Julieta de sua prisão. Qual não foi sua surpresa ao encontrar o túmulo aberto, espadas e sangue perto dele, e os corpos de Romeu e Páris junto ao ataúde de Julieta.

Antes de formular uma conjectura de como se haviam dado aqueles fatais acidentes, Julieta despertou. Ao ver o monge a seu lado, reconheceu o local e, lembrando o motivo pelo qual se achava ali, perguntou por Romeu. Ouvindo barulho lá fora, o frade pediu-lhe que saísse, pois um poder superior frustrara os seus planos. Assustado com o rumor de gente que se aproximava, ele fugiu. Quando viu o frasco encerrado nas mãos do amado, Julieta compreendeu que aquele veneno fora a causa de sua morte e teria bebido o resto, se algum tivesse ficado. Beijou os lábios ainda quentes de Romeu, para ver se algum veneno ainda permanecia neles. Depois, sentindo cada vez mais próximo o rumor da multidão que se aproximava, tirou rapidamente um punhal que trazia consigo e cravou-o no peito, tombando morta ao lado de Romeu.

A essa altura, a multidão já chegava ao local. Um pajem do conde Páris, que testemunhara a luta entre seu amo e Romeu, dera o alarme, que se espalhou rapidamente entre o povo de Verona, que subia e descia as ruas, agitado. O vozerio e os gritos arrancaram do leito Montequio, Capuleto e o príncipe, e os três dirigiram-se para o cemitério. Nesse meio-tempo, o padre foi preso por alguns populares, surpreendido, na volta do cemitério, a tremer, suspirar e chorar de maneira suspeita. Em meio à multidão aglomerada junto ao jazigo dos Capuletos, o príncipe ordenou ao frade que relatasse o que sabia acerca daqueles estranhos e tristes acontecimentos.

Então, na presença dos velhos senhores Montequio e Capuleto, frei Lourenço narrou fielmente a história do fatal amor dos seus filhos e a parte que desempenhara na efetivação do casamento, esperançoso de que aquela união pusesse fim às longas querelas entre as duas famílias: de modo que Romeu, ali jacente, era esposo de Julieta; e Julieta, ali jacente, era esposa de Romeu. Mas, antes que encontrasse um ensejo para divulgar tal segredo, fora projetado outro casamento para Julieta. Ela, para evitar o crime de um segundo matrimônio, ingerira o narcótico, como ele aconselhara, quando então todos a julgaram morta. Entrementes, escrevera a Romeu para vir buscá-la quando cessasse a ação do narcótico, mas seu recado não chegara ao destinatário. Nada mais sabia do resto da história, nem como, ao vir para libertar Julieta, encontrara Romeu e Páris mortos no local.

A narrativa foi concluída pelo pajem que vira Páris e Romeu baterem-se e pelo criado que viera com Romeu de Verona a quem o amo confiara cartas para serem entregues a seu pai, após sua morte. Nessas cartas, ele confirmava o depoimento do frade, confessando o casamento com Julieta, implorando o perdão dos pais, confessando a aquisição do veneno e seu propósito de morrer ao lado de Julieta. Todas essas circunstâncias absolveram o frade de qualquer conivência naquela série de mortes, imprevista consequência dos seus ardilosos planos.

Voltando-se para os velhos senhores Montequio e Capuleto, o príncipe censurou-os por sua brutal e desarrazoada inimizade e mostrou-lhes como Deus se servira do amor dos seus filhos para puni-los por seu ódio desnaturado. Os velhos rivais, não mais inimigos, consentiram em sepultar as antigas rixas nos túmulos dos seus filhos. Capuleto pediu a Montequio que lhe estendesse a mão, chamando-o pelo nome de irmão, como se considerasse unidas as duas famílias pelo casamento da jovem Capuleto com o jovem Montequio. Disse que a mão de Montequio (em sinal de reconciliação) era tudo o que ele pedia para dote de sua filha. Mas

Montequio disse que daria mais, pois mandaria erigir uma estátua de ouro puro, para que, enquanto Verona existisse, nenhum monumento fosse tão apreciado por seu valor e arte como a estátua da fiel e dedicada Julieta. Capuleto, por sua vez, afirmou que erigiria outra estátua a Romeu.

Assim, aqueles pobres anciãos, quando já era demasiado tarde, permitiram-se trocar cortesias. Somente a morte dos seus filhos (pobres vítimas sacrificadas às suas dissensões) pôde extinguir os arraigados ódios e rivalidades das duas nobres famílias.

HAMLET, O PRÍNCIPE DA DINAMARCA

Gertrude, rainha da Dinamarca, tendo enviuvado com a morte súbita do rei Hamlet, casou, menos de dois meses depois, com seu cunhado Cláudio, o que foi considerado por todos como uma insólita inconveniência, falta de sentimento, ou pior ainda. Esse Cláudio não se assemelhava em nada ao primeiro marido nas suas qualidades pessoais ou espirituais, pois era tão vil de aparência quanto de caráter. Muitos suspeitavam até que ele próprio provocara a morte do irmão, para casar com a viúva e ascender ao trono da Dinamarca, excluindo o jovem Hamlet, filho do falecido rei e legítimo sucessor do trono.

Mas em ninguém o insensato gesto da rainha provocou tanta impressão quanto no jovem príncipe, que amava e venerava a memória do pai até quase a idolatria e que, tendo uma sólida noção da honra e decência, muito se desgostou com o indigno procedimento da mãe. De tal maneira que, entre o pesar pela morte do pai e a vergonha pelo casamento da mãe, Hamlet foi acometido de profunda melancolia, perdendo toda a sua alegria e boa aparência. Esqueceu os costumeiros prazeres da leitura. Abandonou os exercícios próprios de sua idade. Desiludiu-se do mundo, que lhe parecia um inculto jardim, onde todas as flores haviam sido dominadas pela erva daninha.

Não lhe pesava muito ver-se excluído do trono, sua legítima herança, embora para um jovem e esclarecido príncipe isso representasse uma amarga afronta e indignidade. O que o atormentava e tirava sua alegria de viver era ver a mãe tão esquecida da memória de seu pai — e que pai! Que extremoso marido fora ele para a rainha! E Gertrude, que antes se mostrava tão obediente, agora, ao cabo de dois meses (que a Hamlet pareciam ainda menos), estava de novo casada e com o irmão do marido, enlace já por si mesmo inconveniente e ilegal, dada a proximidade de parentesco, mas ainda agravado pela indecente pressa com que fora levado a termo e o péssimo caráter do homem que ela escolhera para partilhar de seu trono e de seu leito. Era isso, mais do que a perda de dez reinos, que turvava o espírito do honrado príncipe.

Em vão, sua mãe e o rei tentavam distraí-lo. Continuou a aparecer na corte vestido de preto. Nem no dia em que a mãe casou ele deixou o luto, e ninguém pôde convencê-lo a assistir a qualquer festividade desse desgraçado dia. O que mais o torturava era a incerteza quanto às circunstâncias da morte do pai. Cláudio fizera constar que ele fora picado por uma serpente; mas o jovem Hamlet suspeitava que o próprio Cláudio fosse a serpente, ou, falando claro, que assassinara o rei para se apoderar da coroa — uma serpente no trono.

Até que ponto eram justas suas conjecturas, o que devia pensar da mãe, até onde a rainha fora conivente com o crime, dera seu consentimento para que isso se consumasse? — tais eram as dúvidas que obcecavam Hamlet até quase a loucura.

Chegara aos seus ouvidos que os soldados que montavam guarda na esplanada do castelo tinham visto, por três noites seguidas, à meia-noite, um fantasma em tudo semelhante ao falecido rei. O espectro trazia uma armadura igual à que o rei usava em vida. Aqueles que o viram — inclusive Horácio, amigo íntimo de Hamlet — concordavam na hora e no modo como surgia o fantasma. Vinha exatamente ao bater da meia-noite e parecia pálido, com uma expressão mais de pesar que de cólera. Usava uma barba rala, cor de prata fosca, como em vida. Não respondia quando lhe falavam. Apenas uma vez ergueu a cabeça e fez menção de dizer algo, mas nisso um galo cantou e a visão desvaneceu-se.

Impressionado com o que lhe contavam e reparando na concordância dos depoimentos, o jovem príncipe concluiu que fora o fantasma do pai que eles haviam visto. Assim, resolveu montar guarda com os soldados naquela noite, para também ter oportunidade de vê-lo. Dizia consigo mesmo que a aparição não viera à toa, mas sim, porque queria comunicar algo. E, se quedara silenciosa antes, era porque queria falar exatamente com ele, seu filho. Então, aguardou com impaciência o avanço das horas.

Ao cair da noite, pôs-se de sentinela com Horácio e o guarda Marcelo, na esplanada onde o espectro costumava aparecer. Como a noite fosse fria e o ar cortante, Hamlet, Horácio e o companheiro puseram-se a falar sobre o tempo. De súbito, Horácio interrompeu a conversa, anunciando a chegada do fantasma.

À vista do espírito, Hamlet se encheu de espanto e medo. A princípio, invocou os anjos e os ministros celestiais para defendê-lo, pois não sabia se era um bom ou mau espírito, se vinha por bem ou por mal. Mas, pouco a pouco, criou coragem. Seu pai, como parecia, lançou-lhe um olhar ansioso, como se desejasse falar com ele; estava em tudo tão semelhante ao que fora em vida que Hamlet dirigiu-lhe a palavra. Chamou-o pelo nome: "Hamlet! Rei! Pai!". E conjurou-o a dizer por que deixara o túmulo, onde o tinham visto em plácido repouso, para vir de novo visitar a terra e o luar. Suplicou que revelasse o que deviam fazer para devolver a paz ao seu espírito. O fantasma acenou a Hamlet para que o seguisse a um local mais afastado, onde ficassem a sós.

Horácio e Marcelo tentaram dissuadir o príncipe de segui-lo, temendo tratar-se de um mau espírito, que quisesse atraí-lo para o mar próximo ou para o cimo de um penhasco, onde assumiria alguma forma horrível que privaria o príncipe da razão. Esses avisos e pedidos em nada alteraram a decisão de Hamlet, que pouco apego tinha à vida para recear perdê-la. Quanto à alma, dizia, que lhe poderia fazer um espírito, sendo ela imortal? Sentia-se audaz como um leão e, desvencilhando-se deles, seguiu o fantasma.

Quando se viram a sós, o espírito rompeu o silêncio e disse que era o fantasma de Hamlet, seu pai, que fora cruelmente assassinado por Cláudio, com o intuito de lhe suceder no leito e no trono. Dormia no jardim, como todas as tardes, quando seu pérfido irmão furtivamente se aproximou, vertendo-lhe nos ouvidos o venenoso suco do meimendro, o qual corre como um azougue por todas as veias do corpo, envenenando o sangue e espalhando por toda a pele uma crosta leprosa. Assim, enquanto dormia, fora privado, pelas mãos do irmão, da coroa, da mulher e da vida. Lamentou, ainda, que a rainha tanto tivesse se afastado da virtude, a ponto de faltar à fé jurada ao primeiro marido e casar com seu assassino. Porém, exortou Hamlet a, fosse qual fosse a vingança impetrada contra o perverso tio, nenhuma violência praticar contra a mãe, deixando-a entregue a Deus e às torturas da consciência. Quando Hamlet prometeu seguir em tudo seus conselhos, o espírito desapareceu.

Ao ficar só, Hamlet resolveu esquecer instantaneamente tudo quanto tinha na memória, tudo quanto aprendera pelos livros ou pela observação. Nada, a partir daquele momento, devia viver no seu cérebro, a não ser a lembrança do que o fantasma revelara e pedira.

Só contou o que se passara nessa conversa ao amigo Horácio. E conjurou este e Marcelo a guardarem o mais estrito segredo do que haviam presenciado naquela noite.

O terror que a visão produziu em Hamlet quase lhe arrebatou a razão. Receando pôr o tio de sobreaviso, com suspeitas de que tramava algo contra ele ou que tudo sabia a respeito da morte do pai, Hamlet tomou a estranha resolução de se fingir de doido. Achava que seria menos passível de suspeitas se o tio o considerasse incapaz de qualquer projeto sério e que sua real perturbação de espírito mais facilmente passaria despercebida sob o disfarce da demência.

Desde então, Hamlet começou a afetar certa esquisitice no vestuário, nos gestos e palavras. E tão perfeitamente se fez de louco que o rei e a rainha se deixaram enganar. Não julgando a morte do pai causa suficiente para produzir tal desequilíbrio, pois não sabiam da aparição, ambos concluíram que a doença de Hamlet era causada por amor e julgaram ter-lhe descoberto o objeto.

Antes de mergulhar na melancolia, Hamlet amara profundamente uma encantadora jovem chamada Ofélia, filha de Polônio, ministro do rei. A ela mandara cartas, anéis e protestos de amor, nos quais ela acreditara. Suas últimas preocupações, porém, haviam feito com que a negligenciasse. E, desde que planejara fingir loucura, começara a tratá-la com indiferença e até mesmo com rudeza. Em vez de lhe censurar a falsidade, a boa moça estava persuadida de que era apenas o estado de espírito dele, e não o desamor, que o tornava menos solícito. Comparava as faculdades daquele espírito outrora nobre e seu excelente entendimento aos sinos, capazes da mais linda música, mas que, quando tocados fora de tom ou rudemente manejados, produzem apenas um áspero e desagradável barulho.

Embora a grave missão de Hamlet não se adequasse a galanteios nem à paixão, ele não podia evitar a doce lembrança de Ofélia. Num desses momentos, ao considerar que fora insensatamente duro com a amada, escreveu-lhe uma carta cheia da mais arrebatadora paixão e de termos extravagantes, condizentes com sua pretensa loucura, mas também semeada de algumas graciosas mostras de afeto, que convenceram Ofélia de que ainda permanecia um amor profundo no íntimo do coração de Hamlet. Dizia-lhe que duvidasse que as estrelas fossem de fogo, que o sol se movesse, que a verdade fosse verdade, mas que não duvidasse de que ele a amava. E assim por diante.

Como boa filha, Ofélia mostrou a carta ao pai, e o velho julgou-se no dever de comunicá-la ao rei e à rainha, que passaram a atribuir a loucura de Hamlet ao amor. A rainha alegrou-se que os encantos de Ofélia fossem a causa do transtorno de Hamlet, pois essas mesmas virtudes é que o fariam voltar à normalidade.

No entanto, o mal de Hamlet era mais profundo do que ela supunha, para ser assim curado. O fantasma do pai ainda lhe obsedava a imaginação. E a sagrada intimação que fizera, de vingar sua morte, não lhe permitia repouso enquanto não fosse cumprida. Cada hora de adiamento parecia a Hamlet um pecado e uma violação às ordens do pai. Contudo, não seria nada fácil matar o rei, sempre cercado por seus guardas. Sem falar na constante presença da rainha, que constituía um obstáculo intransponível aos seus intentos. Aliás, o simples fato de o usurpador ser marido de sua mãe já lhe causava certo remorso e embotava seu ânimo. Matar um semelhante era, em si, algo odioso e terrível a um temperamento tão bondoso quanto o de Hamlet. A própria melancolia e prostração de espírito em que mergulhara provocavam nele uma irresolução que o impedia de recorrer a extremos. Além disso, não podia deixar de alimentar alguns escrúpulos: seria o espírito na verdade seu pai, ou o diabo, que podia assumir a forma que lhe aprouvesse, conforme ouvira dizer, e que assim teria se apresentado sob o aspecto do falecido rei, apenas com o fim de se aproveitar de sua fraqueza e de seu estado para induzi-lo a praticar um ato tão desesperado como um assassinato?

Enquanto Hamlet se achava nessa irresolução e aguardava provas mais concludentes do que um fantasma, que bem podia ser uma simples ilusão, chegaram à corte certos comediantes, que outrora Hamlet grandemente apreciara. Gostava principalmente de ouvir um deles recitar uma trágica tirada, em que era descrita a morte do velho Príamo, rei de Troia, e a dor da rainha Hécuba. Hamlet deu as boas-vindas aos velhos amigos comediantes e pediu ao declamador que recitasse seu trecho favorito. O ator o fez com tanta vida — representando o cruel assassinato do fraco e velho rei, com a destruição de seu povo e da cidade pelo fogo, e o desvario da velha rainha, a correr descalça pelo palácio, com um triste trapo sobre a cabeça que antes ostentara uma coroa, e uma toalha colocada às pressas sobre os ombros que antes haviam envergado um manto real — que arrancou lágrimas de todos os presentes. Aliás, ele próprio recitava com voz embargada e vertia lágrimas verdadeiras com a história.

Se aquele comediante, pensou Hamlet, comovia-se com uma ficção, a ponto de chorar por quem nunca vira, que tibieza a dele, Hamlet, que tendo um motivo palpável para se exaltar, o assassinato de um rei verdadeiro e seu querido pai, ainda assim estava tão pouco abalado? Como permitia que sua vingança dormisse, durante todo aquele tempo, num torpe esquecimento? Enquanto meditava sobre os atores, a arte do palco e os efeitos que uma boa peça bem representada exerce sobre o espectador, lembrou-se de certo assassino que, vendo em cena um crime de morte, tão abalado ficara com a semelhança de circunstâncias que ali mesmo confessara o assassinato que cometera. Resolveu, então, determinar que aqueles atores representassem, na presença de seu tio, alguma coisa parecida com o assassinato do velho rei. Vigiaria atentamente o efeito que a cena produziria no tio, por cujas expressões deduziria se ele era criminoso ou não. Assim, fez ensaiar uma peça e convidou o rei e a rainha para assistirem à representação.

O argumento da peça consistia no assassinato de um duque, em Viena. O duque chamava-se Gonzago e sua esposa Batista. A peça mostrava como certo Luciano, parente próximo do duque, o envenenava no jardim, por ambição, e como pouco depois conquistava o amor da mulher da vítima.

Ao espetáculo, assistia o rei, sem suspeitar da cilada que lhe fora armada, mais a rainha e toda a corte. Hamlet sentou-se próximo do tio, observando-o atentamente. Começou a peça com uma conversação entre Gonzago e a esposa, em que esta fazia mil protestos de amor, prometendo nunca se casar, caso o perdesse. Se contraísse segundas núpcias, devia ser amaldiçoada, pois só o faziam as mulheres perversas, que matavam o primeiro marido. Hamlet observou que o rei mudou de cor ao ouvir tal coisa e que a cena era tão penosa para ele quanto para a rainha. Mas quando Luciano, de acordo com a trama, envenenou Gonzago adormecido no jardim, a semelhança com seu próprio caso de tal modo abalou a consciência do usurpador que não lhe foi possível manter-se no lugar até o fim do espetáculo. De súbito, reclamou luzes para o acompanharem até seus aposentos e, simulando, ou realmente sentindo um mal repentino, deixou abruptamente o teatro. Com a partida do rei, encerrou-se o espetáculo. Mas Hamlet já estava suficientemente convencido de que eram verdadeiras as palavras do fantasma. Num assomo de alegria, como acontece a quem se vê subitamente aliviado de uma grande dúvida ou escrúpulo, jurou a Horácio que havia de cumprir as ordens do espectro. Antes que pudesse planejar a forma de executar a vingança, porém, a rainha, sua mãe, chamou-o para uma entrevista privada nos seus aposentos.

Fora por vontade do rei que ela mandara chamar Hamlet, a fim de lhe participar o quanto seu procedimento aborrecera a ambos. O rei, desejoso de saber tudo quanto se passasse na referida entrevista e temeroso de que um relato parcial da rainha encobrisse certas palavras de Hamlet que muito o interessavam, ordenou a Polônio, velho conselheiro de Estado, que se ocultasse atrás das cortinas para ouvir tudo. Esse ardil era particularmente adequado à índole de Polônio, que envelhecera nas intrigas da corte e se comprazia em conhecer as coisas por meios indiretos.

Quando Hamlet se viu em presença da mãe, esta começou a condenar o seu procedimento, acusando-o de ofender "seu pai", referindo-se ao rei, o tio. Ao ouvi-la dar um nome tão querido e venerando àquele que na verdade nada mais era do que o assassino de seu verdadeiro pai, o príncipe replicou, com aspereza:

— Mãe, tu é que fizeste uma grande ofensa a meu pai.

A rainha disse que esta era uma resposta tola.

— É a resposta que tua pergunta merece.

Perguntou-lhe então a rainha se esquecera com quem estava falando.

— Ai de mim! Bem desejaria eu esquecê-lo. És a rainha, esposa do irmão de teu marido e minha mãe. Como eu desejaria que não o fosses...

— Bem, se me mostras tão pouco respeito, vou mandar-te quem te possa falar.

Já se ia retirando, para mandar o rei ou Polônio falar com ele. Mas Hamlet não quis deixá-la partir. Agora que a tinha sozinha consigo, desejava fazê-la compreender seu triste procedimento. Tomando-a pelo pulso, fê-la voltar e sentar-se. Assustada com sua rudeza e temendo que ele, na sua loucura, lhe fizesse algum mal, a rainha gritou. Nisso, ouviu-se uma voz por trás do reposteiro: "Acudam! Acudam a rainha!". Julgando estar o próprio rei ali escondido, Hamlet sacou a espada e cravou-a no lugar de onde a voz partira, como se trespassasse um rato. Cessando a voz, concluiu que a criatura morrera.

— Ai de mim! — exclamou a rainha. — Que sangrento crime praticaste!

— Sim, um sangrento crime, mãe. Mas não tão vil como o teu, que mataste um rei e casaste com o cunhado.

Hamlet já fora demasiado longe para se interromper. Agora, estava disposto a falar francamente com a mãe e prosseguiu. Assim, o virtuoso príncipe fez a rainha ver a hediondez de seu procedimento, ao esquecer o falecido rei em tão curto espaço de tempo para se casar com o irmão e assassino dele. Tal ato bastava, após os juramentos que ela fizera ao primeiro marido, para tornar suspeitas as juras de mulher, transformar toda virtude em hipocrisia, fazer dos contratos nupciais menos que promessas de jogadores, e da religião, simples brincadeira e palavreado. Disse que ela cometera um crime que envergonhava o céu e entristecia a terra. E mostrou dois retratos — um do falecido rei e o outro de seu segundo marido — pedindo-lhe que observasse a diferença. Que graça no aspecto de seu pai, como se parecia com um deus! Os cabelos de Apolo, a fronte de Júpiter, o olhar de Marte, a postura de Mercúrio recém-pousado na crista de um monte que se perde nos céus! Tal homem, frisou, tinha sido o marido dela. A seguir mostrou-lhe quem ela o substituíra: que mesquinho e rasteiro parecia aquele que eliminara seu admirável irmão! A rainha sentia-se trespassada de vergonha, por seu filho obrigá-la assim a contemplar sua própria alma, que lhe parecia agora tão negra e disforme. Ele perguntou-lhe como podia continuar vivendo com o homem que assassinara seu primeiro marido e se apoderara da coroa como um ladrão.

Mal Hamlet terminou de falar, o fantasma de seu pai, tal como este fora em vida e tal como se mostrara ultimamente, apareceu no quarto. Hamlet, aterrorizado, perguntou-lhe o que queria. O fantasma respondeu que fora lembrá-lo da prometida vingança, que ele parecia haver esquecido. Recomendou-lhe, ainda, que falasse à mãe, pois o pesar e o terror em que ela se encontrava poderiam matá-la. Dito isso, desapareceu. Só fora visto por Hamlet, pois nem apontando para onde ele se achava, nem descrevendo-o, pôde ele fazer com que a mãe o percebesse. Terrivelmente assustada de ver o filho conversar, como lhe parecia, com coisa nenhuma, ela atribuiu tudo ao seu desarranjo de espírito. Mas Hamlet recomendou-lhe que não lisonjeasse sua alma perversa, pensando ter sido a loucura do filho, e não seu próprio crime, que trouxera de novo ao mundo dos vivos o espírito do rei. Pediu que ela lhe tomasse o pulso e visse como batia calmo e não como o de um louco. E implorou, com lágrimas nos olhos, que se confessasse a Deus por seu passado e que, no futuro, evitasse a companhia do rei, não sendo mais uma esposa para ele. Quando ela se mostrasse uma verdadeira mãe, respeitando-lhe a memória do pai, ele lhe pediria a bênção, como filho seu. A rainha prometeu cumprir o que ele pedia, e, assim, terminou a entrevista.

Agora, Hamlet podia, com mais vagar, considerar a quem matara em seu infeliz arrebatamento. Quando viu que se tratava de Polônio, o pai de Ofélia, aquela a quem tanto amava, arredou o cadáver e, com o espírito mais sereno, pôs-se a chorar pelo que fizera.

A deplorável morte de Polônio deu ao rei um pretexto para afastar Hamlet do reino. Desejaria mandar matá-lo, mas temia o povo, que estimava Hamlet, e a rainha, que, apesar de todas as suas faltas, adorava o filho. Assim, o ardiloso rei, sob o pretexto de cuidar da segurança de Hamlet, para que este não fosse chamado a prestar contas do assassinato de Polônio, fê-lo embarcar para a Inglaterra, a cuidado de dois cortesãos, por quem remeteu cartas à corte inglesa, naquela época sujeita à Dinamarca, à qual pagava tributos.

Nessas cartas, pedia o rei, por especiais razões, que Hamlet fosse morto logo ao chegar. Suspeitando de algum embuste, Hamlet conseguiu apoderar-se das cartas no meio da noite e habilmente riscou seu próprio nome, pondo no lugar os nomes dos dois portadores. Depois, fechando as cartas, colocou-as de novo no lugar.

Pouco depois, o navio foi atacado por piratas e travou-se uma luta. Desejoso de mostrar sua coragem, Hamlet abordou sozinho, de espada em punho, a nau inimiga, enquanto seu próprio navio, covardemente, retirava-se, deixando-o entregue ao seu destino. Seguiram assim os dois cortesãos para a Inglaterra, levando as cartas que Hamlet alterara para perdição de ambos.

Apoderando-se do príncipe, os piratas mostraram-se gentis e, sabendo a quem haviam feito prisioneiro, desembarcaram Hamlet no porto mais próximo da Dinamarca, na esperança de que o príncipe mais tarde os recompensasse.

Dali, Hamlet escreveu ao rei, narrando o estranho acaso que o trouxera de volta à sua terra e comunicando que, no dia seguinte, se apresentaria perante Sua Majestade.

Ao chegar, deparou-se com um triste espetáculo: os funerais da jovem e formosa Ofélia, a quem tanto amara. A pobre moça ficara transtornada desde a morte do pai. O fato de ele ter morrido pelas mãos do príncipe a quem ela tanto amava de tal modo a abalou que, em pouco tempo, Ofélia ficou completamente louca. Vagava pelo palácio, distribuindo flores às damas da corte e dizendo que eram para o enterro de seu pai. Cantava canções de amor e de morte, ou então outras sem sentido nenhum, como se não tivesse lembrança do que lhe acontecera. Ora, havia à margem de um regato um salgueiro, que refletia suas folhas na correnteza. Ali chegou ela um dia em que não estava sendo vigiada, com as grinaldas que fizera de malmequeres e urtigas. Trepou no salgueiro, para nele pendurar as grinaldas, mas um galho rompeu-se, precipitando n'água a linda jovem, com as ervas e flores que colhera. Seu vestido, enfunando-se, fez com que ela flutuasse por alguns momentos, cantando trechos de velhas canções, como que insensível à própria desgraça ou como criatura para quem a água é elemento natural. Mas não tardou para o vestido encharcar-se, arrastando-a naquele doce cantar para o fundo lodoso do regato.

Eram, pois, os funerais da linda jovem que seu irmão Laertes celebrava, com a presença do rei, da rainha e de toda a corte, quando Hamlet chegou. Sem saber de quem se tratava, o príncipe pôs-se de lado, para não interromper a cerimônia.

Viu a rainha esparzir flores sobre a sepultura, como era costume nos enterros de virgens, dizendo:

— Flores para a flor! Pensei enfeitar teu leito de noivado, minha querida, e não atirar flores sobre tua cova. Quisera ver-te como esposa de meu Hamlet.

Ouviu depois Laertes desejar que brotassem violetas daquela sepultura. E viu-o, num acesso de dor, saltar para dentro da cova e pedir aos presentes que jogassem montanhas de terra sobre ele, para ficar sepultado junto com a irmã.

Hamlet sentiu então renascer todo seu antigo amor e não consentiu que um irmão se mostrasse em tal transporte: amava Ofélia mais do que quarenta mil irmãos. Então, descobrindo-se, saltou para a cova onde estava Laertes, tão ou mais arrebatado do que este. Percebendo a presença de Hamlet, causador da morte de seu pai e de sua irmã, Laertes agarrou-o pela garganta como a um inimigo, até que os presentes os apartaram.

Após a cerimônia, Hamlet desculpou-se por ter saltado para a cova, como se quisesse afrontar Laertes. Explicou que não podia admitir que alguém o excedesse em dor pela morte da encantadora Ofélia. Os dois nobres jovens pareciam, assim, reconciliados.

Aproveitando-se do pesar e do rancor de Laertes pela morte do pai e de Ofélia, entretanto, o perverso rei viu uma chance de liquidar Hamlet. Mandou que Laertes, sob a aparência de paz e reconciliação, desafiasse Hamlet para um torneio amigável de esgrima. Hamlet aceitou e marcou-se o dia para o encontro.

Toda a corte foi assistir ao duelo. Laertes, por instigação do rei, preparou uma espada envenenada. Os cortesãos fecharam grandes apostas, pois tanto Hamlet quanto Laertes eram exímios esgrimistas. Sem suspeitar da cilada de Laertes, o príncipe nem se preocupou de examinar a espada do adversário que, em vez de usar uma espada embotada, como requerem as leis da esgrima, usou uma de ponta e, além disso, envenenada. No princípio, Laertes não fez mais do que brincar com Hamlet, permitindo-lhe algumas vantagens, que o dissimulado rei aplaudia exageradamente, bebendo ao sucesso do sobrinho e apostando consideráveis somas. Pouco depois, no ardor da luta, Laertes feriu mortalmente a Hamlet. Este, enfurecido, na confusão da peleja, trocou sua inofensiva espada pela espada envenenada de Laertes e com ela o feriu, tornando-o vítima de sua própria perfídia.

Nesse instante, a rainha gritou que estava envenenada. Bebera inadvertidamente de uma taça que o rei preparara para Hamlet, caso este, no calor da luta, pedisse de beber; se Laertes falhasse, tinha assim o traiçoeiro naquela taça um veneno infalível para Hamlet. Mas esquecera-se de prevenir a rainha, que, tomando toda a beberagem, logo morreu, exclamando, com seu último suspiro, que fora envenenada.

Suspeitando de alguma traição, Hamlet mandou fechar as portas, enquanto procedia às necessárias indagações. Laertes disse que era desnecessário procurar, pois era ele o traidor. Sentindo que ia morrer, confessou toda a sua perfídia, dizendo também que Hamlet não tinha mais do que meia hora de vida, visto que para aquele veneno não havia antídoto. E, pedindo perdão a Hamlet, expirou, acusando o rei de ser o instigador de tudo.

Vendo que seu fim se aproximava e notando ainda algum veneno na ponta da espada, Hamlet voltou-se de súbito para seu traiçoeiro tio e cravou-lhe a lâmina no coração. Assim, cumpriu a promessa feita ao espírito de seu pai.

Depois, sentindo-se desfalecer, voltou-se para o querido Horácio, espectador de toda aquela tragédia. Pediu-lhe que vivesse para contar sua história ao mundo, pois Horácio fizera menção de matar-se, a fim de acompanhar o príncipe na morte. O amigo prometeu fazer um relato fiel, pois estava a par de todas as circunstâncias. Assim satisfeito, deixou de bater o nobre coração de Hamlet. Horácio e os presentes, com os olhos cheios de lágrimas, encomendaram a alma do amado príncipe à guarda dos anjos, pois Hamlet era grandemente estimado por suas nobres qualidades. Se houvesse vivido, seria sem dúvida o mais digno rei da Dinamarca.

OtELO

Brabâncio, rico senador de Veneza, tinha uma linda filha, a gentil Desdêmona. Desejavam-na vários pretendentes, não só por suas inúmeras qualidades como por seu rico dote. Mas, entre os pretendentes de sua raça e terra, ela não encontrou ninguém a quem pudesse se afeiçoar. Essa nobre dama, que mais ligava à alma do que ao físico dos homens, com mais propensão a admirar do que a imitar, escolheu para objeto de sua afeição a um mouro, um negro, a quem o pai estimava e muitas vezes convidava à sua casa.

Não se condene sumariamente Desdêmona pela impropriedade da pessoa a quem escolhera para amar. Tirante o fato de ser negro, nada faltava ao nobre mouro para torná-lo merecedor dos afetos da mais alta dama de Veneza.

Fora soldado dos mais bravos. Por sua conduta nas sangrentas guerras contra os turcos, ascendera ao posto de general a serviço de Veneza e gozava da estima e da confiança do Estado.

Tinha viajado, e Desdêmona, como todas as mulheres, gostava de ouvi-lo narrar suas aventuras: batalhas, sítios e

CONtOS DE SHAKESPEARE 323

combates em que tomara parte; perigos que enfrentara por mar e por terra; suas arrojadas fugas; como fora feito prisioneiro pelo insolente inimigo e vendido como escravo; e mais estranhas coisas que vira em terras estrangeiras — enormes cavernas; as montanhas cujos píncaros se perdiam nas nuvens; selvagens que devoravam homens e certa raça de africanos, cuja cabeça ficava abaixo dos ombros. Essas histórias de tal maneira cativavam a atenção de Desdêmona que, se os afazeres domésticos a obrigavam a se afastar, ela os despachava às pressas e logo voltava para ouvi-lo. De uma feita, numa hora propícia, ela lhe pediu que contasse toda a história de sua vida, da qual já conhecia muito, mas apenas por partes. Ele concordou e arrancou-lhe lágrimas ao falar das agruras de sua juventude.

Finda a narrativa, Desdêmona recompensou-o com um mundo de suspiros, declarando que tudo quanto ouvira era estranho e comovedor, prodigiosamente comovedor. Desejava não tê-lo ouvido, mas desejaria que Deus a houvesse feito um homem assim. Agradeceu-lhe muito, dizendo que, se ele tivesse um amigo que a amasse, bastaria ensiná-lo a contar a história das suas aventuras para facilmente a conquistar. Após essa alusão, proferida com franqueza e recato, acompanhada de ares feiticeiros e rubores que Otelo não podia deixar de compreender, ele se animou a falar mais abertamente de seu amor. Aproveitou essa oportunidade de ouro para obter da generosa dama o consentimento de com ele casar secretamente.

Nem a cor nem as posses de Otelo eram de molde a que Brabâncio o aceitasse como genro. Deixara à filha liberdade de escolha em tal assunto, mas esperava que, como a outras nobres de Veneza, ela escolhesse um marido da classe senatorial ou de situação semelhante. Mas se enganara. Desdêmona amava o mouro, a cujo valor e predicados entregava seu coração e seu destino. Tão subjugado estava seu coração àquele homem que até a própria cor dele, que para qualquer outra dama constituiria um obstáculo insuperável, ela a julgava acima de todas as peles alvas dos jovens nobres de Veneza, seus pretendentes.

Embora celebrado clandestinamente, seu casamento não se conservou secreto, chegando aos ouvidos de Brabâncio, o qual se apresentou em solene reunião do Senado, para acusar o mouro Otelo de haver, por meio de sortilégios e bruxedos, induzido Desdêmona a casar com ele, sem o consentimento paterno e contra os deveres da hospitalidade.

Aconteceu, porém, que o Estado de Veneza teve imediata necessidade dos serviços de Otelo, em virtude da notícia de que os turcos haviam armado uma poderosa esquadra, que já ia a caminho de Chipre, para arrebatar esse forte posto aos venezianos. Nessa emergência, o Estado voltou as vistas para Otelo, como o único capaz de conduzir a defesa de Chipre contra os turcos. Desse modo, Otelo foi intimado a comparecer ao Senado, não só como candidato a um alto cargo, mas também como réu de crimes que, pelas leis de Veneza, eram considerados capitais.

A idade e a dignidade senatorial de Brabâncio impunham atenção àquela grave assembleia. O arrebatado pai conduziu sua acusação com veemência, mas apresentando apenas indícios e alegações no lugar de provas. Quando Otelo foi chamado a se defender, teve apenas de fazer um simples relato de sua história de amor. Falou com tanta convicção que o duque, presidente da sessão, não pôde deixar de confessar que assim até sua própria filha seria conquistada. Ficou provado que os encantamentos que Otelo usara para com Desdêmona eram tão somente as honestas artes dos homens no amor e o único feitiço de que se servira fora o de contar uma tocante história ao ouvido de sua dama.

O depoimento de Otelo foi confirmado pelo testemunho da própria Desdêmona, que compareceu ao tribunal e, confessando-se devedora de obediência a seu pai pela vida e educação, reivindicava dele o direito de dedicar maior obediência a seu senhor e marido, da mesma forma que a esposa de Brabâncio preferira este ao pai dela.

Na impossibilidade de manter sua acusação, o velho senador dirigiu-se ao mouro com muitas expressões de mágoa e, por força maior, concedeu-lhe a filha, dizendo que, se pudesse, a tiraria dele de todo o coração. Acrescentou que se regozijava por não ter mais filhos, pois o comportamento de Desdêmona o ensinara a ser tirano e a carregá-los de grilhões para não lhe fugirem como ela.

Vencida essa dificuldade, Otelo, para quem as rudezas da vida militar eram tão naturais quanto o alimento e o sono, imediatamente assumiu o comando da guerra em Chipre. E Desdêmona, preferindo a honra de ser esposa (embora com perigo) aos ociosos deleites em que os recém-casados costumam gastar o tempo, consentiu de bom grado em acompanhá-lo.

Logo que desembarcaram em Chipre, chegaram notícias de que uma violenta tempestade dispersara a frota turca, ficando a ilha a salvo do imediato perigo de ataque. Mas a guerra que Otelo devia enfrentar apenas começava, e os inimigos que a maldade acirrara contra sua inocente esposa revelaram-se mais fatais do que os estrangeiros ou infiéis.

Entre os amigos do general, nenhum possuía mais inteiramente a confiança de Otelo do que Cássio. Alegre, amoroso e de boa aparência, qualidades que agradam às mulheres, Michael Cássio era um jovem soldado florentino. Com sua beleza e eloquência, era exatamente o tipo de homem capaz de despertar o ciúme de um marido avançado em anos (como era relativamente Otelo), casado com uma jovem e bela mulher. Mas Otelo era tão isento de ciúme quanto nobre, e tão incapaz de suspeitar de uma vileza quanto de a praticar. Cássio fora uma espécie de intermediário nas suas relações com Desdêmona, pois Otelo, receando não possuir a graciosa conversação que agrada às mulheres e achando tais qualidades no amigo, várias vezes o mandara falar a ela em seu nome — inocente simplicidade que mais honrava do que denegria o caráter do valente mouro. Assim, não era de admirar que, depois do próprio Otelo (mas à grande distância, como cumpre a uma esposa virtuosa), a gentil Desdêmona gostasse de Cássio e confiasse nele. Nem o casamento modificou as relações de Otelo e Desdêmona com Michael Cássio. Este frequentava a casa de ambos, e sua fluente e animada conversa constituía uma agradável distração para Otelo, que era de gênio mais sisudo, pois é sabido que tais temperamentos se comprazem na companhia dos seus opostos, como um alívio à sua própria contenção. Desdêmona e Cássio falavam e riam juntos, como nos dias em que ele vinha cortejá-la por ser medianeiro do amigo.

Recentemente, Otelo promovera Cássio a lugar-tenente, posto de confiança e o mais próximo da pessoa do general. Tal promoção ofendeu grandemente a Iago, oficial mais antigo que julgava ter mais direitos do que Cássio, a quem frequentemente procurava pôr em ridículo, dizendo que ele só servia para fazer companhia às damas e não entendia mais da arte da guerra do que uma virgem. Iago odiava a Cássio e odiava também a Otelo, não só por este favorecer a Cássio, como pela injusta suspeita de que o mouro estava enamorado de Emília, mulher do próprio Iago. Ante essas provocações imaginárias, o ardiloso espírito de Iago concebeu um terrível plano de vingança, que deveria levar Cássio, o mouro e Desdêmona à ruína.

Hábil e profundo conhecedor da natureza humana, Iago sabia que, de todos os tormentos que afligem a alma (mais do que as torturas corporais), o ciúme é o mais intolerável, aquele de espinho mais pungente. Se fizesse Otelo sentir ciúmes de Cássio, estaria armada a trama capaz de levar à morte de Cássio, de Otelo, ou de ambos, o que lhe era indiferente.

Coincidindo a chegada a Chipre do general e da esposa com a dispersão da frota inimiga, deu isso ocasião a uma espécie de feriado na ilha. Cada qual festejava o melhor que podia. O vinho manava em abundância e as taças esvaziavam-se em honra do negro Otelo e da linda Desdêmona.

Naquela noite, Cássio tinha o comando da guarda e a incumbência de impedir que os soldados se excedessem na bebida, para evitar conflitos, que pudessem atemorizar os habitantes ou indispô-los contra as tropas recém-chegadas. Iago começou então a realizar seus planos. Sob o pretexto de lealdade e estima ao general, induziu Cássio a abusar do copo, o que é uma grave falta num oficial da guarda. Cássio resistiu por algum tempo, mas não soube defender-se da camaradagem que Iago aparentava. Pôs-se a beber copo sobre copo, enquanto Iago o incitava. Cantava louvores à senhora Desdêmona, a quem brindava repetidas vezes, afirmando ser ela a mais admirável das damas. Afinal, o inimigo que ele introduzia pela boca lhe chegou ao cérebro e, após uma provocação feita por um indivíduo a mando de Iago, Cássio sacou a espada. Montano, um digno oficial que tentara apaziguá-los, foi ferido na confusão da luta, que logo se generalizou. Iniciada a desordem, Iago apressou-se a dar o alarme, fazendo tocar a rebate o sino do castelo, como se se tratasse de um perigoso motim e não de uma simples desordem entre bêbados. O alarme despertou Otelo, que, vestindo-se às pressas, acorreu ao palco da luta, interrogando Cássio sobre o que acontecia ali. Já refeito da embriaguez, Cássio sentia-se muito envergonhado para responder. Fingindo relutância em acusar Cássio, mas como se fosse a isso coagido por Otelo, que insistia em saber a verdade, Iago apressou-se a narrar tudo o que acontecera. Deixou de lado apenas sua participação no caso, coisa de que Cássio não se lembraria, por estar ainda com a consciência nublada. Falava de tal maneira que, parecendo querer atenuar a culpa de Cássio, na verdade a tornava maior. O resultado foi que Otelo, severo observador da disciplina, viu-se compelido a rebaixar Cássio do seu posto de lugar-tenente.

Assim se cumpriu a primeira intriga de Iago: desmoralizara o odiado rival e fizera-o perder o posto. Mas a aventura daquela desastrosa noite ainda acarretaria outras consequências.

Cássio, cuja embriaguez passara de todo ante aquele infeliz acidente, lamentou então ao falso Iago que pudesse ter sido tão insensato a ponto de se transformar num bruto. Estava perdido, pois como podia pedir ao general que lhe restituísse o posto? Ele o chamaria de bêbado. E Cássio desprezava a si próprio.

Simulando atenuar a gravidade do caso, Iago disse que qualquer homem podia embriagar-se alguma vez. Precisava agora era remediar o mal. O verdadeiro general, segundo ele, era agora a esposa de Otelo, que fazia o que ela quisesse. O melhor caminho para Cássio, portanto, era empenhar-se com Desdêmona, para que advogasse sua causa perante o marido. Sempre afável e obsequiosa, ela não se negaria a prestar-lhe tal serviço, devolvendo Cássio às boas graças do general. Depois dessa pequena nuvem, a amizade entre o general e Cássio seria mais forte do que nunca. Era um bom conselho, se não fosse dado com perversas intenções, como adiante veremos.

Cássio fez como Iago aconselhara e recorreu a Desdêmona, que estava sempre pronta a aceder a um honesto pedido. Ela lhe prometeu que tomaria sua defesa perante o marido, acrescentando que preferia morrer a perder sua causa. Imediatamente, procurou o marido e lhe falou com tanto empenho e gentileza que Otelo, embora profundamente ressentido com Cássio, não pôde deixar de atendê-la. Quando ele pediu um prazo, alegando que era demasiado cedo para perdoar tamanha ofensa, ela não quis ceder. Insistiu em que o perdão fosse concedido até a noite ou na manhã seguinte, o mais tardar. Fez-lhe ver como o pobre Cássio se achava arrependido e humilhado e que sua falta não merecia pena tão severa:

— Meu senhor! Será preciso tamanha insistência para te inclinar a favor de Cássio, esse mesmo Cássio que vinha cortejar-me em teu lugar e que tantas vezes te defendeu quando eu falava em teu desfavor? Pouca coisa é o que te peço. Quando eu quiser na verdade experimentar o teu amor, hei de fazer-te um pedido de maior importância.

Incapaz de negar algo a tal solicitante, Otelo apenas pediu um tempo, prometendo acolher Cássio de novo.

Sucedeu entrarem Otelo e Iago na sala onde estava Desdêmona, precisamente quando Cássio, que estivera a implorar sua intercessão, retirava-se pela porta oposta. E Iago, cheio de má-fé, disse baixinho, como para si mesmo:

— Não gosto disto.

Otelo não prestou maior atenção a tais palavras. E a entrevista que imediatamente teve com a mulher fez com que delas se esquecesse. Mais tarde, porém, lembrou-se delas. Assim que Desdêmona se retirou, Iago, com fingida casualidade, perguntou se, quando Otelo a cortejava, Cássio já sabia do seu amor. O general respondeu afirmativamente, acrescentando que várias vezes ele servira de intermediário no romance. Então, Iago franziu as sobrancelhas, como se acabasse de esclarecer uma terrível dúvida:

— Com efeito! — exclamou.

Isso fez Otelo lembrar as palavras que Iago pronunciara ao entrar na sala. Tentava descobrir-lhes o sentido, pois achava Iago um homem justo e honrado. E o que, num reconhecido vilão, pareceria mera intriga, nele parecia a expressão de uma alma honesta, em luta com algo demasiado grave para ser mantido em silêncio. Otelo, então, pediu a Iago que dissesse o que sabia e transformasse seus piores pensamentos em palavras.

— E que importa — respondeu Iago — que alguns vis pensamentos hajam penetrado em mim?

Prosseguiu, afirmando que seria uma pena se uma das suas imperfeitas observações resultasse em desgosto para Otelo; que, para sua tranquilidade, melhor seria desconhecer o que ele pensava; e que, por leves suspeitas, não se devia privar, da boa reputação, as pessoas honradas.

Quando a curiosidade de Otelo atingiu o ápice com aquelas alusões e palavras veladas, Iago, como se de fato se interessasse pela tranquilidade de Otelo, pediu-lhe que se acautelasse do ciúme. Com tal arte, sabia aquele vilão despertar suspeitas no desprevenido Otelo, pelo cuidado que fingia ter de preveni-lo contra elas.

CONTOS DE SHAKESPEARE 331

— Bem sei — disse Otelo — que minha mulher é linda. Gosta de convívio e festas, canta, toca e dança bem. Mas, onde existe virtude, tais qualidades são virtuosas. Devo obter provas, antes de considerá-la desonesta.

Como que satisfeito de ver que Otelo não queria acusar levianamente a mulher, Iago declarou francamente que não tinha provas. Mas pediu a Otelo que observasse o comportamento dela, quando Cássio estivesse em sua companhia — não para ter ciúmes nem para se assegurar de coisa alguma, pois ele, Iago, conhecia os costumes das italianas, suas patrícias, melhor do que Otelo e bem sabia que as venezianas faziam muitas travessuras que não contavam aos maridos. Depois insinuou, manhosamente, que Desdêmona enganara o próprio pai, ao se casar com Otelo, e tão ocultamente o fizera que o pobre velho chegara a pensar que haviam usado de feitiçaria. Tal argumento calou fundo em Otelo: se ela havia enganado o pai, por que não enganaria o marido?

Iago pediu perdão por havê-lo magoado. Mas Otelo afetou indiferença, embora o tivessem realmente ferido as palavras de Iago. Disse-lhe que continuasse, o que o outro fez com muitas desculpas, como se nada quisesse assacar contra Cássio, a quem chamava de amigo. Foi então diretamente ao assunto, lembrando que Desdêmona recusara casamento a muitos jovens de sua terra e raça, casando com um mouro, o que não era natural e apenas provava sua teimosia. Quando recuperasse a lucidez, era provável que ela confrontasse Otelo com as belas formas e os alvos rostos dos italianos, seus patrícios. Terminou aconselhando-o a deixar para mais tarde a reconciliação com Cássio e que, nesse meio-tempo, notasse com que interesse Desdêmona intercederia pelo amigo, pois isso o podia levar a saber muita coisa.

Assim, maldosamente, armou aquele vilão as suas ciladas, para fazer reverter as amáveis qualidades da inocente senhora em detrimento dela, apanhando-a na rede de sua própria bondade.

Terminou a entrevista, pedindo a Otelo que considerasse inocente a esposa até conseguir provas mais decisivas. Otelo prometeu paciência, mas desde aquele momento nunca mais teve paz de espírito. Nem papoulas nem o suco da mandrágora, nem todas as poções soporíferas do mundo puderam lhe restituir o suave descanso que até então desfrutara. Adoecia de preocupação e já não se comprazia no exercício das armas. Seu coração, que saltava ao som de um tambor e palpitava à vista das tropas e bandeiras, parecia ter perdido todo orgulho e ambição que são a virtude do soldado. Seu ardor militar e todas as suas antigas alegrias o abandonaram. Às vezes, julgava a esposa honesta, e outras vezes infiel; às vezes, julgava Cássio justo, e outras vezes não. Então, desejava nunca ter sabido coisa alguma, pois nada sofreria se ela amasse Cássio, contanto que não soubesse.

Dilacerado por esses loucos pensamentos, uma vez agarrou Iago pela garganta e exigiu-lhe provas da infidelidade de Desdêmona, ameaçando matá-lo se a houvesse caluniado.

Fingindo indignação por duvidarem de sua honestidade, Iago perguntou a Otelo se ele não vira nas mãos da mulher um lenço bordado com morangos. Otelo respondeu que aquele lenço fora o primeiro presente que dera a Desdêmona.

— Pois vi Cássio limpar o rosto com esse mesmo lenço.

— Se assim é, não descansarei até que uma tremenda vingança os aniquile. Cássio será condenado à morte daqui a três dias; quanto àquele belo demônio, já vou tratar de sua morte — concluiu Otelo, referindo-se a Desdêmona.

Ninharias leves como o ar são para os ciumentos provas tão decisivas como a Sagrada Escritura. Um lenço de sua mulher visto nas mãos de Cássio era para o iludido Otelo motivo suficiente para lavrar a ambos sentença de morte, sem indagar como Cássio o obtivera. Desdêmona nunca o dera a Cássio, nem esta fiel esposa jamais ofenderia seu marido, dando a outro homem um presente que dele recebera; tanto Cássio quanto Desdêmona estavam inocentes de qualquer ofensa contra Otelo. Mas o infame Iago, cujo espírito nunca cessava de tramar vilanias, obrigou sua esposa (uma boa, mas fraca mulher) a se apoderar do lenço de Desdêmona, sob o pretexto de mandar copiar-lhe o bordado. De posse do lenço, deixou-o cair no caminho de Cássio, de modo que este o apanhasse, dando-lhe assim ensejo a sugerir que fora um presente de Desdêmona.

Mal encontrou a esposa, Otelo disse que estava com dor de cabeça e pediu que lhe emprestasse o lenço para atá-lo à testa. Ela assim o fez.

— Não é este — protestou Otelo. — Quero o lenço que te dei.

Desdêmona não o tinha consigo, pois lhe fora tomado.

— Como! Isto é uma grande falta. Aquele lenço foi uma egípcia quem deu à minha mãe. Era uma feiticeira, que sabia ler o pensamento das pessoas. Disse a minha mãe que, enquanto esta o conservasse, inspiraria afeição e seria amada por meu pai. Mas, se perdesse o lenço, ou o desse, logo se desviaria dela o amor de meu pai e ele a detestaria tanto quanto a havia amado. Ela me deu o lenço ao morrer e recomendou-me que, se me casasse, o desse a minha mulher. Eu assim fiz. Cuida-o bem. Ele deve ser para ti tão precioso como a menina dos teus olhos.

— Será possível? — exclamou Desdêmona, aflita.

— É verdade. Trata-se de um lenço mágico. Fê-lo, em transe profético, uma sibila que já contava duzentos anos de vida. Bentos eram os bichos que forneceram a seda, a qual foi tingida no sangue de corações de virgens.

Ao ouvir as maravilhosas virtudes do lenço, Desdêmona sentia-se quase a morrer de medo. Sabia que o havia perdido e receava perder, com ele, a afeição do esposo. Brusco, Otelo reclamou de novo o lenço. Como não pudesse apresentá-lo, ela tentou distrair o marido de pensamentos demasiado graves. Disse prazenteiramente que toda aquela sua conversa sobre o lenço era apenas para afastá-la do assunto de Cássio, a quem começou a elogiar (como Iago previra), até que Otelo, completamente fora de si, retirou-se do quarto. Desdêmona começou então a suspeitar que ele estivesse com ciúme. Como não sabia que motivo lhe dera para tal, repreendeu a si mesma de haver acusado de ciúme ao nobre Otelo. Acreditou então que este recebera más notícias de Veneza, ou que alguma complicação de Estado lhe perturbava o espírito, tornando-o menos amável do que antes: "Os homens não são deuses. Não devemos esperar que tenham para sempre as solicitudes que nos dispensam no dia de núpcias", censurou a si mesma.

Quando tornaram a se encontrar, porém, ele a acusou abertamente de lhe ser infiel e amar outro homem, cujo nome não revelou. E o pobre Otelo chorava.

— Ah, que dia funesto! Por que choras? — perguntou Desdêmona.

Otelo respondeu que podia suportar corajosamente toda espécie de males — pobreza, doença, desgraça —, mas que sua infidelidade lhe despedaçava o coração. Chamou-a de erva má, cuja linda aparência e tão doce perfume envenenavam os sentidos. E desejou que ela nunca tivesse nascido.

Quando a deixou, a inocente senhora ficou tão pasmada com as falsas suspeitas de Otelo que sentiu um pesado sono. Mandou a criada lhe preparar a cama com os lençóis de núpcias, dizendo que, quando a gente ensina as crianças, usa de maneiras brandas e lhes impõe tarefas leves, e que Otelo não devia ter-lhe ralhado daquela forma — foi a única queixa que fez a gentil senhora.

Pensando que o marido logo a seguiria, Desdêmona recolheu-se ao leito. Não tardou a cair num sono profundo, resultado da perturbação de seu espírito. Nisso, Otelo entrou no quarto, com o negro propósito de matá-la. Mas quando a viu adormecida, decidiu que não derramaria seu sangue, nem macularia aquela branca pele, mais alva do que o alabastro. Estava decidido a matá-la, para que não traísse mais homens, como a ele traíra. Então, beijou-a pela última vez. Foi um beijo tão doce que não pôde deixar de beijá-la de novo. E chorava, dizendo que eram lágrimas cruéis.

Acordando com os beijos, Desdêmona olhou para Otelo e viu-o morder o lábio inferior e revirar os olhos; sabia que ele era sempre perigoso quando assim fazia. Otelo ordenou-lhe que se preparasse para morrer e rezasse suas orações, pois não queria lhe matar a alma. A inocente senhora pediu compaixão e rogou que ele dissesse a falta em que incorrera. Otelo então se referiu a Cássio e ao lenço que ela lhe dera. Quando a pobre começou a se explicar, ele de súbito não quis mais ouvi-la e, com um travesseiro, sufocou-a.

Neste ínterim, Cássio era trazido para casa, ferido e ensanguentado. Iago mandara-o matar, mas o homem encarregado da tarefa apenas conseguira feri-lo, mas não mortalmente.

Esse homem fora então assassinado por Iago, para evitar a descoberta do crime. Nos seus bolsos, porém, foram encontradas certas cartas que evidenciavam a culpa de Iago e a inocência de Cássio. Agora, Cássio vinha pedir perdão a Otelo e perguntar em que o ofendera, para que ele encarregasse Iago de matá-lo.

Tal revelação foi como um raio para Otelo, que viu nitidamente que se transformara num assassino e que sua mulher, pobre e inocente senhora, sempre lhe fora fiel. Entendendo que a angústia de tal descoberta lhe tornaria a vida insuportável, trespassou-se com a própria espada e tombou morto sobre o corpo da querida e caluniada Desdêmona.

Tais atos causaram terror e espanto a todos, pois Otelo granjeara excelente reputação e, antes de ser ludibriado pelas artimanhas de um vilão, de quem sua própria bondade o impedia de suspeitar a má-fé, sempre fora um extremoso e devotado marido. Não soubera amar sabiamente, mas amara com excesso. Quando se apercebeu do erro, seus olhos de homem, não habituados a chorar por pequenos motivos, verteram lágrimas tão copiosas como as árvores da Arábia vertem sua resina. Depois de morto, todos os seus antigos méritos e valorosos atos foram relembrados. Ao seu sucessor, nada mais restava agora senão aplicar o rigor da lei contra Iago, que foi executado com as devidas torturas, e comunicar ao Estado de Veneza a lamentável morte do famoso general.

PÉRICLES, PRÍNCIPE DE TIRO

Péricles, príncipe de Tiro, exilara-se voluntariamente de seus domínios, para evitar as terríveis calamidades que Antíoco, o cruel imperador da Grécia, ameaçava fazer desabar sobre Tiro e seus súditos. Tudo isso em vingança da descoberta que o príncipe fizera de uma vileza praticada em segredo por Antíoco; sempre resulta perigoso esquadrinhar os crimes dos poderosos. Deixando o governo nas mãos de seu hábil e honrado ministro Helicano, Péricles largou vela de Tiro, na intenção de se conservar ausente até que se aplacasse a cólera de Antíoco.

O primeiro lugar a que se dirigiu foi Tarso e, sabendo que aquela cidade sofria naquele momento os horrores da fome, levara consigo consideráveis provisões para socorrer os habitantes. Achou a cidade reduzida à extrema miséria e, com seu inesperado socorro, foi como que um mensageiro de Deus. Cleon, o governador de Tarso, acolheu-o com infindáveis agradecimentos.

Não estava ali há muitos dias, quando lhe chegaram cartas de seu fiel ministro, avisando-o de que ele não se achava seguro em Tarso. Antíoco sabia de seu paradeiro e despachara emissários secretos, com o propósito de lhe tirar a vida.

Depois de receber tais cartas, Péricles fez-se de novo ao mar, entre as bênçãos e orações de todo o povo que sua bondade alimentara.

Fazia pouco que velejava, quando seu navio foi surpreendido por uma terrível tempestade. Todos pereceram, exceto Péricles, arremessado nu a uma praia desconhecida. Pôs-se a vaguear pela costa até encontrar uns pobres pescadores, que o levaram para casa e lhe deram roupa e comida. Os pescadores o informaram de que o nome daquele país era Pentápolis e o de seu rei Simônides — chamado de "o bom Simônides", devido a seu pacífico reinado e ótima administração. Soube também por eles que o rei Simônides tinha uma linda filha, cujo aniversário seria comemorado no dia seguinte com um grande torneio na corte, no qual muitos príncipes e cavaleiros, vindos de toda parte, terçariam armas por amor de Taísa, a linda princesa. Enquanto ouvia tais novas, lamentando secretamente a perda de sua boa armadura, que o impedia de competir com aqueles valorosos cavaleiros, outro pescador trouxe uma armadura completa que apanhara na sua rede e que era nada mais nada menos do que a armadura que Péricles perdera. Este, ao vê-la, exclamou:

— Obrigado, Fortuna! Depois de todos os meus reveses, não podias me dar melhor reparação. Esta armadura me foi legada por meu falecido pai e sempre a tive em tamanho apreço que, aonde quer que fosse, sempre a levava comigo. O violento mar que a separou de mim, tendo agora serenado, logo a devolveu, o que eu agradeço. Desde que estou novamente de posse da preciosa dádiva de meu pai, já não considero desventura meu naufrágio.

No dia seguinte, Péricles, vestido com a armadura do pai, dirigiu-se à corte de Simônides, onde fez maravilhas no torneio, vencendo facilmente a todos os bravos cavaleiros e denodados príncipes que com ele terçaram armas por amor de Taísa. Quando esforçados guerreiros pelejavam em torneios por amor das filhas dos reis, se um deles vencia a todos os demais, era costume que a alta dama por quem se praticavam tais façanhas demonstrasse todo o respeito ao vencedor. Taísa não se furtou a tal costume, pois logo despediu a todos os príncipes e cavaleiros que Péricles vencera e distinguiu-o com seu especial favor e atenção, coroando-o com os louros da vitória, como rei daquele venturoso dia. Desde o primeiro instante em que a viu, Péricles tornou-se o mais fervoroso enamorado da linda princesa.

O bom Simônides muito apreciou o valor e as qualidades de Péricles e, embora desconhecesse a linhagem daquele desconhecido — pois Péricles, por causa de Antíoco, fizera--se passar por um simples particular de Tiro —, não desdenhou de aceitá-lo como genro, ao perceber que a princesa nele depositava seu afeto.

Não fazia muitos meses que Péricles desposara Taísa, quando soube da morte de seu inimigo Antíoco e que seus súditos de Tiro, impacientes com sua longa ausência, ameaçavam revoltar-se e colocar Helicano no trono vago. Isto lhe foi comunicado pelo próprio Helicano que, leal ao régio amo, não quisera aceitar a alta dignidade que lhe era oferecida e cientificara Péricles das intenções de seu povo, a fim de que este regressasse à pátria e reassumisse seus legais direitos. Foi uma grande surpresa e alegria para Simônides saber que seu genro (o obscuro cavaleiro) era o famoso príncipe de Tiro. Ao mesmo tempo, lamentou que ele não fosse o particular que todos pensavam, vendo que agora devia separar-se do estimado genro e da querida filha, a qual temia entregar aos perigos do mar, pois Taísa estava para ser mãe. O próprio Péricles aconselhou-a a ficar com o pai até o nascimento da criança, mas ela tanto se empenhou em acompanhar o marido que acabaram consentindo, na esperança de chegarem a Tiro antes da hora do parto.

O mar não era um elemento amigo para o infeliz Péricles, pois, muito antes que alcançassem Tiro, rebentou outra violenta tempestade. Tanto se aterrorizou Taísa que se recolheu ao leito. Pouco depois, sua ama Licórida trouxe a Péricles um recém-nascido, comunicando-lhe a triste notícia de que sua esposa morrera de parto. Mostrou a criança ao pai, dizendo:

— Eis uma criatura muito terna para tal lugar. Esta é a filha de vossa falecida rainha.

Impossível narrar o sofrimento de Péricles ao saber que a esposa morrera. Logo que pôde falar, exclamou:

— Ó deuses, por que nos fazeis amar as vossas dádivas, se ides arrebatá-las depois?

— Paciência, bom senhor — pediu Licórida. — Eis aqui tudo o que resta da vossa falecida rainha, uma filhinha. Por amor desta criatura, mostrai-vos mais homem. Paciência, meu bom senhor, por amor deste precioso fardo.

Péricles tomou a criancinha nos braços, desejando:

— Seja-te a vida suave, pois nunca uma criança teve nascimento mais tormentoso. Gentil seja a tua condição, pois tiveste a mais rude acolhida que filho de príncipe jamais encontrou. Felizes sejam os dias que se seguirem, tu que tiveste o raio, o vento, a água, a terra e os céus como arautos. O que tu principias por perder (referia-se à morte da mãe) jamais poderá ser compensado pelas alegrias deste mundo a que acabas de chegar.

A procela continuava furiosamente, e os marinheiros, dominados pela superstição de que, enquanto houvesse um cadáver a bordo, a tempestade não amainaria, pediram a Péricles que mandasse alijar o corpo de Taísa.

— Coragem, senhor! — disseram. — Deus vos guarde!

— Coragem não me falta — respondeu o triste príncipe.

— Não receio a tempestade, já me fez o maior mal que podia; contudo, por amor desta pobre criança, eu desejaria que o tempo abonançasse.

— Senhor — insistiram os marinheiros —, a rainha tem de ser lançada ao mar. As águas estão encapeladas, o vento redobra de furor e a tormenta não passará enquanto o cadáver não for alijado do navio.

Embora Péricles soubesse quão infundada era tal superstição, submeteu-se, resignado:

— Seja! Lancem ao mar a infeliz rainha!

O pobre príncipe foi dar um derradeiro olhar à querida esposa e, enquanto a contemplava, lamentou:

— Nem sequer tenho tempo de te enterrar em sepultura sagrada. Deves ser arrojada ao mar, onde, como monumento sobre os teus restos, terás as revoltas águas a cobrir teu corpo, perdido entre as conchas. Licórida, pede a Nestor que me traga especiarias, tinta e papel, meu cofre e as minhas joias, e a Nicandor que traga o caixão de cetim. Pousa a criança na cama, Licórida, e vai tratar disso imediatamente, enquanto despeço-me de minha Taísa.

Trouxeram a Péricles um grande caixão, no qual, envolta em uma mortalha de cetim, ele colocou sua rainha; esparziu sobre o corpo especiarias odoríferas e, ao lado, colocou-lhe preciosas joias e um papel escrito, dizendo quem ela era e pedindo que, se porventura o caixão fosse encontrado, enter-

CONTOS DE SHAKESPEARE 343

rassem-no em solo sagrado. Depois, por suas próprias mãos, atirou o caixão ao mar.

Passada a tempestade, Péricles ordenou aos marinheiros que seguissem para Tarso.

— A menina não resistiria até nossa chegada a Tiro — disse ele. — Em Tarso, encontrarei quem se ocupe dela com cuidado.

Após a tempestuosa noite em que Taísa fora lançada ao mar, logo de manhã cedo, andava Cerimon, digno cavaleiro de Éfeso e hábil médico, passeando à beira-mar, quando seus criados lhe trouxeram um caixão que as ondas haviam arremessado à praia.

— Nunca vi — dizia um deles — tamanha onda como a que o jogou à praia.

Cerimon mandou levar o caixão para casa e, quando o abriram, viu com espanto o corpo de uma jovem e linda senhora. As espécies aromáticas e o rico escrínio de joias fizeram-no concluir que era importante a pessoa que ali se achava tão estranhamente amortalhada. Esquadrinhando mais, descobriu o escrito, pelo qual soube que a pessoa que ali jazia morta fora rainha e esposa de Péricles, príncipe de Tiro. Admirado da estranheza daquele acidente e, lamentando o marido que perdera tão linda esposa, comentou:

— Se estás vivo, Péricles, deves ter o coração ainda estalando de dor.

Então, observando atentamente o rosto de Taísa, viu que ainda conservava o frescor e em nada parecia com o rosto de um cadáver. Convencido de que ela não se achava morta, falou:

— Estava com pressa quem te jogou ao mar.

Mandou seus servos acenderem uma fogueira, trazerem cordiais e tocarem uma música suave, para tranquilizar o espantado espírito da jovem, quando ela voltasse a si. E disse aos que se apinhavam em torno dela, atônitos com o que viam:

— Peço-vos, senhores, dai-lhe ar. Esta rainha há de reviver. Não faz cinco horas que ela se acha em tal estado. Olhai! Já principia a voltar à vida. Está viva. Reparai como move as pálpebras. Esta linda criatura vai-nos fazer chorar com a narração das suas desditas.

Taísa, de fato, não morrera, mas, após o nascimento da filha, mergulhou em profunda letargia, que a todos fizera considerá-la morta. Agora, graças aos cuidados daquele bom senhor, enfim voltava para a luz e a vida. Abrindo os olhos, estranhou:

— Onde estou? Onde está meu senhor? Que terra é esta?

Gradativamente, Cerimon deu-lhe a entender o que acontecera e, quando a julgou bastante refeita para enfrentar a situação, mostrou-lhe o papel e as joias. Ela examinou o papel e disse:

— Esta é a letra de meu marido. Bem me lembro de haver embarcado num navio, mas, se minha criança nasceu a bordo, não sei dizer. Mas já que nunca mais tornarei a ver meu esposo e senhor, tomarei o hábito de vestal e jamais terei alegria.

— Senhora, se tencionais fazer o que dizeis, o templo de Diana está próximo. Podeis viver ali como vestal. E, se quiserdes, uma sobrinha minha vos fará companhia.

A proposta foi aceita com agradecimentos por Taísa. E quando ela se sentiu completamente restabelecida, Cerimon encaminhou-a para o templo de Diana, onde ficou vivendo como vestal ou sacerdotisa daquela deusa. Passava os dias em pranto e dor pela suposta perda do marido e nos mais devotos exercícios daqueles tempos.

Péricles levou a filha (a quem dera o nome de Marina, por ter nascido no mar) para Tarso, tencionando deixá-la com Cleon, governador da cidade, e sua esposa Dionísia. Considerando os benefícios que lhes proporcionara por ocasião da fome, imaginava que tratariam com desvelo sua filhinha sem mãe.

— Oh, vossa querida esposa! — lamentou Cleon, ao saber da desgraça que lhe sucedera. — Quem me dera a tivésseis trazido convosco, para meus olhos se recrearem na sua contemplação.

— Temos de obedecer aos poderes que nos são superiores — consolou-se Péricles. — Por mais que eu rugisse contra o mar em que jaz Taísa, seu fim teria sido o mesmo. Trago-vos aqui minha filha Marina. Tomai conta dela. Deixo-a entregue aos vossos cuidados, rogando-vos que lhe deis a educação que convém à sua dignidade de princesa. — Voltando-se para Dionísia, esposa de Cleon, acrescentou: — Boa senhora, tornai-me abençoado dos deuses pela educação que derdes à minha filha.

— Tenho uma filha — replicou Dionísia — que não será amada com mais carinho do que a vossa.

Cleon fez igual promessa, dizendo:

— Os vossos excelentes serviços, príncipe, alimentando meu povo com o vosso trigo (pelo que, em suas orações, todos diariamente se lembram de vós), serão lembrados em vossa filha. Se eu desprezasse vossa filha, todo o meu povo, que foi por vós socorrido, me forçaria a cumprir meu dever. Mas se a tal eu precisar ser coagido, que os deuses se vinguem em mim e nos meus até o fim da geração.

Certo de que a filha seria carinhosamente tratada, Péricles deixou-a entregue a Cleon e Dionísia, e também à ama Licórida. Quando se retirou, Licórida chorava amargamente.

— Não chores, Licórida — exortou Péricles. — Não chores! Olha pela tua princesinha, de cuja graça tu podes de hoje em diante depender.

Sem outros imprevistos, Péricles chegou a Tiro e reassumiu suas régias funções, enquanto sua infeliz mulher, que ele julgava morta, permanecia em Éfeso. Marina, a quem ela nunca vira, foi criada por Cleon de acordo com seu alto nascimento. A rainha de Tarso ministrou-lhe a mais esmerada educação, de modo que, quando chegou à idade de catorze anos, os homens mais cultos não dispunham de instrução superior à de Marina. Cantava como uma imortal e dançava como uma deusa. Com a agulha, era tão engenhosa que parecia compor as próprias formas da natureza, em aves, frutos e flores: as rosas naturais não se pareciam mais umas com as outras do que com as flores de seda de Marina.

Quando, porém, já lhe havia a educação proporcionado todas essas prendas, que a tornavam alvo da admiração geral, isto despertou em Dionísia, esposa de Cleon, uma mortal inveja, por sua filha não poder, devido à mediocridade de espírito, atingir a perfeição que distinguia Marina. Notando que todos os elogios eram monopolizados por Marina, enquanto sua filha, da mesma idade e educada com o mesmo desvelo, mas não com o mesmo aproveitamento, era comparativamente desprezada, concebeu o plano de tirar Marina do caminho. Imaginava que sua filha seria mais respeitada quando Marina não fosse mais vista. Com esse intuito, encarregou um homem de matar Marina e escolheu, para pôr seus planos em execução, o dia da morte de Licórida, a fiel ama da princesa. Dionísia conversava com o homem que aliciara para perpetrar o crime, quando a inocente Marina chorava a falecida Licórida. Leonine, assim se chamava o homem, embora fosse um tipo muito ruim, relutava em aceitar a vil incumbência, tal o encanto que Marina exercia sobre todos os corações.

— É uma excelente criatura! — argumentava.

— Mais própria está então para a companhia dos deuses — replicou a sua inexorável inimiga. — Aí vem ela a chorar sua ama Licórida. Está disposto a me obedecer?

Temendo desobedecer-lhe, Leonine retrucou:

— Sim, estou disposto.

E assim, por essa curta frase, foi a inocente Marina condenada a uma morte prematura.

Aproximava-se ela com um cesto de flores, que, como dizia, espalharia diariamente sobre a sepultura da boa Licórida.

— Ai de mim, pobre menina, nascida numa tempestade quando minha mãe morreu. Este mundo é para mim uma prolongada tormenta, que me arrebata os amigos.

— Que é isto, Marina? — perguntou a hipócrita Dionísia.
— Andas sozinha a chorar? Por que não está minha filha contigo? Não te aborreças por causa de Licórida. Aqui fico eu para zelar por ti. Tua beleza se fana com esse inútil pesar. Vem, dá-me essas flores, o ar do mar pode estragá-las. Vai passear com Leonine. O ar está magnífico e te animará. Vamos, Leonine, dá-lhe o braço e passeia com ela!

— Não, minha senhora — retrucou Marina —, não vos priveis do vosso servo. — Leonine pertencia à criadagem de Dionísia.

— Anda, anda — insistiu a traiçoeira mulher, que procurava um pretexto para deixá-la a sós com Leonine. — Bem sabes de minha amizade por ti e pelo príncipe teu pai. Todos os dias esperamos por ele e, quando vier e te encontrar tão abatida pela dor, tão diferente daquele modelo de beleza que nós lhe descrevemos, julgará que não cuidamos de ti. Anda, vai passear, eu te peço. Alegra-te de novo. Tem cuidado com esse rosto encantador, que cativou os corações de novos e velhos.

Marina, assim instada, disse:

— Bem, irei, mas sem desejo nenhum.

Ao se retirar, recomendou Dionísia a Leonine:

— Lembra-te do que eu te disse! — Tremendas palavras significavam que ele devia lembrar-se de matar Marina.

Marina olhava em direção ao mar, seu berço, e perguntou:

— É o vento oeste que sopra?

— Sudoeste — esclareceu Leonine.

— Quando nasci, o vento era norte. — Então, lhe veio ao espírito a tempestade, os tormentos de seu pai e a morte prematura da mãe: — Meu pai, como Licórida contou, não sentia medo nenhum. Gritava "coragem, marinheiros!" e descarnava as mãos principescas com as cordas. Aferrando-se aos mastros, afrontava o mar, que quase partia o convés em dois.

— Quando foi isso? — perguntou Leonine.

— Quando nasci. Nunca foram as vagas e os ventos tão terríveis.

Prosseguiu, descrevendo a tormenta, a ação dos marinheiros, o apito do mestre de bordo e os brados do comandante, o que, dizia ela, triplicava a confusão de bordo. É que tantas vezes havia Licórida contado a Marina a história de seu nascimento que tudo aquilo lhe parecia sempre presente à imaginação.

De repente, Leonine interrompeu-a, para lhe pedir que rezasse as suas orações.

— Que queres dizer com isso? — indagou Marina, com uma ponta de medo.

— Se quiserdes uns momentos para rezar, eu os concedo. Mas não demoreis muito. Os deuses são finos de ouvido e prometi fazer meu trabalho depressa.

— Queres matar-me? Por quê?

— Para satisfazer minha senhora.

— Por que ela quer que eu morra? Nunca, que me lembre, lhe fiz mal em toda minha vida. Nunca proferi uma palavra descortês, nunca magoei a quem quer que fosse. Acredita-me, jamais matei um rato ou uma mosca. Pisei uma vez num verme contra minha vontade, mas chorei depois. Que mal poderei ter feito?

— Minha obrigação não é raciocinar sobre o crime, mas praticá-lo.

Já se aprestava para matá-la, quando, nesse preciso momento, desembarcaram uns piratas que, ao verem Marina, levaram-na para seu navio.

O pirata que se apoderara de Marina levou-a para Mitilene, onde a vendeu como escrava. Apesar de sua humilde condição, ela logo se tornou conhecida na cidade toda, por sua beleza e qualidades, e a pessoa a quem foi vendida enriqueceu com o dinheiro que ela lhe ganhava. Ensinava música, dança e trabalhos de agulha, e entregava ao seu senhor e senhora o dinheiro que recebia dos alunos.

A fama de seu saber e habilidade chegou ao conhecimento de Lisímaco, jovem nobre que era governador de Mitilene. Lisímaco foi em pessoa à casa onde habitava Marina, para ver aquela maravilha que toda a cidade louvava. Sua conversação encantou-o extraordinariamente. Embora tivesse ouvido gabar muito aquela admirada escrava, não esperava achá-la tão sensível quanto uma dama, tão virtuosa e boa. Despediu-se, dizendo esperar que ela perseverasse no caminho do trabalho e do bem e que, se um dia tornasse a ter notícias dele, seria para seu bem. Lisímaco achava Marina um milagre de juízo, de educação e virtudes, e desejava casar com ela. Apesar da humilde condição de Marina, tinha esperanças de descobrir que ela era de nobre linhagem. Mas sempre que lhe perguntavam por sua família, ela se calava e chorava.

Nesse ínterim, em Tarso, Leonine, temendo a cólera de Dionísia, disse-lhe que assassinara Marina. A perversa mulher espalhou que ela morrera, fez-lhe um pretenso funeral e erigiu-lhe um faustoso monumento.

Em breve, Péricles, acompanhado de seu fiel ministro Helicano, foi de Tiro a Tarso, a fim de visitar a filha e levá-la para casa consigo. Não a tendo visto desde o remoto dia em que a deixara entregue aos cuidados de Cleon e sua mulher, que alegria não alvoroçava a alma daquele bom príncipe ao pensar que veria a querida filha de sua falecida esposa? Mas quando disseram que Marina morrera e mostraram o mausoléu que lhe fora erigido, terrível foi o golpe que sofreu o desgraçado pai. Não podendo suportar a vista daquela terra onde jazia enterrada sua derradeira esperança e única lembrança da querida Taísa, tornou a embarcar e afastou-se rapidamente de Tarso.

Na sua viagem de Tarso para Tiro, o navio passou por Mitilene, onde residia Marina. O governador da cidade, Lisímaco, avistando da praia aquela nau régia e curioso de saber quem vinha a bordo, meteu-se num barco e dirigiu-se ao encontro do navio. Recebeu-o polidamente Helicano, que lhe disse que o navio vinha de Tarso e conduzia a bordo o príncipe Péricles.

— É um homem — explicou Helicano — que há três meses não fala e só se alimenta o necessário para prolongar seu penar. Seria fastidioso enumerar todos os motivos que o levaram a tal desespero, mas basta-vos saber que o que mais o aflige é a perda de sua mulher e da filha.

Lisímaco mostrou desejos de ver o aflito príncipe e, quando avistou Péricles, reconheceu-lhe indícios da antiga majestade e assim o saudou:

— Que os deuses vos guardem, real senhor.

Em vão lhe falava Lisímaco. Péricles não respondia nem dava mostra de notar a presença de qualquer pessoa. Então, Lisímaco lembrou-se da admirável Marina que, com suas doces palavras, talvez pudesse arrancar alguma resposta do taciturno príncipe. Com o consentimento de Helicano, mandou chamá-la. Quando ela subiu a bordo do navio em que seu próprio pai jazia aniquilado de dor, foi recebida como se todos a reconhecessem por sua princesa.

— É uma encantadora dama! — proclamavam.

Lisímaco, radiante por ouvi-la ser tão elogiada, falou:

— Sim, tão encantadora dama é Marina, que, se eu tivesse certeza de ela ser de nobre estirpe, não desejaria melhor escolha e consideraria rara felicidade tê-la por esposa.

Dirigiu-se a ela com requintada cortesia, como se na verdade a linda moça fosse uma dama bem-nascida, tratando-a por "bela e encantadora Marina". Explicou que, a bordo daquele navio, estava um príncipe imerso em triste e doloroso silêncio. Como se Marina possuísse o condão de propiciar saúde e felicidade, rogou-lhe que tentasse curar o régio viajante.

— Senhor — disse Marina —, empregarei meus melhores esforços, contanto que a ninguém mais, além de mim e de minha criada, seja permitido aproximar-se dele.

Marina, que em Mitilene tão ciosamente ocultava sua origem, envergonhada de dizer que uma moça de sangue real era agora escrava, começou a falar a Péricles dos reveses que a ela própria haviam sucedido, narrando-lhe de que alturas se despenhara. Como se soubesse que estava na presença do pai, todas as palavras que proferiu foram consagradas às suas próprias mágoas. Mas só o fazia por saber que nada prende mais a atenção de um desgraçado do que a narrativa de infortúnios iguais aos seus.

O som daquela voz maviosa despertou o príncipe de seu abatimento. Ele ergueu os olhos, há muito imóveis e apagados. E Marina, que era o retrato vivo da mãe, evocou-lhe as feições da falecida esposa. O príncipe, que por tanto tempo vivera mergulhado em profundo silêncio, pareceu voltar à vida e readquiriu o uso da fala.

— Minha querida esposa — disse Péricles, cheio de surpresa — parecia-se imensamente com esta moça e minha filha deve ter sido exatamente como ela. A mesma fronte de minha esposa, sua estatura, o porte senhoril, a voz de prata, os olhos brilhantes como joias... Onde vives, menina? Dize-me quem são teus pais. Parece-me teres dito que o destino não te havia poupado e que os teus pesares deviam ser iguais aos meus, se uns e outros fossem desvendados.

— Na verdade, assim falei o que os meus pensamentos garantiam como verdadeiro.

— Conta-me tua vida — tornou Péricles. — Se eu achar que tu conheceste a milésima parte dos meus sofrimentos, confessarei que tu suportaste as tuas desgraças como um homem e que eu padeci como uma jovem. Contudo, tu pareces a Paciência que encima os túmulos dos reis. Dize-me como perdeste tua condição, como afirmavas. Narra-me toda a tua história, eu te peço. Vem, senta-te aqui ao meu lado.

CONTOS DE SHAKESPEARE   353

Qual não foi a surpresa de Péricles, quando ela disse que se chamava Marina. Bem sabia ele que esse nome não era usado, mas que fora por ele inventado para sua filha, que nascera no mar.

— Zombam de mim! Foste mandada por algum deus irado, para fazer o mundo rir-se à minha custa.

— Tende paciência, meu bom senhor, senão eu paro de falar.

— Pois bem, terei paciência. Mas tu nem imaginas a impressão que me causa o te chamares Marina.

— O nome foi-me dado por quem desfrutava de poder: meu pai, que era rei!

— Como? És filha de rei? E te chamas Marina? És mesmo de carne e osso? Não serás acaso uma visão? Anda, fala, onde nasceste? Por que te chamas Marina?

— Puseram-me este nome por eu ter nascido no mar. Minha mãe era filha de um rei. Morreu ao me dar à luz, como, chorando, muitas vezes me contou minha ama Licórida. O rei, meu pai, deixou-me em Tarso, até que a cruel esposa de Cleon procurou matar-me. Uns piratas que desembarcavam salvaram-me e trouxeram-me para Mitilene. Mas, bom senhor, por que chorais? Talvez me julgueis uma impostora. Na verdade, senhor, sou filha do rei Péricles, se é que o bom rei Péricles ainda vive.

Então, Péricles, no auge da surpresa e do júbilo, e duvidando da realidade do que ouvia, bradou pelos homens de seu séquito, que exultaram ao ouvir a voz do amado rei:

— Helicano, fere-me, dá-me uma cutilada, golpeia-me, para que não me trague esse mar de alegrias que sobre mim se encapela. Ó, vem cá, tu que nasceste no mar, que foste sepultada em Tarso e de novo encontrada no mar! Ó, Helicano, ajoelha-te, dá graças aos deuses benditos! Está aqui Marina! Bendita sejas tu, minha filha! Dá-me roupas novas, Helicano! Ela não morreu em Tarso, como queria a feroz Dionísia. Ela te contará tudo, depois que ajoelhares a seus pés e a chamares de tua princesa. Quem é este? (Pois via pela primeira vez a Lisímaco).

— Senhor — esclareceu Helicano —, é o governador de Mitilene, que, sabendo de vossa melancolia, veio ver-nos.

—Abraço-vos, senhor! Dai-me as minhas vestes! Ó Céus, abençoai minha filha! Mas escutem: que música é esta?

— Meu senhor, eu nada ouço — observou Helicano.

— Nada? — tornou Péricles. — Então é a música das esferas.

Ninguém ouvia a mais leve nota de música. Lisímaco concluiu, pois, que a súbita alegria transtornara a razão do príncipe e recomendou:

— Não convém contradizê-lo.

Disseram-lhe então que efetivamente ouviam música. E como o príncipe depois se queixasse de pesada sonolência, Lisímaco convenceu-o a repousar e ajeitou-lhe um travesseiro sob a cabeça. Extenuado com a excessiva alegria, Péricles mergulhou num sono profundo. Marina velava em silêncio junto ao leito do pai.

Enquanto dormia, Péricles teve um sonho que o decidiu a ir a Éfeso. Sonhou que Diana, a deusa dos efésios, lhe aparecia e o mandava ir a seu templo de Éfeso e ali narrar, ante o altar, a história de sua vida e das suas desgraças. Pelo seu arco de prata, ela jurava que, se Péricles cumprisse suas ordens, depararia com uma rara ventura. Ao acordar, sentindo-se milagrosamente revigorado, contou seu sonho e disse que tinha intenção de obedecer à intimação da deusa.

Lisímaco, então, convidou Péricles a desembarcar. O príncipe aceitou, consentindo em se demorar um dia ou dois em Mitilene. Imaginem-se as festas, o regozijo, a pompa com que o governador honrou o pai de sua querida Marina, a qual ele tanto respeitara na sua obscura condição. Péricles não se opôs às pretensões de Lisímaco quando soube do modo digno como ele tratara a filha nos dias humildes da escravidão e que, por seu lado, Marina não se mostrava contrária às suas propostas. Uma única condição impôs antes de dar seu consentimento: visitarem com ele o templo de Diana em Éfeso.

Quando Péricles e a comitiva penetraram no templo, achava-se junto ao altar da deusa o bom Cerimon, que restituíra à vida Taísa, esposa de Péricles. Taísa, atualmente sacerdotisa do templo, achava-se diante do altar. Embora os muitos anos que Péricles passara imerso na dor de havê-la perdido o tivessem desfigurado muito, Taísa julgou reconhecer as feições do marido. Quando ele se aproximou do altar e começou a falar, ela se recordou de sua voz e, escutando-lhe as palavras, ficou atônita.

— Salve, Diana! — exclamou Péricles ante o altar. — Para cumprir tuas justas ordens, declaro-me aqui o príncipe de Tiro, que, exilado de minha pátria, desposei em Pentápolis a bela Taísa. Ela morreu no mar, mas deixou uma filhinha chamada Marina. Esta foi criada em Tarso, em casa de Dionísia, que planejou matá-la quando ela contava catorze anos, mas suas estrelas propícias levaram-na para Mitilene. Passando eu por aquele porto, sua boa fortuna a trouxe para bordo do meu navio, onde a reconheci como minha filha.

Sem conter a emoção que tais palavras nela despertavam, Taísa exclamou:

— És tu! És tu, o real Péricles...

E caiu desmaiada.

— Que quer esta mulher dizer? — perguntou Péricles.

— Ela morre, acudam!

— Senhor — disse Cerimon —, se dissestes a verdade perante o altar de Diana, esta é vossa esposa.

— Não, não é, venerando senhor — protestou Péricles.

— Eu a joguei ao mar com minhas próprias mãos.

Cerimon contou-lhe, então, tudo o que já sabemos. E Taísa, recuperando os sentidos, assim falou:

— Ó meu senhor, não sois Péricles? Falais como ele, sois como ele... Não vos referistes há pouco a uma tempestade, a um nascimento, a uma morte?

— A voz da falecida Taísa! — disse ele, espantado.

— Sou eu Taísa, suposta morta e afogada! E agora vos reconheço, pois o anel que tendes no dedo vos foi dado pelo rei, meu pai, quando nos despedimos dele em Pentápolis.

— Basta, deuses! — bradou Péricles. — Vossa bondade presente faz-me esquecer as misérias passadas. Oh! Vem, Taísa, sê uma segunda vez sepultada, mas nestes braços!

— O meu coração está ansioso — disse Marina — por se estreitar contra o seio de minha mãe.

Então Péricles mostrou à mãe sua filha, dizendo:

— Vê quem está aqui de joelhos! A carne de tua carne, tua filha nascida no mar e, por isso mesmo, chamada Marina.

— Abençoada filha! — exclamou Taísa.

Enquanto a mãe, no arroubo de sua alegria, estreitava a filha nos braços, Péricles ajoelhou-se diante do altar:

— Casta Diana, bendita sejas pela tua visão! Hei de oferecer sacrifícios em tua honra.

Depois, ali mesmo, Péricles, com o assentimento de Taísa,

entregou solenemente em casamento sua filha, a virtuosa Marina, ao digno e generoso Lisímaco.

Vimos, assim, em Péricles, sua esposa e filha, um famoso exemplo da virtude acossada pela calamidade (com a permissão do Céu, para ensinar paciência e constância aos homens) e finalmente vitoriosa, triunfando de todas as vicissitudes. Em Helicano, presenciamos um notável modelo de verdade, de fé e lealdade, que, podendo ocupar um trono, preferiu chamar seu legítimo dono, a tornar-se grande à custa dos males de outrem. No digno Cerimon, que restituiu Taísa à vida, vemos quanto a bondade orientada pelo saber, prodigalizando benefícios à humanidade, se aproxima da natureza dos deuses. Apenas resta dizer que Dionísia, a perversa mulher de Cleon, teve morte adequada aos seus méritos. Os habitantes de Tarso, quando souberam de sua cruel tentativa contra a vida de Marina, levantaram-se em massa para vingar a filha de seu benfeitor e lançaram fogo ao palácio de Cleon, queimando a ambos e a tudo quanto possuíam. Os deuses pareciam, assim, satisfeitos de que um crime tão vil, embora apenas intencional e nunca levado a cabo, fosse castigado conforme sua enormidade.

Este livro, composto na fonte Fairfield, foi impresso
em papel pólen soft 70 g/m² na gráfica Corprint.
São Paulo, dezembro de 2021.